劉操南（1917.12.13—1998.3.29）
（1956年8至10月攝於故鄉無錫）

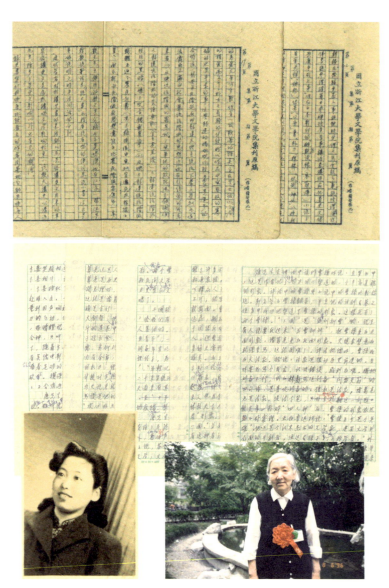

　　夫人尤冰清從上世紀四十年代在工作之餘幫助抄寫文稿，直至八十年代中期患白血病，多年一直默默地支持先生的事業。

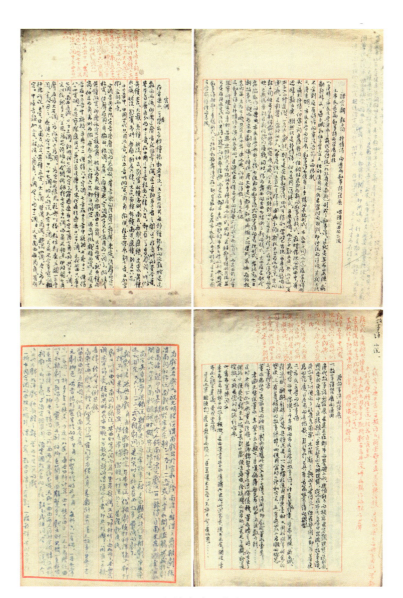

大量的手跡殘稿

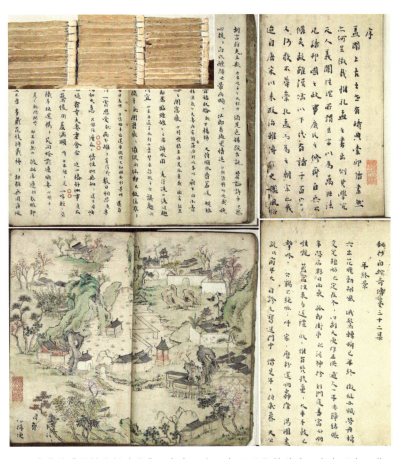

珍藏的《秘抄白蛇奇傳》，嘉慶二十二年丁丑秘抄稿本。全書三十二集，分訂三十二冊，二百六十回，每冊百頁，頁五百言，約一百六十萬字。

照片由劉操南先生之子劉文涵教授策劃編制

受　浙江大學文科高水平學術著作出版基金　資助
中央高校基本科研業務費專項資金

劉操南 全集

戲曲論叢

劉操南 著

浙江大學出版社
ZHEJIANG UNIVERSITY PRESS

目　録

1

説瞽師

盲人（俗稱瞎子），在舊社會没有什麽工作好做，往往會去當曲藝藝人。在浙江"上八府"，現今還有不少盲藝人，唱道情或鼓詞。紹興有一種曲藝，稱爲盲詞。數人坐唱，稱爲幾品幾品的。女的盲藝人，稱爲盲詞婆或話詞婆（新中國成立後尚有百餘人）。1961年夏天，我去普陀，在舟山城郊，曾聽過一位藝人在説"蛟川走書"的《河伯娶婦》，藝人是個瞎子。走書原是要走來踱去演説的，因爲他的眼睛瞎了，就採取坐唱形式，説的卻是有聲有色，十分吸引聽衆。他的琴師，拉二胡的，也是個瞎子。隨口幫腔，襯托書中的人物性格。環境氣氛很有感染力，藝術也很高妙。這兩人是曾參加過浙江省曲藝會演的。

這類藝人推溯上去，它的歷史説來卻是很悠久的。

曾向錢塘聽琵琶，陶真一曲日初斜。白頭瞽女臨安住，猶解逢人唱趙家。（李調元《童山詩集》卷三十八）

杭州男女瞽者，多學琵琶，唱古今小説、平話，以覓衣食，謂之陶真。大抵説宋時事，蓋汴京遺俗也。瞿宗吉《過汴梁》詩云："歌舞樓臺事可誇，昔年曾此擅豪華。尚餘艮嶽排蒼昊，那得神霄隔紫霞。廢苑草荒堪牧馬，長溝柳老不藏鴉。陌頭盲女無愁恨，能撥琵琶説趙家。"其俗殆與杭無異。

（田汝成《西湖遊覽志餘》卷二十）

若有彈詞，多瞽者，以小鼓拍板，說唱於九衢三市。亦有婦人，以被弦索，蓋變之最下者也。（臧懋循《負苞堂文選》卷三《彈詞小紀》）

其魁名朱國臣者，初亦宰夫也。畜二瞽姬，教以彈詞，博金錢，夜則侍酒。（沈德符《野獲編》卷十八《冤獄》條）

世之瞽者，或男或女，有學彈琵琶，演說古今小說，以覓衣食。北方最多，京師特盛，南京、杭州亦有之。（姜南《蓉塘詩話》卷二《洗硯新録演小説》條）

幼聽瞽者唱詞稱"寡人"，不知其意。稍長，讀《孟子》，始知其解。（張志淳《南園漫録》卷七《稱寡人》條）

閭閻陶真之本之起，亦曰：太祖太宗真宗帝，四祖仁宗有道君。國初瞿存齋《過汴》之詩有"陌頭盲女無愁恨，能撥琵琶説趙家"，皆指宋也。（郎瑛《七修類稿》卷二十二。以上自陳汝衡《説書史話》轉引。）

斜陽古柳趙家莊，負鼓盲翁正作場。死後是非誰管得，滿村聽說蔡中郎。（陸游《小舟遊近村舍舟步歸》）

宋、元、明、清的盲書人，暫時不談；更推溯上去，早在西周，就有瞽師了。關於曲藝的資料，歷史文獻上保存下來的不夠豐富，不過談起先秦曲藝，從關於"瞽師"的職務和生活記述裏，是可以看出某些方面的端緒的。較早的，《詩·周頌·有瞽》一章說：

> 有瞽有瞽,在周之庭。設業設虡,崇牙樹羽。應田縣鼓,鞉磬柷圉。既備乃奏,簫管備舉。喤喤厥聲,肅雝和鳴,先祖是聽。我客戾止,永觀厥成。

説到在周的朝堂上,擺着掛樂器的業和虡的架子;架子上插着五彩的鳥羽,鼓師就把應、田、縣鼓、鞉、磬、柷、圉等樂器鼓動起來,接着簫、管也吹奏起來,聲音十分和諧。用來祭祀祖先,招待賓客,大家都是很樂意聽。《詩·大雅》又有《靈臺》四章,最後一章寫道:

> 於論鼓鐘,於樂辟廱。鼉鼓逢逢,矇瞍奏公。

説到矇瞍在辟廱敲鐘擊鼓,聲音是很和諧的。這是他們在向統治者奏事啊。"瞽""矇""瞍",都是樂師。關於他們的職分,《周禮·春官·大師》中説:

> 大師,下大夫二人;小師,上士四人;瞽矇,上瞽四十人,中瞽百人,下瞽百有六十人。

鄭康成注云:

> 凡樂之歌,必使瞽矇者爲焉。命其賢知者,以爲大師、小師。

鄭氏又引鄭司農説云:

> 無目眹謂之瞽;有目眹而無見謂之矇;有目而無眸子謂之瞍。

"瞽""矇""瞍"這類樂師,都是瞎子。他們所打擊的主樂是鼓,鼓是樂器的主樂,是用來指揮音樂節奏的快慢的。

> 夫政象樂,樂從和,和從平。聲以和樂,律以平聲。金石以動之,絲竹以行之。詩以道之,歌以詠之,匏以宣之,瓦以贊之,革木以節之。物得其常曰樂極,極之所集曰聲,聲

> 應相保曰和,細大不踰曰平。如是而鑄之金,磨之石,繫之
> 絲木,越之匏竹,節之鼓而行之。(《國語‧周語下》)

鼓聲一動,衆聲並奏,樂師就弦歌諷誦起來。他們的語言,是富
於戲曲的節奏性的;內容是富於教訓意味的。

> 大師掌六律、六同,以合陰陽之聲……教六詩:曰風、曰
> 賦、曰比、曰興、曰雅、曰頌。以六德爲之本,以六律爲之音。
> 大祭祀帥瞽登歌,令奏擊拊,下管播樂器,令奏鼓鼗。大饗
> 亦如之。大射帥瞽而歌射節,大師執同律以聽軍聲而詔吉
> 凶;大喪帥瞽而廞作匶謚。凡國之瞽矇正焉。

> 小師掌教鼓、鼗、柷、敔、塤、簫、管、弦、歌。大祭祀,登
> 歌擊拊,下管擊應鼓,徹歌。大饗亦如之,大喪與廞。凡小
> 祭祀、小樂事,鼓鼗,掌六樂聲音之節,(與其和)瞽矇掌播
> 鼗、柷、敔、塤、簫、管、弦、歌,諷誦詩,世奠繫,鼓琴瑟,掌九
> 德六詩之歌,以役大師。(《周禮‧春官下》)

瞽師的演奏是詩樂並重的,他們的活動,並不祇是一般性的技術
服務而已,而是與政治有密切關係的。

> 故天子聽政,使公卿至於列士獻詩,瞽獻曲,史獻書,師
> 箴,瞍賦,矇誦,百工諫,庶人傳語,近臣盡規,親戚補察,瞽
> 史教誨,耆艾修之,而後王斟酌焉。(《國語‧周語上》)

> 故興王賞諫臣,逸王罰之。吾聞古之王者,政德既成,
> 又聽於民。於是乎使工誦諫於朝(韋昭注云:工,矇瞍也。
> 誦,誦讀前世箴諫之語),在列者獻詩,使勿兜風,聽臚言於
> 市,辨妖祥於謠,考百事於朝,問謗譽於路。有邪而正之,盡
> 戒之術也。先王疾是驕也。(《國語‧晉語》)

昔衛武公年數九十有五矣，猶箴儆於國……在輿有旅
賁之規，位寧有官師之典，倚几有誦訓之諫，居寢有褻御之
箴，臨事有瞽史之導，宴居有師工之誦。史不失書，矇不失
誦，以訓御之，於是乎作懿戒以自儆也。（《國語•楚語上》）

自王以下，各有父兄子弟，以補察時政。史爲書，瞽爲
詩，工誦箴諫，大夫規誨，士傳言，庶人謗，商旅於市，百工獻
藝。故《夏書》曰：遒人以木鐸徇于路，官師相規，工執藝事
以諫。（《左傳》襄公十四年）

昭子曰：日有食之，天子不舉，伐鼓於社，諸侯用幣於
社。伐鼓於朝，禮也……君不舉，辟移時，樂奏鼓，祝用幣，
史用辭。故《夏書》曰：辰不集於房。瞽奏鼓，嗇夫馳，庶人
走。此月朔之謂也。（《左傳》昭公十七年）

每歲孟春，遒人以木鐸徇于路，官師相規，工執藝事以
諫。其或不恭，邦有常刑……乃季秋月朔，辰弗集於房，瞽
奏鼓，嗇夫馳，庶人走。羲和尸厥官，罔聞知，昏迷於天象，
以干先王之誅。（《尚書•夏書•胤征》）

是有進善之旌，有誹謗之木，有敢諫之鼓。鼓史誦詩（賈
誼云：敢諫之鼓，瞽史誦詩；然瞽與鼓聲誤也），工誦正諫（工，
樂人也。瞽官長誦，謂隨其過，誦詩以諷大夫。諫足之義，使
於瞽叟），士傳民語。習與智長，故切而不攘；化與心成，故中
道若性。是殷周所以長有道也。（《大戴禮記•保傅》）

明王所以立諫諍者，皆爲重民而求己失也。《禮•保傅》

> 曰：於是立進善之旌，懸誹謗之木，建招諫之鼓。王法立史記事者，以爲臣下之儀樣，人之所取法則也。(《白虎通·諫諍》)

> 典者自卿大夫、師瞽以下，皆選有道德之人，朝夕習業，以教國子。(《漢書·禮樂志》)

統治集團看到統治階級內部有矛盾，統治階級與人民也有矛盾，這樣會引起政治上的不安定。對人民的剝削太狠了，階級矛盾趨向尖銳化，"鋌而走險"，人民是會起來反抗的，王朝就要覆亡。

> 信不行，義不立，則哲士凌君政。禁而生亂，皮氏以亡。諂諛日近，方正日遠，則邪人專國政。禁而生亂，華氏以亡。好貨財珍怪，則邪人進；邪人進，則賢良日蔽而遠。賞罰無位，隨財而行，夏后氏以亡。嚴兵而不仁者，其臣懾；其臣懾而不敢忠；不敢忠則民不親其吏。刑始於親，遠者寒心，殷商以亡。樂專於君者，權專於臣；權專於臣者，則刑專於民。君娛於樂，臣爭於權，民盡於刑，有虞氏以亡……昔者有洛氏，宮室無常，池圃廣大，工功日進，以後更前。民不得休，農失其時，饑饉無食。成商伐之，有洛以亡。(《逸周書·史記解》)

因而感覺到：

> 防民之口，甚於防川。川壅而潰，傷人必多，民亦如之。
> (《國語·周語上》)

歷史上的教訓是很多的：

> 厲王虐，國人謗王……王怒，得衛巫，使監謗者，以告，則殺之。國人莫敢言，道路以目……三年乃流王於彘。(同上)

被迫地就需要聽聽各方面的意見，對人民讓步，作一些開明的措施了。

> 爲川者決之使導，爲民者宣之使言。（同上）

"瞽師""矇""瞍"，統治者就是要他們來反映一些輿論和一些箴規之言的。而他們也就是以曲藝弦歌朗誦的方式，來向統治者進行諷諫的。所以在他們的"獻詩""獻曲"中，也就或多或少曲折地反映了人民的思想感情。

在《國語》中，"史獻書""史爲書"是與"瞽獻曲""瞽爲詩"相對並提的。史所獻的是"左史記言，右史記事；事爲《春秋》，言爲《尚書》"，是統治階級的統治經驗。瞽所獻的是"遒人以木鐸徇于路"，從民間採訪來的樂曲歌辭，自然是富於人民性的。這些樂曲早已失傳，但歌辭主要的被保存在《詩經》中，可能有不少篇章是瞽師的作品。

瞽師藝人的作品，由於歷史上未被重視，未能給以記錄和説明，現在可以把它分辨清的是很少的；但還是可以找出一些綫索和端緒的。在《逸周書》中，有一篇《周祝解》，看來是一篇曲藝作品。由於文字有訛奪，不能每句都看懂；但總的説來，它的思想内容是可以弄明白的。這段文字，一般還未注意到，因而全文附後。

《逸周書》是晉太康中汲郡魏安釐王墓中出土的（見《隋書·經籍志》《新唐書·藝文志》），"聞見卑淺，記録失實"（見晁公武《郡齋讀書志》），並不能依據它作爲周事的實録。可是"蓋戰國之世，逸民處士之所纂輯，以備私藏者"（見黃玠《汲塚周書·敘》），還是有先秦史事的影子在内的。這篇文辭可能是後人用曲藝形式來追唱周事的，題名《周祝解》。"祝"就是史祝、巫祝，祝和瞽、史，他們在工作和生活上是有聯繫的。《左傳》昭公十七年云："樂奏鼓，祝用幣，史用辭。"這裏的樂就是樂師，即瞽矇，他在伐鼓，祝同時用幣，史用辭，他們的工作是相互配合着的。《周禮・春官》云："太祝掌六祝之辭,以事鬼神示,祈福祥,求永貞。""作六辭,以通上下親疏遠近。"也可以看出他們的工作是搞在一起的,因而《周祝解》也是和瞽師有關係的。這篇文章,節奏性強,押韻,很有些像今天曲藝中的數來寶。總的說來,可以視爲曲藝作品。

這篇文章的内容,主要是向統治者説教,要他們好好地運用統治的經驗的:"維彼大道,成而弗改","舉其脩,則有理;加諸物,則爲天子"。説些明哲保身的道理的:"肥豕必烹,甘泉必竭,直木必伐。"要統治者拿些辦法來,用以鞏固他們的統治的:"陳五刑,民乃敬;教之以禮,民不争;被之以刑,民始聽;因其能,民乃静。故狐有牙,而不敢以噬;貒有蚤,而不敢以撅。"

這篇文章中,出現了七言和三、三、七言的句法,是值得注意的。

> 凡彼濟者必不怠,觀彼聖人必趣時。石有玉而傷其山,萬民之患在□言。時之行也勤以徙,不知道者福爲禍。時之徙也勤以行,不知道者以福亡。

> 故天爲蓋,地爲軫,善用道者終無盡;地爲軫,天爲蓋,善用道者終無害。天地之間有滄熱,善用道者終不竭。陳彼五行必有勝,天之所覆盡可稱。

七言唱句,在現代曲藝中,還是通常採用的基本形式,而在先秦時,卻已經運用得很熟練了。

荀卿,趙人。他是戰國時的大學者,曾撰《成相》篇三章。《成相》篇中曾説到"春申道綴"。楚考烈王二十五年(前238),春申君爲李園所殺,荀卿廢居蘭陵(見梁啓雄《荀子簡釋》及所附《荀子傳徵》)。這篇作品大概是荀卿晚年,公元前238年以後作的。篇中唱句節奏較《周祝解》整齊,兩篇作品風格有一致的地方。可以看出,像《周祝解》那樣的曲藝形式,在社會上廣泛流行,並啓發了學人的創作。

　　請成相,世之殃,愚暗愚暗墮賢良。人主無賢,如瞽無相,何倀倀。

　　請布基,慎聖人,愚而自專事不治。主忌苟勝,群臣莫諫,必逢災。

　　論臣過,反其施,尊主安國尚賢義。拒諫飾非,愚而上同,國必禍。

　　曷謂罷?國多私,比周還主黨與施。遠賢近讒,忠臣蔽塞,主勢移。

　　曷謂賢?明君臣,上能尊主下愛民。主誠聽之,天下爲一,海內賓。

這篇作品反映了荀子不滿現實,渴望天下一統的進步思想。

　　關於"成相"兩字,是需要解釋一番的。《詩·周頌·有瞽》:"永觀厥成。"朱熹注云:"成,樂闋也,如'簫韶九成'之成。"成是樂闋。後世樂譜還有稱《九宮大成》的。"相"有兩層意思:

　　一是《周禮·春官·大師》云:"大祭祀,帥瞽登歌,令奏擊拊。"鄭康成注云:"擊拊,瞽乃歌也。"又云:"拊形如鼓,以韋爲之,著之以穅。"《禮記·樂記》:"治亂以相。"鄭康成注云:"相即拊也,亦以節樂。拊者以韋爲表,裝之以穅。穅一名相,因以名焉。今齊人或謂穅爲相。"《史記·樂書》:"合守拊鼓。"張守節《史記正義》云:"拊者,皮爲之,以穅實,如革囊也。用手撫之,鼓也……皆待拊鼓爲節,故言會守拊鼓也。"從這些注釋裏,可知"相"是瞽師唱曲用以節樂的小鼓。那麼"成"是樂闋,"相"是鼓,則"成相"是否就可解釋爲"鼓辭"?這鼓辭又常是瞽師唱的,所以是否又可解釋爲"盲詞"?當然這種"鼓詞"或"盲詞"和今天的是不同的。

二是《周禮·春官·眡瞭》云:"凡樂事,相瞽。"鄭康成注:"相,謂扶工。"《樂師》云:"詔來瞽皋舞……令相。"鄭康成注:"令視瞭扶工。"又引鄭司農云:"瞽師盲者,皆有相道之者,故師冕見及階,曰階也;及席,曰席也;皆坐,曰某在斯,某在斯,曰相師之道與?"古時攙幫瞎子的人稱爲相,今人説幫助人家或是説做人家的助手,還是稱爲"相幫"。《禮記·曲禮》云:"鄰有喪,舂不相。"鄭康成注:"相謂送杵聲。"《檀弓上》重述此文:"相,謂以音聲相勸。"朱熹《楚辭後語·成相》注云:"相,助也。成相,助力之歌也。"相,古指勞動時的幫腔;今日兩人説唱,一人爲主,一人幫腔,稱爲"相聲",可能是這一意義的衍變和引伸。那麽相是幫腔,成相就可能是兩人合演的。"瞽獻詩""瞽獻曲",可能是一人;而成相可能是兩人,由單檔發展爲雙檔。清盧文弨曾説:"審此篇(《成相》)音節,即後世彈詞之祖……《漢藝文志》:《成相雜辭》十一篇,惜不傳。大約托瞽矇諷誦之詞,亦古詩之流也。"這話是有道理的。但説"後世彈詞之祖",稍嫌籠統;不如説是後世鼓詞之祖。《成相》較《周祝解》節奏整齊,可看出這種文體一方面已有了發展,同時爲學人所採用,趨定型化了。一般研治文學史的,探索七言詩的起源,往往衹向民歌和文人作品中去找,不懂得另外還有曲藝作品,大有天地在。這又説明舊框子還沒有打破,在今天應該是引以爲憾的。

鼓詞到了漢代,又有進一步的發展,限於篇幅,暫時不談,這裏衹是引端而已;但可看出鼓詞在中國是源遠流長的。

編者説明:本文據代抄稿録編,原題《説瞽師——中國曲藝史料鈎稽隨筆之一》,今題爲編者酌改。劉録稿附記云:"估計是二十世紀六十年代初中期撰。"《周祝解》原文附後。

附：

周祝解①

曰：維哉！其時告汝：不聞道，恐爲身災。謹哉民乎！朕則生汝，朕則刑汝，朕則經汝，朕則亡汝，朕則壽汝，朕則名汝。故曰：文之美，而以身剥；自謂智也者，故不足。角之美，殺其牛；榮華之言，後有茅。凡彼濟者必不怠，觀彼聖人必趣時。石有玉而傷其山，萬民之患在□言。時之行也勤以徙，不知道者福爲禍。時之徙也勤以行，不知道者以福亡。故曰：肥豕必烹，甘泉必竭，直木必伐。地出物而聖人是時，鷄鳴而人爲時。觀彼萬且何爲求？故天有時，人以爲正；地出利，而民是争；人出謀，聖人是經。陳五刑，民乃敬；教之以禮，民不争；被之以刑，民始聽；因其能，民乃静。故狐有牙，而不敢以噬；貛有蚤，而不敢以撅。勢居小者，不能爲大。特欲正中，不貪其害。凡勢道者，不可以不大。故木之伐也，而木爲斧；賊難而起者，自近者。二人同術，誰昭誰瞑？二虎同穴，誰死誰生？故虎之猛也，而陷於獲；人之智也，而陷於詐；葉之美也，解（其）柯；柯之美也，離其枝；枝之美也，拔其本。儼矢將至，不可以無盾。故澤有獸，而焚其草木；大威將至，不可爲巧。焚其草木，則無種；大威將至，不可以爲勇。故天之生也，固有度；國家之患，離之以故。地之生也，固有植；國家之患，離之以謀。故時之還也，無私貌；日之出也，無私照。時之行也，順至無逆，爲天下者用大略；火之燀也，固定上，爲天下者用牧；水之流也，固走下，不善故有桴。故福之起也，惡别之？禍之

① 據《四庫全書》本《逸周書》卷九《周祝解》第六十七；並參黄懷信等撰，李學勤審定：《〈逸周書〉彙校集注》（修訂本）卷九《周祝解》第六十七，上海古籍出版社 2007 年版。

起也，惡別之？故平國若之何？須國、覆國、事國、孤國、屠國，皆若之何？故日之中也仄，月之望也食，威之失也陰食陽。善爲國者，使之有行。定彼萬物必有常，國君而無道以微亡。故天爲蓋，地爲軫，善用道者終無盡；地爲軫，天爲蓋，善用道者終無害。天地之間有滄熱，善用道者終不竭。陳彼五行必有勝，天之所覆盡可稱。故萬物之所生也，性於從；萬物之所及也，性於同。故惡姑幽？惡姑明？惡姑陰陽？惡姑短長？惡姑剛柔？故海之大也，而魚何爲可得？山之深也，虎豹貔狖何爲可服？人智之邃也，奚爲可測？跂動噦息，而奚爲可牧？玉石之堅也，奚可刻？陰陽之號也，孰使之？牝牡之合也，孰交之？君子不察，福不來。故忌而不得，是生事；故欲而不得，是生詐；欲伐而不得，生斧柯；欲鳥而不得，生網羅；欲彼天下，是生爲；維彼幽心，是生包；維彼大心，是生雄；維彼忌心，是生勝。故天爲高，地爲下。察汝躬，奚爲喜怒？天爲古，地爲久，察彼萬物，名於始。左名左，右名右。視彼萬物，數爲紀。紀之行也，利而無方；行而無止，以觀人情，利有等。維彼大道，成而弗改。用彼大道，知其極；加諸事，則萬物服。用其則，必有群；加諸物，則爲之君。舉其脩，則有理；加諸物，則爲天子。

南戲的產生、發展及其藝術特點

在南宋的各地,特別是商業繁榮的都市,都有戲劇出現。其中發展最快,首先具備唱、白、介完整的戲劇形式,要算溫州雜劇了。溫州雜劇不僅是浙江最早的戲曲,也可以説是中國較早的地方戲曲之一。

溫州雜劇又稱"永嘉雜劇",這是分別於金元"官本雜劇"而説的;又稱"南曲戲文",簡稱"戲文"或"南戲",這是分別北方"雜劇"而説的。溫州雜劇,金元市語稱爲"鶻伶聲嗽"。"鶻伶"是伶俐的意思;"聲嗽"是腔調的意思,意思是説這劇的腔調優美伶俐。溫州雜劇衍變到明清時,改稱爲"傳奇","戲文"這個名稱,現在江浙一帶還有沿用。

這一劇種的源流,根據祝允明《猥談》:"南戲出宣和(1119—1125)之後。"葉子奇《草木子》:"俳優戲文,始於王魁,永嘉人作之。"劉一清《錢塘遺事》:"至戊辰、己巳間(南宋寧宗嘉定元年1208、嘉定二年1209),王焕戲文盛行於都下。"大概在北宋末,產生於溫州的民間,中間經過八九十年的發展,到了南宋就流行到杭州了。

宋時,浙江的溫州、明州和福建的泉州,是對外貿易的大港。溫州位於甌江南岸,是當時國際貿易的大都市之一。雜劇興起於溫州,和溫州的商業活躍有關。南宋偏安杭州。那時的杭州和遭受敵人蹂躪的北方比較起來，是相對安定的。工商業畸形發達，封建剝削階級生活奢侈，粉飾太平。城市娛樂需要增加，藝人跟着就專業化、組織化起來。據《武林舊事》記載，杭州已有戲班的組織，雜劇有緋綠社，唱賺有遏雲社，影戲有繪革社；同時還有編寫劇本的"書會"。例如：《永樂大典》戲文三種的《小孫屠》，就是古杭書會編的。杭州城中，已有戲院出現。戲院稱爲勾欄或瓦肆，結構相當複雜，有戲臺、樂臺、化妝休息室等；演出有行頭、招子、道具、效果；主持的稱爲"樂頭"，演員稱爲"路歧"，劇作家稱爲"才人"。演員有男的，有女的，名演員受人尊敬。溫州雜劇就是在這樣的歷史條件下，從溫州到杭州，滋長發展的。

溫州雜劇最先產生於溫州農村，是一種山歌的形式。徐渭《南詞敘錄》説它是"里巷歌謠""村坊小曲"。這些歌曲來自生活，"順口可歌"，稱爲"隨心令"，是十分活潑自然的。歌唱的人都是"疇農"（農民）或"市女"（婦女）。這些口頭創作，當時是不被人重視的。徐渭説它"作者之陋"，"村坊小伎"，"不叶宮調"，"故士夫罕有留意者"。因此，這時的唱腔、歌詞就不可能被記録和保存下來。這些歌謠，實際上卻成了溫州雜劇的基本調，奠定了這一劇種的聲腔。這種聲腔傳播開來，從溫州到杭州。藝人在演出過程中，逐漸吸收和承繼了不少新的東西，像"宋人詞"和"雜劇曲"等，把它作爲牌子曲，音樂內容更爲豐富了，聲腔起了某些變化，有加工和提高，臻於完善，逐漸趨向定型化。

溫州雜劇的劇作，大都是民間故事，較多而直接地反映着人民的思想感情，因而具有強烈的戰鬥性，《趙貞女蔡二郎》和《王魁負桂英》兩劇可以作爲代表。蔡邕的故事，在宋時早已成爲"話詞"的材料，陸游詩中就有"身後是非誰管得，滿村聽唱蔡中郎"的句子。王魁故事，在唐人的《異聞集》、宋張邦基的《侍兒小名録》（引《摭遺》）、曾慥的《類説》（引《摭遺》）中曾説及。宋夏噩有《王魁傳》,李獻民《雲齋廣録》卷六《麗情新説》卷下有《王魁歌》,可見流傳久遠。蔡邕、王魁這兩個"衣冠人物"在民間故事中,是作爲反面形象出現的,而趙貞女和敫桂英是作爲被同情和歌頌的對象的。實際上,這是當時尖鋭複雜階級矛盾的曲折反映。這裏抒發了人民的思想感情,因此受到當時統治階級的迫害,被列爲"榜禁",或斥爲"妄作"。

温州雜劇受着封建經濟的制約,從鄉村跑入都市,從温州跑入杭州。在它的發展過程中,不斷受到封建思想的侵襲,使某些劇作的思想内容不斷起了變化。《趙貞女蔡二郎》原是寫"伯喈棄親背婦,爲暴雷震死"的,富有現實的戰鬥意義。蔡伯喈的醜惡本質,在作品裏獲得深刻的揭露與批判;到了高明手裏,"惜伯喈之被謗,乃作《琵琶記》雪之"。把它篡改了。高明企圖把蔡伯喈擺正,調和他與趙貞女間的矛盾,這就獲得了統治階級的激賞。朱元璋曾説:"高明《琵琶記》,如山珍、海錯,貴富家不可無。"又曰:"惜哉,以宫錦而製鞵也!"由是日令優人進演。階級觀點是何等鮮明!《王魁負桂英》,在明代曾被改作《桂英誣王魁》,官本雜劇中有《王魁三鄉題》劇目,已失傳,看來可能與《王魁負桂英》處理問題針鋒相對。

宋時官本雜劇盛行於北方,在浙江則盛行温州雜劇。南宋杭州亦有官本雜劇,元時官本雜劇中心漸漸由大都移到杭州。"北方雜劇流入南徼,一時靡然向風。"杭州就形成了南北戲並行的局面。《宦門子弟錯立身》是杭州才人編的,戲中曾説及南戲二十九本,可見那時杭州南戲的盛行。正如《宦門子弟錯立身》中所唱:

　　一個負心王魁,孟姜女千里送寒衣,脱像雲卿鬼做媒。鴛鴦會,卓氏女,郭華因爲買胭脂。瓊蓮女,船浪舉,臨江驛内再相會。

　　這一本傳奇,是周孛太尉;這一本傳奇,是崔護覓水;這一本傳奇，是秋胡戲妻；這一本是關大王獨赴單刀會；這一本是馬踐楊妃。

柳耆卿，蠻城驛，張珙西廂記，殺狗勸夫婿，京娘四不知，張協斬貧女，樂昌公主，牆頭馬上擲青梅，錦香亭上賦新詩，契合皆因手帕兒。洪和尚，錯下書，呂蒙正風雪破窰記，楊寰遇韓瓊兒，冤冤相報趙氏孤兒。

劉先主，跳檀溪；雷轟了，薦福碑；丙吉教子立起宣帝；老萊子斑衣；包待制上陳州糶米；這一本是孟母三移。

浙江就出了既工南戲又善雜劇的演員，夏伯和《青樓集》就曾說到女演員芙蓉秀：

龍樓景、丹墀秀，皆金門高之女也。俱有姿色，專工南戲。龍則梁塵暗籟，丹則驪珠宛轉。後有芙蓉秀者，婺州人。戲曲小令，不在二美之下。且能雜劇，尤為出類拔萃云。

浙江戲曲家，有能寫雜劇兼寫南戲的，在劇作上，就出現了南北調合腔的新體裁。鍾嗣成《新編錄鬼簿》云：

沈和甫，杭州人。……天性風流，兼明音律，以南北調合腔。

范冰壺，杭州人。……有樂府及南北腔行於世。

沈和甫的創作有《朱蛇記》《樂昌分鏡》《燕山逢故人》《歡喜冤家》《鬧法場郭興何楊》《瀟湘八景》等，范冰壺有《鶼鰈裘》，中間想有用南北合套寫的。《永樂大典》戲文中《小孫屠》一劇就有南北合套的曲子，更是顯然的。

溫州雜劇發展到了元代，南北交流，出現新的局面。溫州雜劇也影響了北方雜劇。如王實甫《西廂記》、朱凱《黃鶴樓》、李好古《張生煮海》等，打破北曲規律，一劇不限四折，一折不限一角歌唱,顯然是受了南戲影響。

戲曲是綜合性的藝術,探討溫州雜劇的源流應從多方面來考察。一般話劇是以說白和動作為基本的表現形式,歌劇則是以歌唱和舞蹈為基本的表現形式。溫州雜劇屬於歌劇,它的藝術成就我們如探討起來,是與歷史上的特別是北宋以來的舞蹈、音樂、滑稽、說唱、傀儡戲、影戲等相互影響和聯繫的。

中國自漢以後,歌舞日趨故事化。漢有巾舞,有歌曲和人物,已露出戲曲的苗頭。唐宋時有大曲、法曲,演奏舞步、音樂,和人物表情相配合。秦漢時的"俳優調笑",實開後世的相聲、笑劇或鬧劇的先聲。這種"調笑",常是辛辣地諷刺統治階級,為廣大人民所喜愛。發展到北齊,逐漸成為滑稽戲或參軍戲。唐時,稱為戲弄,在宮廷或都市中演出。唐五代的參軍戲,是由兩人扮演的,主角喚做參軍,配角喚做蒼鶻。兩人相互問答,即興撮合,在"調笑"中展開情節。金朝院本,角色比參軍戲有所增加。參軍改稱"副淨",蒼鶻改稱"副末",另外又加"引戲""末泥"和"裝孤"。"副淨"裝呆裝傻,專門"發喬";"副末"搗亂胡鬧,專門"專渾"。滑稽戲誇大了人物的性格,突出了角色,把敘事體發展為代言體。北宋時,曲藝盛行。組曲形式,由散詞發展而為套詞。有隻曲、鼓子詞、唱賺、覆賺、諸宮調等曲種。這種歌詞連篇,便於描述長篇故事。諸宮調已用"私表""宮白",有人物的"現身說法",突破了敘事體的束縛,走向代言體。諸宮調雖以弦索說唱,加上角色動作,是容易變為戲曲的。諸宮調故事性強,注意刻畫形象,採用口語,用白交代情節,用曲抒情寫景。曲白分工,表現人物性格,反映現實。宋時,傀儡戲、影戲已很發達。傀儡戲有杖頭傀儡,懸絲傀儡、藥發傀儡、水傀儡及肉傀儡等。《都城紀勝》云:"凡傀儡敷演煙粉,靈怪故事,鐵騎公案之類,其話本或如雜劇。"可見雜劇與傀儡戲有密切關係。影戲,據《夢梁錄》說:以

"羊皮雕形","綵色裝飾","公忠者雕以正貌,奸邪者刻以醜形"。有的竟"以人爲大影戲"。可見傀儡戲、影戲略同於雜劇,祇是角色不是自身説唱而已。

從溫州雜劇的劇作演出上看,它與上述的曲種、劇種是有繼承與發展關係的。總的來説,它是從歌舞中吸取了音樂和舞步,從滑稽戲中繼承了部分角色(如末、净、副净)和演出樣式——插科打諢之類,從諸宮調中學得了組曲方法以及情節處理。溫州雜劇是善向人家學習的,比起同時代的官本雜劇來,開朗得多了。它是在綜合、融化諸宮調的長處、舞蹈藝術的優點和滑稽戲的風格樣式的過程中,逐漸發展豐富起來的。

這裹,我們試説一説溫州雜劇的特點:它是以溫州地方的民歌爲基本腔調,吸收了"宋人詞"和"北曲",組成多種宮調的歌曲,作爲基本部分;用説白或韻白,補充或聯繫;用科介進行表演,穿插舞蹈場面,使人物行動和聲樂相配合;同時,用滑稽脚色插科打諢,側面地刻畫人物,從而增加戲劇的氣氛和情調。因此,溫州雜劇的基礎和秉賦是優越的,它大有發展前途。

這裹,我們試舉在《永樂大典》中保存下來唯一宋代的大型作品《張協狀元》,來説明一些情況。

在《張協狀元》裹,有舞蹈的場面:踏場之後,人物出場,先來一段舞蹈,稱爲"斷送"。這可看出南戲對舞蹈的繼承,這種傳統影響了後代的戲曲。

在《張協狀元》裹,保留着滑稽戲的風格。末(蒼鶻)、净(參軍)不斷地開玩笑,幾乎每場都有噱頭。有的是健康的,是爲劇情服務的;有的是迎合低級趣味的,對主題是有損害的。這傳統也影響了後世的戲劇和曲藝。

在《張協狀元》裹,有諸宮調演化而來的痕跡,即保留着某些諸宮調的特徵。戲的開始有引,引後便用諸宮調介紹故事梗概。

全劇場次不清,故事連綿敘述。這可看出《張協狀元》戲文是由《張協狀元》諸宮調發展來的。從曲藝發展爲戲劇,現在不少曲種、劇種,還是走着這樣的道路。

在《張協狀元》裏,所用的樂曲是豐富多彩的,它吸收了民間樂曲和詞曲,作爲牌子曲,有大曲、法曲、詞曲子和地方小調等。如《小重山》《復襄陽》《油核桃》《菊花新》《後衰》《歇拍》《終衰》《排歌》《鬬虵麻》《花兒》《十五郎》《山坡裏羊》《哭妓婆》《五方神》《趙皮鞋》《五更轉》《上堂水陸》《太子遊四門》《秋江送別》《薄倖》《鵝鴨滿渡船》等。每場不止使用一個宮調,也不限一人歌唱:有對唱、輪唱、合唱之分。這樣就便於多方面的抒情、寫景和刻畫人物。後世的南曲就繼承了這傳統,同時也影響了北曲。

在《張協狀元》裏,所用的語言是多樣化的,有切口,有方言,有黑話;有散文化的詩歌,有四六騈語,有七言詩句,有詞的長短句。這樣就便於表現人物不同的特色:如官僚、士人、小姐、貧女、小商販、江湖光棍、强盜、門子、村嫗等,能表現得恰如其分。這點,在現代彈詞中做得極爲出色。

在《張協狀元》裏,可以看出那時演戲,已十分注意化裝表演、象徵動作和道具效果了。

《張協狀元》劇作的存在,對於我們理解溫州雜劇,從而批判地接受,古爲今用,是有很大的現實意義和認識意義的。

編者説明:本文據油印稿録編。

南戲北劇之由來

一、先秦時代

據清陸次雲《跳月記》、清毛貴銘《西垣黔苗竹枝詞》及胡樸安《中華全國風俗志》記載，苗族的"跳月"，尚存古風。未婚男女，集於平原，吹笙搖鈴，終日舞蹈，暮各攜私而歸。正月及祭祀亦好舞。

《詩經‧陳風》中的《宛丘》《東門之枌》，當爲民衆歌舞之風的紀載。陳、楚相接，同屬南方民族。"其俗巫鬼"，有相通處。《陳風》多三言句調，《月出》純三言，加虛字；《二南》亦言歌舞。其衍變：（一）供王侯娛樂。（二）供祭神。前爲倡優，後爲巫。《説文》卷八："優，饒也；一曰倡也。""倡者，樂也。""優孟者，故楚之樂人也。"《詩‧小雅‧鼓鐘》《春秋左傳》之"季札觀樂"可證。有專爲貴人舞蹈之樂人，《墨子‧非樂》引逸書《湯之官刑》："其恒舞于宫，是謂巫風。"楚辭《東皇太一》："靈偃蹇兮姣服，芳菲菲兮滿堂。"靈，通巫，通神。優孟扮孫叔敖。

二、漢代

《禮記‧樂記》："今夫新樂，進俯退俯，姦聲以濫，溺而不止。及優侏儒，獿雜子女。"新聲舞蹈盛行。《史記‧大宛列傳》：武帝向西域示漢盛，"於是大觳抵，出奇戲諸怪物"，而"歲增變，甚盛益與"。"奇戲怪物"（見《西京賦》），假面舞，扮罷豹龍虎之類。

黃公戲(見《西京雜記》),"俗用以爲戲,漢帝亦取以爲角抵之戲焉"。漢代戲劇演神怪,雖幼稚,但已略具規模。

三、六朝及唐

西域文化傳入北朝,開音樂舞蹈新面貌。北齊,歌舞已扮演現實社會事件。有"代面""踏搖娘""撥頭"三舞記載。

"代面",演北齊蘭陵王以假面破敵之事。

"踏搖娘",演北齊蘇鮑鼻嗜酒,醉,毆妻。妻哭訴鄰里,時人演之以爲樂。

"撥頭",演西域胡人爲猛獸噬,其子求他獸殺之,爲此舞以象之。是一種戴假面具的樂舞,來自西域。又名拔頭、鉢頭。見《教坊記》《樂府雜録》《舊唐書·音樂志》。

北周,音樂上輸入七聲,開唐音隆盛先聲。入唐有《樊噲排君難》戲,昭宗四年(892)始作,演鴻門事,以歌舞爲主。

時有滑稽問答爲主之參軍戲。開元間李仙鶴善此戲,玄宗授之韶州同正參軍,始有此稱。《樂府雜録》《因話録》《唐闕史》有記載:優人李可及"乃儒服險巾,褒衣博帶,攝齊以升崇座,自稱三教論衡。其隅坐者問曰:'既言博通三教,釋迦如來是何人?'對曰:'是婦人。'問者驚曰:'何也?'對曰:'《金剛經》云:"敷座而坐。"或非婦人,何煩夫坐,然後兒坐也?'上爲之啓齒。又問曰:'太上老君何人也?'對曰:'亦婦人也。'問者益所不喻。乃曰:'《道德經》云:"吾有大患,是吾有身;及吾無身,吾復何患?"倘非婦人,何患乎有娠乎?'上大悅。又問:'文宣王何人也?'對曰:'婦人也。'問者曰:'何以知之?'對曰:'《論語》云:"沽之哉,沽之哉!吾待價者也。"向非婦人,待嫁奚爲?'上意極歡,寵錫甚厚"。

參軍戲由參軍、蒼鶻二角扮演,參正蒼副,除滑稽問答外,亦有歌曲。

四、宋（元）雜劇

《桯史》記優伶以"二聖環"諧音刺秦檜。

《都城紀勝》述雜劇組織略盡其要："教坊十三部,唯以雜劇爲正色。"在衆伎中,地位最高。雜劇種類爲三部："先做尋常熟事一段,名曰艷段;次做正雜劇,通名爲兩段。""雜扮或名雜旺,又名紐元子,又名技和,乃雜劇之散段。"較參軍爲進步。脚色分爲七:"末泥爲長……末泥色主張,引戲色分付,副凈色發喬,副末色打諢,又或添一人名曰裝孤。其吹曲破、斷送者,謂之把色。"《武林舊事》載有裝孤、裝旦,爲臨時角色。末泥、引戲、副凈、副末四者,爲固定主要角色,合裝孤或裝旦共成五色。全爲院本,爲北宋雜劇之流亞。

宋、金脚本無存,餘曲目見《武林舊事》《輟耕録》。樂曲演古今故事,不止滑稽戲。如《崔護六幺》《柳毅大聖樂》《裴航相遇樂》《鶯鶯六幺》《相如文君》《王魁三鄉題》。參考清凌廷堪《燕樂考原》。

編者説明:本文據手稿録編。

略談明清俗曲

　　一，南戲在初期，曲調大部分採用民間歌曲形式，但不久，這些民間曲藝被官僚文人所採取，到了明代，無論雜劇、昆曲或散套，都逐漸離開了人民，一天一天僵化了。可是潛在民間的歌唱，卻是永遠日新月異的，在創造着、流行着、發展着。明清時代新的唱詞，就是當時的俗曲，是宋元詞曲又一發展的新的形態。正如卓人月所説："我明詩讓唐，詞讓宋，曲又讓元，庶幾'吳歌''掛枝兒''羅江怨''打棗竿''銀絞絲'之類，爲我明一絶耳。"（陳弘緒《寒夜録》引）這種俗曲的流行，有它物質的基礎，不光爲群衆喜愛，而且也受羈人遊士所歡迎。它是作爲通俗的市民文學而發生發展的。這些作品成了當時藝人們的專業商品，從而有些小令也幾經考驗，成爲突出的模範曲子。其中有時雖不免淫穢，但大部分是健康的。在分解封建傳統禮教上，也會發生一定積極作用。

　　這種民間俗曲的抬頭，在明清這一階段，應開始於隆慶、萬曆時。其所以抬頭的原因，表面上看有兩點：思想上，程朱理學，日趨腐朽，王陽明新儒學代之而起，要求自我覺醒與個性解放。文學上，復古運動的没落，公安派（三袁）興起，反對詩文的形式主義，主張發抒性靈。這種運動開始於徐文長，李卓吾繼之而起，到袁氏弟兄，匯成巨流。思想上的王學與文學上的公安派，他們是有聯繫的活動，其基本原因是工商業的發達，對外貿易興盛,都市繁榮,市民階層壯大。故必然要打破思想上、生活上的枷鎖而傾向個性發展;同時由於追求自由,自然也要求平等。表現在文學上,則爲反對模擬古人,追求新清自然,因此重視民間文學,不鄙棄俚語俗學。如李卓吾推崇《西廂記》《拜月亭》《水滸傳》;袁中郎推崇《金瓶梅》,稱贊"打棗竿""劈破玉"等民間歌曲,這是很顯著的例證。所以當時俗曲非常流行,文人採用民歌形式也逐漸多起來。

二,這一階段的民間俗曲,我們所能依據的材料有下面幾種:

1. 馮夢龍的《掛枝兒》(童癡一弄)和《山歌》(童癡二弄);
2. 王廷紹的《霓裳續譜》;
3. 華廣生的《白雪遺音》。

明中葉以前的民間歌曲,就南方講,可以馮輯作爲代表。乾隆六十年(1795)以前,可用王輯作爲代表。嘉慶九年(1804)以前,可以華輯作爲代表。這幾種選集中,有歌謠、小曲。就作品看,其中一小部分是文人作品,大部分是民間東西。從内容所反映的情調看,十之八九都是屬於市民階層的,而且大都是男女愛情問題。單就婦女地位來説,市民階層的婦女較之農村婦女已得到部分解放。首先是封建道德的影響已減弱,所以情歌特別多,表現也較大膽,這些情歌和封建文人色情描寫有本質區別。我們從這種情歌中,可以看到兩性間真摯的感情,互相愛戀,互相尊重。這種兩性自由思想,在當時與以後,有着反封建的進步作用。如《掛枝兒·分離》,這種愛情心理多麼熱烈、堅定,而且有自信,是可以與漢代樸質的樂府民歌《上邪》媲美的純真健康的好作品。同時,另一部分婦女,反而因爲商業的發展,農村破産,淪爲娼妓,過着非人的生活。這在民歌中的表現也很多。又因城市市民階層婦女生活享受的提高影響到接近城市的農村婦女,她們羨慕城市繁華,不願再做農民的妻子,想改嫁,這在民歌中也有表現。這都說明社會經濟基礎的變化,影響到了社會思想意識的變化。

由於市民與農民在經濟生活上不同,反映到思想意識上,也就有着若干矛盾。城市市民往往體會不到鄉村農民的痛苦,看不起農民的樸素純真,因此農村婦女出嫁到城市裏常常爲婆婆所不喜歡。這種矛盾在"鄉里親家""我瞧瞧親家"中表現得非常真切。更重要的是女子出嫁後回到娘家的情況,表現出封建家庭的虛僞,沒有真情。可惜這些作品傳下來的太少了。

三,馮夢龍的《山歌》,絶大部分是蘇州民歌;而《掛枝兒》和《霓裳續譜》《白雪遺音》一樣,多爲各地小曲。這些歌曲大致上可分兩類:雜曲和雜調。雜曲是從元朝南北曲演變而來的,到了明朝,已與南北曲分離,有了新的創作,如《鬧五更》《打棗竿》《劈破玉》等。到了清朝,又有一批新的創作,如《剪靛花》《林梢月》等。這些曲子,在明朝中葉盛極一時,所以明末沈德符説:"不問南北,不問男女,不問老幼良賤,人人習之,亦人人喜聽之。"這種風氣一直到清朝都沒有衰退。

雜調多半創作於某一地區,流傳開去,就把原來產生歌曲地方的名字作爲調名,如歷津調(山東歷津)、北河調、馬頭調(又名碼頭調),都是當時商業發達、人煙稠密的地方。説明這種調子與市民階層有關係。

曲中又有西調,有人説產生於山西,因爲明朝山西樂户(妓女)很多,商業也很發達。山西幫勢力各地都有,這種西調可能產生於山西,跟着商業發展流傳開去。從民歌藝術上看,它的特點:

1.有雙關兩意語;

2.用韻自由;

3.句法自由;

4.問答形式。

這些特點是從古代民歌因襲而來的,但社會是發展的,因此俗曲的内容也跟着發展,形式也要發展,所以在明清階段的俗曲,也有着與古代不同的地方:

1. 完全與戲曲中的賓白一樣自由,如"羅江怨";

2. 富於韻律美;

3. 委婉盡情;

4. 有着加工的修辭美。

這説明市民文學的特點與南戲北曲對民間文學的影響。民間俗曲的影響在萬曆後較顯著,文人們受它影響,採用民間俗曲的新形式表現社會階級矛盾與民族矛盾的也不少,如歸莊的"萬古愁曲",包含濃厚的民族思想色彩。

除此之外,對社會上崇拜古聖先賢等偶像的現象加以嘲諷。到清初有蒲松齡、徐大椿、招子庸等。有的反映了階級矛盾,如蒲松齡的"學究自嘲";有的反映官僚的卑鄙,如蒲松齡的"東郭外傳";有的攻擊科舉制度與時文,如徐大椿的"時文歎";有的反映賣淫制度的痛苦,如招子庸的"想前因"。這些不僅採用民間歌曲形式,而且在内容上也是接近人民,同情人民的。

四,鼓詞、彈詞與寶卷,都是明代的講唱文學。提起講唱文學,我們便會想到話本、變文與銀字兒,它們是由詞曲歌唱變爲七言或十言的白話詩的。這裏很值得注意的是,照我們眼前的材料來看:寶卷最早稱宣卷,是勸善的,如《目蓮寶卷》;鼓詞最早的是《大明興隆傳》;彈詞最早的是《二十一史彈詞》。這三種東西是宋元以後產生的,是在戲劇盛行,銀字兒衰落,長篇小説風行的時候。這三種東西是作爲小説、戲劇的同盟軍普遍流行農村的。這些講唱文學的流行,是農村小生產個體經濟情況下爲文盲群衆服務的藝術品。它們有的是印刷品,意味着口語文學的領域更加擴展。這三種文體的淵源,可以下表顯示:

唐	宋金	元	明清
變文 市人小說 大曲	說經 銀字兒 講史書 諸宮調	評話或演義 雜劇	寶卷 評話或講史 三言二拍 彈詞 鼓詞 昆曲

　　鼓詞是流傳在北方的講唱文學,用的樂器以鼓爲主,所以叫鼓詞或鼓兒。這與以琵琶爲主的南方講唱文學彈詞一樣,多爲盲人説書。這種曲藝,南宋末年就已存在了。陸放翁的詩"負鼓盲翁正作場"可證。鼓詞本子的流傳,直至明末纔有。明末鼓詞傳本,我們能看到的有《大唐秦王詞話》《亂柴溝》。這時鼓詞句法以長短不一爲主,與清鼓詞多爲七言不同。它的内容多種多樣,有的講唱歷史故事,有的講唱世俗故事。直到現在,它還成爲農村中的通俗唱本。

　　彈詞是流行於南方的講唱文學。從它的音樂與文體來看,與諸宮調很像。諸宮調是連説帶唱的,它的説白是敘事的,歌唱是代言的。彈詞也有敘事與代言兩種體裁。

　　宋代又有一種叫陶真,是男女瞽者彈琵琶唱古今小説評話,這是彈詞發展的重要淵源。

　　在封建社會,封建思想是統治思想,這種思想侵蝕農民,使他們崇拜忠臣義士的歷史故事,喜歡聽才子佳人小説。因此,鼓詞、彈詞也充滿這種思想,有些甚至有色情描寫與低級趣味,進步思想表現得很薄弱。

　　比鼓詞、彈詞出現更早的是寶卷,它包括佛經故事與民間故事,是屬於宗教的宣傳文學。過去認爲是勸善書,很少受人注意,但也有其價值,值得研究。

編者説明:本文據手稿録編。

談談宋戲文《張協狀元》

一、宋戲文的簡介

宋戲文原是温州雜劇。《猥談》稱"南戲出於宣和之後，南渡之際，謂之温州雜劇"。又稱永嘉雜戲。演員多是永嘉人。《菽園雜記》曾云："温州之永嘉，皆有習爲倡優者，名曰戲文子弟。"《南詞敍録》稱："永嘉雜劇興，則又即村坊小曲而爲之，本無宮調，亦罕節奏，徒取其畸農市女順口可歌而已。諺所謂'隨心令'者，即其技歟？"這裏側面説明温州雜劇原是民間戲曲，出於農村，發展後進入城市。《張協狀元》爲保留下來的完整的宋戲文。

二、《張協狀元》故事梗概

《張協狀元》載在殘存的《永樂大典》第一萬三千九百九十一卷中，屬於三未韻"戲"字下的戲文二十七。《永樂大典》共二萬二千九百三十七卷，凡例、目録六十卷，共計一萬二千册（編者注：實爲11095册）。明成祖永樂元年（1403）開修，成永樂六年（1408）。寫本一直藏在宮中，嘉靖時作正、副兩本，副本存翰林院。清嘉慶時，宮中失火，正本焚毀。咸豐後，存於翰林院的副本亦漸散失。義和團事起,被帝國主義軍隊一掠幾盡。據繆荃孫《永樂大典考》所述,後來祇存三百多册。其中卷一萬三千九百六十五到一萬三千九百九十一,裏面共編入戲文三十三種。這本《永樂大典》,原卷八國聯軍入侵北京時,被英國奪去。一九二〇年,葉恭綽在倫敦的古玩店裏發見,把它買回來。北京圖書館曾借錄一本,一九三一年古今小說書籍印行會據北京圖書館鈔本排印。解放後,印行古本戲曲叢刊,又據北京圖書館鈔本,印入初集。

原本題目云:

> 張秀才應舉往長安,王貧女古廟受饑寒,呆小二(前)村調風月(此句"村"上疑脱一"前"字),莽強人大鬧五雞山。

全劇梗概是:四川成都府的士子張協,上京赴考。走到五雞山,忽遇强盜,把他的包裹奪去,並把他打傷。張協甦醒後,扶傷步入一古廟中。這廟棲息着一個姓王的貧女,貧女同情他的苦難,給他飲食,盡心事奉他,讓他把傷養好。貧女是極其窮苦的勞動婦女,並無父母兄弟,在村中祇依在李大公、李大婆家中做工過活。李家的兒子小二曾調戲她,向她求婚,被她嚴辭拒絕了。張協病好,也向她提出結婚的請求。她一方面憐惜張協是讀書人,另一方面又在李大公、李大婆的勸勉下,答應了與張協結婚。成婚後,張協又準備上京,貧女把自己的頭髮剪下來出賣,給張協做路費。張協上京,果然中了狀元。宰相王德用要把女兒王勝花嫁給張協,被張協拒絕了。王貧女得知張協中了狀元,上京去尋他,張協已被派爲梓州府簽判,竟不認貧女爲妻,貧女祇得行乞還鄉。張協到梓州上任,路過五雞山,又遇見了貧女,竟意圖將她殺死。貧女被李大公、李大婆救活。王勝花因被張協拒絕婚事,氣憤而死。王德用恨張協,要與女兒報仇,主動請求到梓州任官,以便做張協的上司。王德用上任時,路過王貧女住的古廟,認貧女爲女兒。到梓州,把貧女作爲自己女兒嫁與張協,張協這時不得不認貧女爲妻。

這個故事顯然與《陳叔文三負心》《王魁負桂英》《李勉負心》《趙貞女蔡二郎》的故事是同一類型的。故事可能最早出於鄉間，悲劇性、鬥爭性十分強烈。流傳到城市後，受了統治階級思想的侵襲，所反映的尖銳的階級鬥爭意識逐漸被削弱了，結構也就變了。原作可能是王德用把女兒嫁給張協，像張協這樣一個人是求之不得的，並未拒絕——或是由動搖而接受，便拋棄了貧女，內心有一個矛盾鬥爭過程。這故事這樣寫，一方面現實性不強，另一面也不合王德用這人的思想邏輯的內在發展，這當是竄改者流下來的不自然的痕跡。

《宦門子弟錯立身》中列舉南戲戲名的"排歌"中說到"張協斬貧女"。《南詞新譜》的中《集古傳奇名》說："張葉身榮，將貧女頓忘初恩。"都曾提到這個劇本。《宦門子弟錯立身》是元代的南戲，《張協狀元》當在其前。這劇開場，末唱云："狀元張葉傳，前回曾演，汝輩搬成。這番書會，要奪魁名。占斷東甌盛事，諸宮調唱出來因。"可見這戲是先有諸宮調，後改編爲南戲的。在諸宮調時，名爲《狀元張協傳》，已有修改；到南戲，又有改動。戲中寫張協自四川經五鷄山赴長安去考試，這條道路，是自四川人赴汴梁的路徑；但戲中又云路過湖州，這條道路，是自四川至杭州的路徑，現在混在一起，可以說明這故事先寫京都在汴梁，後改爲杭州。從這點看，這故事流傳的時間到戲文的出現是較長的。在這故事流傳過程中，主題思想不斷被歪曲，成爲這作品的糟粕部分。雖然這戲蒙上了不少封建性的灰塵，但並不能掩沒這戲的光輝。所以我們今天不衹是指出這戲的局限性，更應糾繆發覆，恢復它原有的光輝。

三、《張協狀元》的主題及其形象

《張協狀元》有着歷史的進步意義。它對貧女寄以深厚的同情，表彰了正直、剛強的貧苦婦人的美德；對張協陰險、毒辣、忘恩負義的封建士人本質作了深刻的揭發。它對貧女熱情幫助不幸者的品行加以讚美，對千金小姐俗惡的選夫標準加以嘲笑，對人民的古道熱腸加以歌頌，對官僚的奸詐加以譏笑，這些都是《張協狀元》主題思想上的進步表現。

劇中的人物形象張協，是一個有着正統儒教思想的士人，"從小裏蒙嚴父教六藝，通文通武"，希望"十年學成文武藝，一朝貨與帝王家"，"顯父母，揚名姓"，"扶保聖明君"，夢想"平地一聲雷"，中舉當官，名利雙收。他没有是非，無情無義。在他被强盗剥去衣服，即將在風雪荒山凍死時，是貧女的破廟、草鋪、衣服、水飯救了他，並在貧女的照護下養好了傷，恢復了健康。他看到貧女年輕貌美，便向貧女求婚；遭到貧女拒絕，便立誓並找李大公勸説。結婚後不久，便痛打貧女，説"貧女害了我家計"。貧女賣了自己的頭髮，爲他準備路費，使他進京趕考，但他在路上却後悔這"姻緣"，認爲"娶它貧女是不得已"，祇是"宿食圖温飽"的辦法而已。所以"幸而脱此處，身心一時新"。當他中狀元後，便吩咐門子："村夫並婦人不得放入！""官員往來，盡自不妨。"貧女很想念他，到京中找他，和門子發生爭吵，他便出廳教訓貧女説："曾聞文中子曰：'辱莫大於不知恥辱。'你貌陋身卑，家貧世薄，不曉蘋蘩之禮，豈諧箕帚之婚？吾乃貴豪，女名貧女敢來冒瀆，稱是我妻，閉上衙門，不去打出！"當他上任又經過貧女破廟時，他覺得在落難時和貧女結婚是他生平的恥辱，"古詩云：濁水難藏許氏龍"，他和貧女的婚姻是"龍逢淺水遭蝦戲，鳳入深林被雀欺"，是貧女玷辱了他的高貴。貧女的存在是他的高貴的斑瑕，是他歷史上的污點，所以他要"斬草除根，與它燒了古廟"。這曾經使張協不致凍死的古廟，現在已經有傷狀元的驕傲，和貧女的戀愛已被貴人認爲是恥辱，所以他認爲"恨小非君子，無毒不丈夫"。他決定要將貧女"一劍殺死，和那神廟一時打碎"，於是張協便在廟外砍了貧女一劍。這在張協看來並不覺得這種毒惡行爲是不道德的，相反的，這正是損人利己的封建道德的發展。他不感覺到慚愧,他的一切惡行都以"聖賢教義"作辯護,引經據典地爲非作歹,這就是封建士人的手段。

貧女是一個貧苦的女孩子,"父母雙亡許多時","又沒兄弟,遠房族親更無一人,諸姐妹又絕無一個,祖無世業,全沒衣裝","獨自一身依古廟","住古廟七八年"。依靠勤苦的勞動,"每日三餐勤苦,村莊機織","織絹更緝麻,得人知重"。她希望"能遇得一個意中人,共作結髮夫妻,相與偕老",忽然"聖人的門徒"、儒林秀士張協,在被強盜搶去盤纏剥光衣服之後,跑到她的古廟中來。她讓出草鋪,給他吃自己的粥,調護他"遍身虛浮赤腫"的身體。當張協病好向她求婚時,她說:"還嫁汝好殢人疑,惹人非。"拒絶了張協。張協又請李大公、李大婆說合,並宣稱自己"詩書禮樂曾諳歷,我豈敢負伊?伊放心,不須要慮及我負妻,慮及辜負伊"。不久,張協要去"赴舉奪魁名",是央及貧女"多方宛轉,去借盤纏","回來自當償還"。貧女恐張協"春寒衣衫不辦,辦與衣衫,一路免得身寒",於是剪掉頭髮,賣給李大婆,借了錢,打發張協動身。張協走後,貧女"錢又沒撩丁,米又沒半升,祇得往大公家去緝麻緝苧,胡亂討些飯吃"。所得爲張協還債。貧女是這樣善良、熱情、勤勞、温厚的人。貧女找到京中,見了張協,被張協令門子打出去。這裏表現了貧苦婦女的剛強和自尊,表現了人民的氣魄。她並不哭泣,不哀求,不乞求狀元的憐憫。轉回頭,一路討飯,返回故鄉。她不願意引起關心自己的人的憐憫,不願引人嘲笑,於是將真情藏起來,佯稱沒有找到張協。這正是一個不示弱的剛強的勞動婦女的性格表現。這樣她又在古廟住下來,每日辛苦地勞動,以維持自己的生活,以還償張協的債務。但張協仍不放過她,又專程跑來殺她。被張協斫卻一臂,她仍不肯說明真相,仍將悲哀藏在肚裏。當然,這樣的善良是被寫成軟弱了。但貧女的犧牲自己救助受難人的行爲,心地的純潔、善良、厚道、天真、熱情,都是被作者予以肯定的。

通過這兩個形象,作者反映了當時讀書人的寡廉鮮恥、奸險毒辣的行爲,勞動婦女的優良品格,當時官場的俗惡,封建社會婦女的地位低下和受到的迫害。顯然,貧女這一人物,顯示並概括了農村勞動婦女的優秀品格,而張協是統治階級的封建士人。這裏所顯示的矛盾,是當時勞動人民與統治階級尖鋭矛盾的反映。所以《張協狀元》雖在都市中演出,所表現的主要思想傾向性,是站在農民立場上的。

此劇還創造了許多人物形象,如小商販、江湖光棍、丞相小姐、門子、算命先生、農民、店婆、舉子等。在上述人物的描寫中,着重在行業特徵和人物性格,因此對當時的社會生活和風俗都有很精彩的反映。

但是由於受到統治階級思想的侵襲和封建文人的竄改,作品中也滲進了反現實的東西,最後出現了離奇的團圓結局。因爲是反現實主義的,所以寫得不生動,不得不在插科打諢、載歌載舞中倉促結束。

編者説明:本文據手稿録編。劉録稿附記云:"(係用)東海文藝出版社稿紙,估計二十世紀五六十年代撰。"

《張協狀元》讀記

題目體例不一：有嵌寫戲名的，如《宦門子弟錯立身》《小孫屠》是也；有隱括全劇大意的，此獨重言五雞山遭劫之事。

題目，後世變相寫在劇末，則爲下場詩，如原本《琵琶記》有題目，今移作下場詩可證。

末有正、副之分，此副末也。末源於古之蒼鶻，"蒼鶻"急言之即末也。末白意即末念；下兩調皆詞調，是念而非唱。第一調渾說大意，勸人及時行樂，即勸人唱戲聽戲；第二調點名劇情。戲文之但有一調者，則省去第一調之渾說大意。此詞調至明傳奇衍變而爲家門之形式。

但咱們：但，發語詞。

雖宦裔：蓋唱演者爲官家票友也。票友古謂之"票房"，今又謂"客串"。古人以票友爲行家生活，職業藝人爲戾家把戲，"戾"之意爲"背"，言其僅能背誦脚本而已。見《太和正音譜》引趙孟頫語。今人稱票友爲"羊毛"，其意爲外行，與古情況適反。

詠風嘲月：指表演；插科：指加入滑稽動作。古時滑稽戲與參軍戲分行，至宋合爲一。故戲中有大量滑稽成分。《夢梁錄》云："副淨色發喬，副末色打諢。"發喬者，裝呆之意。

搽灰：謂傅白粉。《朝野新聲太平樂府》：杜仁傑"莊家不識勾闌"，謂"灰"爲"石灰"，但此非真實反映，因此曲所以調笑莊稼人之不瞭解也。莊家,謂柵闌門爲椽做的門,扶梯稱木坡可知。《水滸全傳》八十二回謂傅蛤粉,此近是。今人畫中鉛粉用蛤石粉,即此粉。

一似長江千尺浪:自誇嘘其演唱有聲勢也。

教坊格範:猶言戲班規模。古時演戲,一爲供奉内庭;二爲承應官府;三爲勾闌上演。承應官府,開封府有衙前樂。一、二皆教坊之樂,後世引申,便泛指爲演戲組織。

廝羅:近於古之刁斗,軍中樂,後世變爲戲場中樂器。

鳳時春:爲中吕慢詞。

叶:古協字。

萬般二句:出《神童詩》,此詩傳説北宋時汪洙所作,"洙九歲能詩"。

兀誰:兀,讀烏,猶言阿誰;阿亦讀 ē,阿房宮之阿。

煉藥二句:出魏野詩。"燒葉爐中無宿火",原言生活清苦,見北宋惠洪《冷齋夜話》。後"葉"誤作"藥","燒"亦漸改爲"練"。此二句謂辛苦練藥之道家已停其爐火,暫輟工作,而張協則仍讀書不歇也。

大比:大,古讀代。今北方人稱醫生爲大夫,大仍讀代。

小重山:不知宮調慢詞,此曲詞爲代言體。

宦旅:猶言遊宦。

生死二句:見《論語·顏淵》。由命,原作有命。

目即:猶即刻,今人猶言目下。

浪淘沙:羽調近詞。

迤儷:斜行貌。此處引申作漸次意。

白雲直下:即白雲下,曲中常多"直"字,如頭直上,今人言"頭上"。

嬌妳妳:形容生活舒適之人。今温州猶有此方言。

巍巍:見《論語·泰伯》:"巍巍乎,舜禹之有天下也而不與焉!"

望望:見《禮記·問喪》:"望望然,汲汲然,如有追而弗及也。"

鴻鵠:鴻鵠高飛,猿狄善登,猶飛越不過。上數語皆狀山之高也。

鮈鮈鮐鮐：鮈，訶謳切；鮐，訶合切，骭聲也。此處形容不詳，疑
爲匆匆棘棘之誤。下句言藤柱鬚尖可知。

瑤池：見《穆天子傳》及《太平廣記》引《墉城集仙錄》。

散神仙：爲玉帝所轄神仙；而未委職位者，稱散神仙。

柯：支條也。

犯思園：此調不見他書。中呂慢詞有思園春曲，中又有犯調，
爲過曲一類，引子中用之。後世稱爲集曲。

朔風：北風也。

柳絮：言雪花，用道韞故事。

恁地：如此地，今江蘇常熟猶有此方言。

尤如：戲曲中猶、尤、由，混用不分。

七魄：古人常言七魄。《抱朴子》《黃庭內景經》多言三魂七魄，
今人始言三魂六魄。

磕腦皮袍：包頭物，古又謂之抹額。

末介：動作表演之詞，此演張協拜啓之動作。

繞池游：爲商調慢詞。

裹足：盤費也。

頭稍：頭髮也。鄭廷玉《包待制智勘後庭花》（王慶怒採正末頭
髮科）（正末唱）他把我頭稍、頭稍攬住。稍、梢，戲曲中混用。

查果：遮裹，音同，謂衣被也。

性分：性命也。

慈鴉共喜鵲：同時叫，故吉凶未卜。雅，鴉本字。

話文：説話本文。

敷演：表演也。

後行腳色：奏樂者之名。今人猶稱奏樂者爲後場。

末泥：正末也。戲文無正末，此爲生也。

自鳳時、春至此：皆爲諸宮調。先諸宮調而後戲文，足覘戲文
衍變之跡及此劇演傳之早——蓋行於南宋初年，早於金元雜劇。

斷送:猶今人言饒頭戲。

詩書:借指讀書人。

溺淪:沉淪也。

闕:宮殿。

龍城:見《漢書·匈奴傳》,此指京城,惟小説、戲曲往往用之。

鈞鼇:見《列子·湯問》篇:渤海東有五山漂浮,天帝命臣鼇負之,龍伯國人吊其六。此喻才氣之大。

青雲:見《史記·范睢傳》:"賈不意君能自致於青雲之上。"

翩翩:飛貌,此言時光之快。

末:丑。

所向:所謂發喬打諢。

名紙:猶今人言名片,古人投刺用紙,故云名紙。

討:即尋覓。《紅樓夢》中猶言討束。

安泊:歇宿也。

采:幸運意,原爲在賭博中名博者稱拈好牌曰采。

賃錢:房租也。

瓦子:巷也,猶北方人言街衢之類。

章子厚:名惇。當軸作宰官也。《耆舊續聞·卷四》云:"章子厚當軸,喜罵士人,嘗對衆云:'今時士人如人家婢子,纔出外求食,個個要作行首。'張天覺(號商英)在旁云:'如商英者,莫做得一個角妓否?'章笑,久之遂遷職。"

請數看:看,語尾詞。

官司:指損稅窮人無從剝削,故奈何不得。

人道:人,疑是義。

有介:有即又,曲中常通用。

你討房錢:討釋作取。

刭:威脅。

蔣孝《舊編南九宮譜》:明刻本,北平圖書館有藏本,今失。

沈璟:萬曆時人,有《南九宮十三調曲譜》(別題《南曲全譜》,簡稱《南曲譜》),九宮正始不分卷。

板式:猶今人言拍子。

打脊:宋時有所謂杖脊,此罵人囚犯。

橋亭上眠:余幼時,猶常見乞丐臥橋上,病歿,地方報官,橋無主家,可不受牽累。

人客:浙東方言,客人稱人客,至今猶如此。

訪客:浙東方言曰走人家。

我去論:言我去告狀也。

討柴:猶言討棒也。

解元:古稱讀書人曰解元,猶今人稱先生也。

殢:惹也。

"些子"四句為下場詩。

縮頭語:為旺禪師禪語,見《五燈會元》卷十六:"人問:'如何是佛祖西來意?'答曰:'入市烏龜。'又問:'此意旨如何?'曰:'得縮頭時且縮頭。'"

此戲文共五十三段,不少與情節關係不大。二段寫張協與友人作詩;三段圓夢。此段寫張協投宿客館,主要寫淨丑。

此戲以打諢為主,可見此戲之古。

宋周密《武林舊事》:官本雜劇段數(兩三百種)有《賴房錢》《啄木兒》,疑此從中脫套出來,此可稱為《賴房錢》《麻郎》。

節奏緩急:4/4,一板三眼,疊用,麻郎;4/2,一板一嘁,獨用,窣地錦襠。

引子、過曲、尾聲:引子不論宮調,有腔調而不用音樂,可當尾聲用。

望吾鄉:仙宮過曲(近詞),稱為衝場曲,近引子。

窣地錦襠:仙呂入雙調過曲。

疊用曲後可不用尾聲,用下場詩;獨用曲後用尾聲,而不用下場詩。

生旦用細曲，净丑用粗曲。

宋元戲文傳至今日有三種情況：一、保持原狀，《永樂》本三種；二、經明人修改，有十餘種；三、失傳。宋元戲文輯佚有一百多種，名稱有一百六七十種。

明人修改之戲，最重要有四種：《荆釵記》《劉知遠白兔記》《拜月亭記》和《殺狗記》，簡稱"荆劉拜殺"。四種中，《荆》《拜》較好，《劉》前後情事脫節，《殺》摻入不少理學迂腐氣息，皆爲明人所改壞。

明徐謂《南詞敍録》：宋元舊篇有王十朋《荆釵記》（可能宋人作，佚），又有李景雲《崔鶯鶯西廂記》。李景雲，近人考證實爲元人。

此書流傳今有兩系統：1.《王狀元荆釵記》，士禮居舊藏影鈔明本。2. 屠赤水評本、李卓吾評本、汲古閣《六十種曲》本、暖紅室本。

作者問題：明吕天成《曲品》云之柯丹丘。王國維《宋元戲曲考》以爲元柯九思，號丹丘，不會作曲。

編者説明：本文據手稿録編，手稿首頁有兩段小字附記，一爲："五八年一月七日。今晚在松木場聽嚴震芳説《唐書英雄》，蓋十三太保李存孝打虎降妖，妖怪變爲軍器，上有銘文：聽我仙人話，夫子不要他。鐵筆手中拿，其名筆硯抓。"另一爲："中醫謂神經爲陽，内分泌爲陰。'胃呆'乃胃分泌稀少。以西洋參代茶治之，醫家曰'養胃陰'。蜜糖草麻油可以順腸通便，清導丸分量則較重。此二事聞之張天方先生。五八年元月十日燈下記之。"

略談《董西廂》

一、優秀的曲藝作家——董解元

曲藝，或稱説唱文學，是中國文學的樣式之一。所謂曲藝，是從曲目的演出角度來説的；所謂説唱文學，是從曲目的書面文學角度來説的，兩者着眼的角度不同，所説的事物是相同的。中國的曲藝，有着悠久光輝的歷史傳統。

《董解元西廂記》是一部曲藝名著，它的作者是一位優秀的曲藝才人。① 這部作品名稱較多，一般稱爲《董解元西廂記》，簡稱《董西廂》，又稱《西廂記諸宮調》，又稱《西廂記搊彈詞》，或稱《弦索西廂》。

爲什麽稱爲《董解元西廂記》或《董西廂》呢？這是就作者來題名的。元代有王實甫所撰的《西廂記》雜劇，泛稱《西廂記》，或簡稱《王西廂》。題作《董西廂》是用以分別於《王西廂》或泛稱的《西廂記》的。爲什麽稱爲《西廂記諸宮調》或《西廂記搊彈詞》，或《弦索西廂》呢？這是由它所採的曲藝形式而取名的。《董西廂》是由曲藝脚本而被視爲文學名著的，它採用宋、金時代民間非常流行的一種曲藝形式——諸宮調的體裁，來編寫與演唱，因而就被稱爲《西

---

① 指演員而兼作家。

廂記諸宮調》了。諸宮調這種曲藝形式，是以唱辭和説白相互的間雜，配着音樂，來説唱一個較長的故事的。彈奏之時，以琵琶作爲主要的伴奏樂器。琵琶演奏，有"撥彈"與"搊彈"兩法，諸宮調是用"搊彈"，因而配合這種伴奏音樂所作的唱詞，稱爲"搊彈詞"。熟悉這種業務的，稱爲"搊彈家"。彈唱或記録《西廂記》諸宮調的，就稱爲《西廂記搊彈詞》了。琵琶是弦樂，是用弦索製成的，因而彈唱《西廂記》諸宮調的，又稱爲《弦索西廂》了。

這部作品的刻本，最早見著録的，是錢曾（號遵王）的《也是園藏書目》，在卷十"説唱"類中，稱爲《董解元西廂記》。所以一般都用這個名稱，或者簡稱爲《董西廂》，其他名稱就不常用了。

董解元是《董西廂》的作者，他的生平，歷史文獻記述不多，他的名字已經失傳。近年有人説：曾見過湯顯祖的《董西廂》親批本，説他姓董名良。又有人説：根據天一閣某抄本記載，董解元名琅。但這些並不可靠。[①] 元代鍾嗣成所撰的《録鬼簿》，是研究雜劇、南戲作家生平的重要歷史文獻，在這書的卷一"前輩名公樂章傳於世者"條下，首列"董解元"的名字，題曰："金章宗時人（金章宗當宋光宗、寧宗時候，1190—1208）。以其創始，故列諸首云。"話説得很簡單。所謂"創始"，是説董解元是最早運用北曲來寫曲的。[②] 陶宗儀《南村輟耕録》卷二十七説："金章宗時，董解元所編《西廂記》，世代未遠，尚罕有人能解之者。"所載和《録鬼簿》差不多。"解元"，在宋元時期，有時用作對藝人的一般稱號。宋周密《武林舊事》卷六"諸色伎藝人"條："演史"有許貢士、張解元、陳進士、李郎中、武書生、劉進士、穆書生、戴書生、王貢士、陸進士；"商謎"有東吳秀才；"散耍"有杜秀才；"合笙"有雙秀才這些稱謂。明都穆《南濠詩話》

① 見凌景埏校注《董解元西廂記》前言，人民文學出版社，1962年。
② 關漢卿有《董解元醉走柳絲亭》雜劇，這裏的董解元不一定就是作《西廂記》的董解元。

中有"卻於瓦市消遣,專説史書喬萬卷、張解元"等話。可見"解元"
"進士""貢士""秀才"或者"郎中""書生",和科舉或官職的專稱不
同,都不過是人家對他們的書藝成就所加的一個含有頌美的綽號
而已。這種情況,在今日的評彈藝人中還是偶而可以遇見的。明
朱權《太和正音譜》説董解元是"仕於金,始製北曲"。清毛奇齡《西
河詞話》又説他是"金章宗時學士"。所謂"仕於金"及"學士",恐怕
都是從"解元"兩字推想和附會出來的。

看來董解元可能是一位"書會才人",或是民間藝人,至少應該
説是一位優秀的民間曲藝作家。① 《董西廂》卷一開首就寫道:

〔仙呂調〕【醉落魄纏令】……秦樓謝館鴛鴦幄,風流稍是
有聲價。教惺惺浪兒每都伏咱。不曾胡來,俏倬是生涯。

【整金冠】攜一壺兒酒,戴一枝兒花。醉時歌,狂時舞,醒
時罷。每日價疏散,不曾着家。放二四,不拘束,盡人圍剝。

可見他出入"秦樓謝館",十分有聲望,那些聰明機靈的風流子
弟都很敬重他,這當然是由於他的生活作風、才學技藝不同一般。
他矯矯地過着風流放蕩的生活,總是"攜一壺兒酒,戴一枝兒花。
醉時歌,狂時舞,醒時罷",不是每天悶坐在家中的,祇是放縱自己,
追求藝術生涯,人家的指摘,都隨它去。他大約是一位狂放不羈,
不爲封建禮法所拘束,生活在下層社會的民間藝人。

董解元有才藝,能唱能寫:"曲兒甜,腔兒雅,裁剪就雪月風花,
唱一本兒倚翠偷期話。"他對諸宮調的曲藝非常熟悉。

【太平賺】……俺平生情性好疏狂,疏狂的情性難拘束。
一回家想麽,詩魔多,愛選多情曲。○比前賢樂府不中聽。在
諸宮調裏卻着數。一個個旖旎風流濟楚,不比其餘。

---

① 解放前,蘇州有專做彈詞唱篇的先生。他們把唱篇做好了,供藝人
演唱,從而獲得一定的報酬。他們是以此爲職業的。

【柘枝令】也不是崔韜逢雌虎,也不是鄭子遇妖狐,也不是井底引銀瓶,也不是雙女奪夫。○也不是離魂倩女,也不是謁漿崔護,也不是雙漸豫章城,也不是柳毅傳書。

所謂"愛選多情曲",是説他愛唱諸宮調中以愛情爲題材的作品,諸如《崔韜逢雌虎》《鄭子遇妖狐》《井底引銀瓶》《雙女奪夫》《離魂倩女》《謁漿崔護》《雙漸豫章城》《柳毅傳書》這些諸宮調脂粉書,都是他非常愛好的,而且覺得這些還不夠味道。

董解元所最擅長的,是説唱崔鶯鶯和張珙的戀愛故事,因而把它記録下來,成爲諸宮調的《西廂記》。董解元流連於"秦樓謝館",過着"醉時歌""狂時舞""盡人團剥"的生活。這種生活作風及其思想意識,在封建社會裏有不滿現實的一面,是與當時人民的反封建的思想意識相通的。

董解元在這種思想指導之下,不爲世俗庸利所繫,悠悠地追求他的藝術生活。他對人生,對藝術,別有一番見地。

〔般涉調〕【哨遍·斷送引辭】太皞司春,春工着意,和氣生暘谷。十里芳菲,盡東風絲絲柳搓金縷;漸次第桃紅杏淺,水綠山青,春漲生煙渚。九十日光陰能幾? 早鳴鳩呼婦(媰),乳燕攜雛;亂紅滿地任風吹,飛絮蒙空有誰主? 春色三分,半入池塘,半隨塵土! ○滿地榆錢,算來難買春光住。初夏永,薰風池館,有藤床、冰簟、紗幬。日轉午,脱巾散髮,沉李浮瓜,寶扇摇紈素。着甚消磨永日? 有掃愁竹葉,侍寢青奴。霎時微雨送新涼,些少金風退殘暑,韶華早暗中歸去。

【耍孩兒】蕭蕭敗葉辭芳樹,切切寒蟬會絮。淅零零疏雨滴梧桐,聽啞啞雁歸南浦。澄澄水印千江月,淅淅風篩一岸蒲。窮秋盡,千林如削,萬木皆枯。○朔風飄雪江天暮,似水墨工夫畫圖。浩然何處凍騎驢? 多應在霸陵西路。寒侵安道讀書舍,冷浸文君沽酒壚,黄昏後,風清月淡,竹瘦梅疏。

一年四季,欣賞大自然的美妙風景。正是:"好天良夜且追遊,清風明月休辜負。"董解元的藝術胸襟,是十分瀟灑自如的。

二、捵彈詞與諸宮調

(詳見後文《略談捵彈詞與諸宮調》,此處從略——編者)

三、從元稹的傳奇《鶯鶯傳》到董解元的諸宮調《西廂記》

《董解元西廂記》所寫的是張珙與崔鶯鶯的戀愛故事,故事的素材,是從唐代元稹的《鶯鶯傳》衍變、發展而來的。《鶯鶯傳》用傳奇的體裁來寫,是文人作品;《董解元西廂記》是用諸宮調的曲藝形式,在瓦肆、勾欄中演唱,是曲藝腳本。這兩個作品,寫作時代不同,作家的階級地位不同,所採用的體裁及其服務的對象不同,所反映的思想內容及其所塑造的人物形象也不同。但《董解元西廂記》與元稹《鶯鶯傳》有淵源關係,論述《董西廂》可從《鶯鶯傳》談起。

元稹,字微之,河南河內人。[①] 年十五,舉明經,補校書郎。唐憲宗元和元年(806),對策第一,拜左拾遺。累官至中書舍人、承旨學士,由工部侍郎入相;旋出爲同州刺史,改越州,兼浙東觀察使。文宗大和三年(829)召入爲尚書左丞、檢校户部尚書,兼鄂州刺史、武昌軍節度使。五年(831)七月,卒於鎮署,年五十三。[②]《舊唐書》卷一百六十六、《新唐書》卷一百七十四俱有傳。白居易是元稹的好朋友,時號"元白"。他的作品有《元氏長慶集》一百卷,《小集》

---

① 今河南沁陽人。

② 公元 779—831 年。

十卷，今祇存《元氏長慶集》六十卷。《鶯鶯傳》未收入《元氏長慶集》，而見於《太平廣記》卷四百八十八中。

《鶯鶯傳》這篇傳奇小説，據宋王性之的考證，是有作者的面影在内的。① 總的説來，《鶯鶯傳》的故事情節與思想内容，與元稹生活際遇及其思想意識是符合的。張生是元稹自己的影子，鶯鶯就是他所戀愛過而又被他拋棄了的一個女子。至於鶯鶯是否姓崔，或是他的中表，與真人真事可能有出入，那是不關重要的。説鶯鶯是名門之女，那是出於作者虛構。② 元稹寫這傳奇時，他已經結上名門世族，和尚書僕射韋夏卿的女兒韋叢結了婚。他的結婚，自然是崇尚勢利，由於這樣，他對勾引過的鶯鶯，就不能不"始亂終棄"，並進一步把她説成"妖孽"，爲他的"始亂終棄"罪惡行爲辯護。陳寅恪先生斷言《鶯鶯傳》是元稹"在攀結名門和惟利是圖的觀點之下，對女性'始亂終棄'……的輕率態度的坦白書"。我看不是這樣。這篇傳奇實是借張生的口，宣揚他的艷遇和"善補過"，從而説明"天之所命尤物"，"不妖其身，必妖於人"，"夫使知之者不爲，爲之者不惑"，實際上反映了官僚士大夫階級對女性的玩弄與侮辱。

在這傳奇中，作者主要塑造了鶯鶯與張生兩個人物形象。鶯鶯有着青年應有的熱愛生活、追求自由和幸福的理想，但在那時的封建禮教重重束縛和重壓之下，就表現爲"貞慎自保""雖所尊，不可以非語犯之"的穩重態度。"張生稍以詞導之，不對。"看來她是真能謹守禮教的，但她内心深處是有矛盾的："往往沉吟章句，怨慕者久之。"生活在那個社會中，謹守禮教，會枯萎而死；衝破禮教，也會被禮教淹死。鶯鶯初是"特願以禮自持"的；嗣後她爲張生所欺，愛上了張生，就説："我不可奈何矣。"這是鶯鶯所受的深重苦難。因而當張生"文調及期，又當西去。當去之夕，不復自言其情"時，

---

① 見宋趙令畤《侯鯖録》卷五《辨傳奇鶯鶯事》。
② 説詳陳寅恪《元白詩箋證稿》之《讀〈鶯鶯傳〉》。

她已"陰知將訣矣"。果然，張生是個薄倖男子，始亂終棄。"豈期既見君子，不能以禮定情，致有自獻之羞，不復明侍巾櫛。沒身永恨，含歎何言！儻若仁人用心，俯遂幽眇，雖死之日，猶生之年。如或達士略情，捨小從大，以先配爲醜行，謂要盟之可欺，則當骨化形銷，丹誠不泯。"這是多麼慘痛的語言！這是鶯鶯對張生的指責，也是對吃人的禮教、不合理的社會制度的控訴。所以從鶯鶯人物形象的客觀思想意義上說，是有其揭露封建貴族婦女生活悲劇性的歷史意義的。但是鶯鶯這樣的女子，卻被作者稱做蠱惑人的"尤物"，認爲她的存在是不應該的，而且當時聽他說故事的，看他的文章的"時人"，"皆爲深歎"，"多許張爲善補過者"，這又反映了作者的反動觀點。

《鶯鶯傳》中的張生是個反面人物。據說張生是個"非禮不可入"的"正人君子"，所以"年二十三，未嘗近女色"。然而"禮"對他不過是個幌子而已，他自己說："余真好色者，而適不我值。"可見他並不是"非禮不可入"的。果然，他一見鶯鶯，便"行忘止，食忘飽"，"攀附""跳牆"，什麼"非禮"的勾當都幹出來了。他對紅娘說："若因媒氏而娶，納采、問名，則三數月間，索我於枯魚之肆矣。"那樣"情急"的。他是熱衷功名的封建文人，當他遇上鶯鶯"不能自持"的時候，爲了私欲，就顧不得"禮"了；但當他"文調及期"，離開鶯鶯時，又不得不"忍情"，用"禮"來裝點門面。在企圖勾引鶯鶯時，他盟山誓海，"義盛恩深"；但在決定拋棄她的時候，卻裝得道貌岸然，大罵鶯鶯是"不妖其身，必妖於人"的"尤物"。作者還在作品的結尾說明他講崔、張故事，是爲了"使知之者不爲，爲之者不惑"。好像張生雖是一時幹出"非禮"的勾當，卻翻然悔悟，毅然遺棄鶯鶯，沒有被"妖孽"所"惑"，是值得稱道似的。作者千方百計地美化張生，醜化鶯鶯，說張生是"性溫茂，美風容，內秉堅孤"，"始自孩提時，性不苟合"，確是"非禮不可入"的。他通過張生的口，罵鶯鶯是褒姒、妲己一流的"妖孽"。目的無非說明他的"始亂終棄"是受了鶯鶯的"迷惑"而已。這樣就不是"二三其德",而是"爲之者不惑"了。

總的說來,《鶯鶯傳》是作者站在封建統治階級的立場上,記述他的艷遇,誇飾他的"善補過",宣揚他的玩弄女性、侮辱女性的思想意識。但是它的客觀意義,卻是刻畫了封建社會裏的一個被侮辱被拋棄的女性,說明了封建統治力量的可怕、可恥和可恨。

《鶯鶯傳》是用傳奇的體裁來寫的,傳奇的興起與那時"進士詞科"的"行卷"風氣有關。據宋趙彥衛《雲麓漫鈔》卷八記載:"唐之舉人,先藉當世顯人以姓名達之主司,然後以所業投獻;逾數日又投,謂之溫卷。""溫卷"即"行卷","行卷"用的是傳奇文,是唐代士人向上爬的工具,因此《鶯鶯傳》中有這樣的思想内容,原是無足怪的。

不過,傳奇又與當時的市民文學有聯繫。唐人傳奇一方面繼承了前代傳奇文學與魏晉六朝志怪小說的傳統;另一面也接受了當代市民文學的影響。總的說來,這兩種體裁及其作品所反映的思想内容是各自不同的;但從它的故事素材來說,兩者往往又是相互交流的。例如:說話藝人在白氏新昌宅宣講《一枝花話》,白行簡就把它寫成了《李娃傳》。而《鶯鶯傳》的崔張故事,很快就在民間流傳開來。

北宋趙德麟說:"至今士大夫極談幽玄,訪奇述異,無不舉此以爲美談;至於倡優女子,皆能調說大略。"崔張故事在北宋已很流傳,趙德麟曾撰《商調蝶戀花》十二首,分詠崔張故事。這十二首詞採用鼓子詞的曲藝形式,用同一曲子,連遍分唱一事,間以散文爲敘述。這種曲藝,以鼓爲主。陸游《小舟遊近村舍舟步歸》云:"斜陽古柳趙家莊,負鼓盲翁正作場。死後是非誰管得,滿街聽唱蔡中郎。"說的就是這種鼓子詞。趙德麟的著述,顯然是受了民間曲藝的影響,他的《元微之崔鶯鶯商調蝶戀花》詞體裁如下:

> 夫傳奇者,唐元微之所述也。……今於暇日,詳觀其文,略其煩褻,分之爲十章。每章之下,屬之以詞,或全摭其文,或止取其意。又別爲一曲,載之傳前,先敘前篇之義。調曰《商

調》,曲名《蝶戀花》。句句言情,篇篇見意。奉勞歌伴,先定格調,後聽蕪詞:

> 麗質仙娥生月殿,謫向人間,未免凡情亂。宋玉牆東流美盼,亂花深處曾相見。　　密意濃歡方有便,不奈浮名,旋遣輕分散。最恨多才情太淺,等閒不念離人怨。

……

序文後是一闋《蝶戀花》,接着是元微之《鶯鶯傳》原文的摘引:

> 傳曰:余所善張君,性溫茂……張生稍以詞導之不對,終席而罷。

即稱:"奉勞歌伴,再和前聲。"

> 錦額重簾深幾許。綉履彎彎,未省離朱戶。强出嬌羞都不語,絳綃頻掩酥胸素。黛淺愁紅妝淡注。怨絕情凝,不肯聊回顧。媚臉未勻新淚污,梅英猶帶春朝露。

接着贅以蝶戀花詞,如此反復説唱,以至十章終了爲畢。

宋時猶有秦觀和毛滂的《調笑轉踏》,這兩套《調笑轉踏》都是聯結八個故事爲一套,來分詠崔微、昭君、盼盼和鶯鶯等人的。《調笑轉踏》是邊歌邊舞的,它的組曲形式是一詩一詞,兩個樂曲交替爲用的,即用一首七言八句的引詩和一首《調笑令》來歌詠。《調笑轉踏》是舞曲,①現録歌詠鶯鶯故事兩曲下:

---

① 曾慥《樂府雅詞》所謂"轉踏",王灼《碧雞漫志》所謂"轉踏",吳自牧《夢粱録》所謂"纏達",是同一曲種的異名。"轉踏"中間,"調笑轉踏"最爲通行。宋初"調笑轉踏"的格式,首有勾隊詞,用四六語;接着是一詩一曲,重復相間,這是舞曲的主體;最後爲放隊詞,用七言詩。宋吳自牧《夢粱録》云:"在京師,祇有纏令、纏達。有引子、尾聲爲纏令,引子後祇有兩腔互迎循環,間用者爲纏達。"這是由曲前的勾隊詞變成了引子;中間曲前的詩,改用了曲,因而叫做"兩腔互迎循環";後段的放隊詞,就變成了尾聲。

　　崔家有女名鶯鶯，未識春光先有情。河橋兵亂依蕭寺，紅
愁綠慘見張生。張生一見春情重，明月拂牆花影動。夜半紅
娘擁抱來，脈脈驚魂若春夢。　　春夢，神仙洞。冉冉拂牆花
樹動。西廂待月知誰共，更覺玉人情重。紅娘深夜行雲送，困
鱉釵橫金鳳。（秦觀）

　　春風戶外花蕭蕭，綠窗繡屏阿母嬌。白玉郎君恃恩力，樽
前心醉雙翠翹。西廂月冷濛花霧，落霞零亂牆東樹。此夜靈
犀已暗通，玉環寄恨人何處？　　何處？長安路。不記牆東
花拂樹。瑤琴理罷霓裳譜，依舊月窗風戶。薄情年少如飛
絮，夢逐玉環西去。（毛滂）

　　秦觀的《調笑轉踏》祇寫到幽會，毛滂的《調笑轉踏》寫到寄環，
兩曲都沒有涉及"尤物"和"善補過"的議論——而後者還表現了同
情鶯鶯，與《鶯鶯傳》"篇末文過飾非，遂墮惡趣"①者不同。趙德麟
除用中間的十首《蝶戀花》歌詠崔張戀愛故事外，還在篇末一段散
文和首尾兩首《蝶戀花》中，明確表示了對鶯鶯的同情，對張生的不
滿。"張之於崔，既不能以理定其情，又不能合之於義。始相遇也，
如是之篤；終相失也，如是之遽。""最恨多才情太淺，等閒不念離人
怨。""棄擲前歡俱未忍，豈料盟言，陡頓無憑準。"

　　崔張戀愛故事流傳到南宋，藝人把這素材作爲說唱和扮演的
傳統節目。南宋羅燁《醉翁談錄》記有話本《鶯鶯傳》，南宋周密《武
林舊事》記有官本雜劇《鶯鶯六幺》，可惜他們演唱的腳本，沒有記
錄、保存而流傳下來。

　　崔張的戀愛故事在民間流傳，元稹《鶯鶯傳》中所反映的思想
意識，在人民那裏是通不過的，這就促使故事在流傳過程中不斷起

---

①　見魯迅《中國小說史略》第九篇。

着量與質的變化。到了金章宗時董解元的手裏，變化就更爲顯著了，是質的突變。董解元是依元稹《鶯鶯傳》以諸宮調的曲藝形式進行再創作的，他改變了原來的結構與結局，塑造了新的人物形象，反映了更爲現實的社會生活内容。

……

編者説明：本文據手稿并參代抄稿録編，劉録稿附記云："估計（撰）在'文革'前。最後第29頁後的紙未見。"原題《〈董解元西廂記〉析》，今題爲編者酌擬。

《西廂記·送別》賞析

　　《西廂記》第四本第三折稱爲《哭宴》,或稱《送別》。這一折突出寫鶯鶯和張生在十里長亭餞別時的情景。張生去長安"上朝取應",鶯鶯在老夫人的壓力下不便反對,也反對不了,思想感情上起着複雜的變化。作品通過深秋景色的描寫,顯示鶯鶯送別時的内心世界。這一折突出主角鶯鶯,刻畫她的心理活動,顯示她的性格,反映社會問題,有一定的反封建意義。

　　這一折分爲三段,第一段自"夫人長老上云"至"〔叨叨令〕索與我恓恓惶惶的寄"。寫鶯鶯曉起,即將遠赴長亭宴別。鶯鶯手托香腮,獨對菱花,雙眉緊鎖,臉帶愁容。紅娘掀開窗簾,鶯鶯翹首遠眺,祇見藍天白雲冉冉,遍地黄花堆積,西風中北雁南飛,鶯鶯唱道:

　　〔正宫〕【端正好】碧雲天,黄花地,西風緊,北雁南飛。曉來誰染霜林醉? 總是離人淚。

窗外寒風料峭,紅葉飛舞,是一片暮秋蕭煞景象。前四句寫景:一句寫天,一句寫地,一句寫風,一句寫風中之雁。張生今日辭別蒲州,前去長安,恰似北雁南飛。含蓄蕴藉,妙語雙關。寫景亦即寫情,情景交融。以"南飛"兩字點睛,用大筆寫柔情,反映面廣而文思細膩。後兩句寫情。鶯鶯曉來驚訝霜林紅葉,宛似啼人紅淚。足見鶯鶯一夜愁思啼泣,難以入寐。融情入景,又以"醉""淚"兩字點睛。層層渲染,後兩句關鎖前四句,而鶯鶯離情如見。這時鶯鶯

51

眼淚如斷綫珍珠,昨日鶯鶯與張生好端端兩個兒廝守在一塊兒,今日便要分袂,好煩惱人也。鶯鶯看着遠山霜葉,顛顛倒倒的,真的被離人的眼淚染醉了嗎?鶯鶯走下妝樓,暗暗凝神,唱道:

> 〔滾綉球〕恨相見得遲,怨歸去得疾。柳絲長玉驄難繫,恨不得倩疏林掛住斜暉。馬兒迍迍的行,車兒快快的隨。卻告了相思迴避,破題兒又早別離。聽得道一聲"去也",鬆了金釧;遙望見十里長亭,減了玉肌。此恨誰知!

這時鶯鶯的心理活動,是一個"恨"字,恨的是:相見得晚,分手得疾,沒人理解。鶯鶯看着長長的柳絲繫不住玉驄,疏疏的樹林掛不住斜暉,時光是無情的。鶯鶯不禁心裏暗暗地喊一聲:"哥哥啊,你的馬兒慢慢地跑呀,我的車兒要快快地追隨。"鶯鶯仿佛聽到哥哥在說:"妹妹,小生去了——"長亭就在面前,怎不教人消魂呢?這滿腔的幽怨,有誰知道?這曲用三個恨字——"恨相見得遲,怨歸去得疾";"恨不得倩疏林掛住斜暉";"此恨誰知"刻畫鶯鶯心理,點醒讀者。尚未分袂,已寫離情。這是透過一層寫法,倒寫鶯鶯夜中不寐、思慮萬端之情。

紅娘旋身過來,向鶯鶯説道:"姐姐,今日怎麼不打扮?"這話,局外人聽來似不打緊,可在鶯鶯聽來,足有千鈞之重。滿腔心事,都被這一句話逗引出來了。鶯鶯沒好氣地答道:"你那知我的心哩!"紅娘,請看,大道旁放着些什麼呢?喏!鶯鶯唱道:

> 〔叨叨令〕見安排着車兒、馬兒,不由人熬熬煎煎的氣。有甚麼心情花兒、靨兒,打扮得嬌嬌滴滴的媚。準備着被兒、枕兒,則索昏昏沉沉的睡。從今後衫兒、袖兒,都搵做重重疊疊的淚,兀的不悶殺人也麼哥,兀的不悶殺人也麼哥!久已後書兒、信兒,索與我恓恓惶惶的寄。

觸景生情,鶯鶯看到催她別離之物——車兒、馬兒,不由得氣上心頭。八句連用許多疊詞,其意加重語氣分量,突出鶯鶯的愁緒痛苦。爲什麼呢?因爲這不是一般的離別。張生能回來嗎?從當時的社會現實來看,悲劇性是大大地存在的。請聽敫桂英的一段唱詞吧:

> 自從別後嚇!梨花落,杏花開,夢繞長安十二街。夜深和露立蒼苔,到曉來輾轉書齋外。紙兒、墨兒、筆兒、硯兒件件般般都有郎君手痕在。淚灑空齋,祇落得望穿秋水,不見郎騎白馬來。

他、他、他,竟不回來了。鶯鶯是個靈心善感的人,能不敏感到這點嗎?所以她唱道:"久已後書兒、信兒,索與我恓恓惶惶的寄。"這心情是多麼焦急啊!鶯鶯的車兒趕了一程,找到了與張生車馬並行的機會,向張生説出了這句黯然消魂中最關緊要的一句熱烈盼望的話。話没説完,長亭早已到了。

自"做到了科,見夫人了"至"〔朝天子〕一遞一聲長吁氣"是第二段,寫鶯鶯哭宴。張生這壁坐,小姐那壁坐,紅娘遞酒。老夫人呢?原是不滿意他們私自結合的,祇因紅娘抓住了她怕"與崔相國出乖弄醜"的弱點,勉强答應這椿親事,但她還是嚴守着一道牆:"俺三輩兒不招白衣女婿",要張生"上朝取應去"。在酒席上,老夫人開口了:"俺今日將鶯鶯與你,到京師休辱末了俺孩兒,挣揣一個狀元回來者。"張生呢?看得應舉是輕而易舉的:"小生托夫人餘蔭,憑着胸中之才,視官如拾芥耳。"可是鶯鶯的感受就不同了,在筵席上,當着母親,對着長老,初時祇是沉思,蹙着眉頭,沉默地坐着,玉容憔悴,如醉如癡。鶯鶯唱道:

> 〔脱布衫〕下西風黄葉紛飛,染寒煙衰草萋迷,酒席上斜簽着坐的,蹙愁眉死臨侵地。

> 〔小梁州〕我見他閣淚汪汪不敢垂,恐怕人知,猛然見了把頭低,長吁氣,推整素羅衣。

鶯鶯呆了一陣,心中自然有許多話要説,卻不知如何啓口。張生説

來容易:"視得官如拾芥耳。"沒有那麼便當吧！得官可喜,別離總是痛苦。鶯鶯又唱道:

> 〔么篇〕雖然久後成佳配,這時間怎不悲啼。意似癡,心如醉,昨宵今日,清減了小腰圍。

頓時人都瘦了。老夫人喚小姐敬哥哥一盞酒,鶯鶯拿了這酒壺注不下去。眼淚又是奪眶而出了,說道:"哥哥,請吃酒!"唱道:

> 〔上小樓〕合歡未已,離愁相繼,想着俺前暮私情,昨夜成親,今日別離。我諗知這幾日相思滋味,卻原來此別離情更增十倍。

爲什麼呢?鶯鶯轉念一想,張生得官不得官,都不一定是好的:不得官吧,自然不會回來,現在也不必去了;得官吧,"長安橋上看神仙",寄跡京華,異鄉花草,張生就不會再棲遲留戀嗎?張生書劍飄零,大家看不起他;得了功名,飛黃騰達,便爲豪門鼎族擇婿的對象了,那就一去不歸。鶯鶯這個顧慮,"箭在弦上,不得不發"。不禁脫口而出,唱道:

> 〔么篇〕年少呵輕遠別,情薄呵易棄擲。全不想腿兒相壓,臉兒相偎,手兒相攜。你與俺崔相國做女婿,妻榮夫貴,但得個並頭蓮,煞强如狀元及第。

鶯鶯思前想後,這煩惱究竟從何而來?過去老夫人不承認他倆的婚姻,半明半暗地進行;現在勉强答允,可透一口氣了,卻祇能廝守一時半刻。鶯鶯唱道:

> 〔滿庭芳〕供食太急,須臾對面,頃刻別離。若不是酒席間子母當迴避,有心待與他舉案齊眉。雖然是廝守得一時半刻,也合着俺夫妻每共桌而食。眼底空留意,尋思起就裏,險化做望夫石。

這"廝守"一時半刻,太可憐了！歡情中包含着重重的眼淚。驀地想起這離情，人都要僵化了，酒飯那裏咽得下？因而唱道：

> 〔快活三〕將來的酒共食，嘗着似土和泥；假若便是土和泥，也有些土氣息，泥滋味。

眼前是：老夫人對張生明明說過："得官呵來見我，駁落呵休來見我。"這是刺痛鶯鶯心的。這上朝取應，"狀元及第"，竟是打散鴛鴦的無情棒。誰拿起這支棒呢？就是"口不應的狠毒娘！"當然，狀元夫婿，鶯鶯並不是不希望的，但與愛情比起來，就顯得渺小了。老夫人強調的是不招白衣女婿，鶯鶯所強調的卻不是狀元夫婿，而是並頭蓮似的愛情。鶯鶯思來想去，就恨到"蝸角虛名，蠅頭微利，拆鴛鴦在兩下裏"的狀元及第了。鶯鶯唱道：

> 〔朝天子〕暖溶溶玉醅，白泠泠似水，多半是相思淚。眼面前茶飯怕不待要吃，恨塞滿愁腸胃。"蝸角虛名，蠅頭微利，拆鴛鴦在兩下裏。"一個這壁，一個那壁，一遞一聲長吁氣。

這是鶯鶯痛苦的根源。苦啊！分離總還是要分離的。酒闌席散，母親、長老先回去了，他們也自要分手的。

自"夫人云"到"愁逐野雲飛（下）"是第三段。寫鶯鶯送別。鶯鶯原是忍氣吞聲的，此刻再也熬不住了，鶯鶯唱道：

> 〔四邊靜〕霎時間杯盤狼藉，車兒投東，馬兒向西。兩意徘徊，落日山橫翠。知他今宵宿在那裏？有夢也難尋覓。

鶯鶯的心事，忍不住，不能不向張生直捷地說了："此一行得官不得官，疾便回來。"張生呢？倒看的奪個狀元極有把握："小生這一去，白奪一個狀元。正是'青霄有路終須到，金榜無名誓不歸！'"這話卻不料分外觸動鶯鶯的心事，於是鶯鶯不由得吟出"棄擲今何在，當時且自親。還將舊來意，憐取眼前人"淒婉的詩句來了，忍不住唱道：

55

〔耍孩兒〕淋漓襟袖啼紅淚，比司馬青衫更濕。伯勞東去燕西飛，未登程先問歸期。雖然眼底人千里，且盡樽前酒一杯，未飲心先醉，眼中流血，心內成灰。

明明相見，咫尺蓬山；雖未分袂，心已成灰。但是鶯鶯考慮，並非祗是自己。"未登程先問歸期"，她對張生是體貼入微的。唱道：

〔五煞〕到京師服水土，趁程途節飲食，順時自保揣身體。荒村雨露宜眠早，野店風霜要起遲！鞍馬秋風裏，最難調護，最要扶持。

畢竟鶯鶯這煩惱訴與誰知曉呢？告訴母親吧，老夫人就是要張生去"掙揣一個狀元回來者"；說與紅娘吧，紅娘雖同情她，但兩人的理解與體會不同。紅娘看問題天真樂觀，"來時節畫堂簫鼓鳴春晝，列着一對兒鶯交鳳友。那其間纔受你說媒紅，方吃你謝親酒。"鶯鶯感到張生一去，更無人可說了，因而唱道：

〔四煞〕這憂愁訴與誰？相思祗自知，老天不管人憔悴。淚添九曲黃河溢，恨壓三峰華嶽低，到晚來悶把西樓倚，見了些夕陽古道，衰柳長堤。

〔三煞〕笑吟吟一處來，哭啼啼獨自歸。歸家若到羅幃裏，昨宵個繡衾香暖留春住，今夜個翠被生寒有夢知。留戀你應無計，見據鞍上馬，閣不住淚眼愁眉。

張生要據鞍上馬了，回頭問鶯鶯："有甚言語囑咐小生咱？"這是最後一個時機，鶯鶯不能不把自己的心情和盤托出，說出自己心靈深處的隱憂：

〔二煞〕你休憂文齊福不齊，我則怕停妻再娶妻；休要一春魚雁無消息，我這裏青鶯有信頻須寄；你卻休金榜無名誓不歸，此一節君須記：若見了那異鄉花草，再休似此處棲遲。

你不要怕考不取,總得回來,我願受老夫人的折磨。我擔心的是你見了異鄉花草,像這裏一樣棲遲下來。張生便用好言安慰道:"再誰似小姐? 小生又生此念? 小姐放心。"

真的"伯勞東去燕西飛"了,紅娘扶着鶯鶯上車回家,鶯鶯唱道:

〔一煞〕青山隔送行,疏林不做美,淡煙暮靄相遮蔽。夕陽古道無人語,禾黍秋風聽馬嘶。我爲甚麼懶上車兒內,來時甚急,去後何遲?

是啊,在那個時代,鶯鶯小姐的煩惱是有普遍意義的。這個分量是不能用稱斛來計算的。鶯鶯唱道:

〔收尾〕四圍山色中,一鞭殘照裏。遍人間煩惱填胸臆,量這些大小車兒如何載得起?

張生終於無可奈何地在"四圍山色中,一鞭殘照裏",痛苦地"淚隨流水急,愁逐野雲飛",上朝取應去了。

《西廂記》第四本是《西廂記》的高潮,《拷紅》《送別》,矛盾達到頂點。《西廂記》共五本,以上三本,張生、鶯鶯、紅娘分別擔任主角。第一本四折,以張生爲中心,展開情節:《驚艷》《借扇》《酬韻》《鬧齋》。第二本四折,以鶯鶯爲中心展開衝突:《寺警》《請宴》《賴婚》《琴心》。第三本以紅娘爲中心展開情節:《前候》《鬧簡》,《賴簡》《後候》。第四本根據情節發展,張生、紅娘、鶯鶯、張生輪流擔任主要角色:《佳期》是張生,《拷紅》是紅娘,《送別》是鶯鶯,《驚夢》是張生,中有鶯鶯對唱三曲。《送別》這一折,由鶯鶯一人主唱,唱到底。這是雜劇體例使然,但作者安排誰做主角,誰唱,這是與主題思想密切關連的。這一折突出鶯鶯形象,在寫張生時,也從鶯鶯眼中寫出,"我見他閣淚汪汪不敢垂,恐怕人知。""淋漓襟袖啼紅淚，比司馬青衫更濕。"仍由鶯鶯來唱。

《送別》這折重點放在刻畫鶯鶯心理活動上。鶯鶯的心情發展變化是曲折而複雜的，但可歸納爲"恨""說""悶"三字。首先是"恨"。鶯鶯看到車兒、馬兒，不由得熬熬煎煎地氣。柳枝上繫着馬，這馬是繫不住的。張生提起馬鞭走向長亭，鶯鶯仿佛聽得一聲"去了"，魂魄都要散去了。恨的是爲什麼就要離別。其次是"說"。這離別是含有悲劇性的。鶯鶯心中有顧慮，起先當着母親，對着長老，"蹙愁眉死臨侵地"，不便明說，祇是食不下嚥，如醉如癡。但她熬不住終說了，顧慮張生"年少呵輕遠別，情薄呵易棄擲"；同時憤恨母親，"有心待與他舉案齊眉"，恨她（看重）"蝸角虛名，蠅頭微利"，說出"但得一個並頭蓮，煞強如狀元及第"。她的心靈深處蘊藏着憤怨，感情是真摯、溫柔而又堅強的。最後，鶯鶯和盤托出，淋漓盡致地說，說個明白："此一節君須記。"鶯鶯珍惜愛情，火一般熾熱；然而無可奈何，還是祇得獨自回到閨房中去。"笑吟吟一處來，哭啼啼獨自歸。""到晚來悶把西樓倚，見了些夕陽古道，衰柳長堤。"落到一個"悶"字上。這就是鶯鶯的生活，也是封建社會閨閣女性的生活。"良辰美景奈何天，賞心樂事誰家院。"放在她的眼前，也像放在杜麗娘、林黛玉眼前一樣。《送別》通過對鶯鶯的心理刻畫，顯示了鶯鶯的性格，她對於愛情真摯、專一，對張生關懷和顧慮，離恨千種，閒愁萬端，十分細膩動人。

《送別》這折通過對鶯鶯的心理刻畫，還反映了社會問題。張生上朝取應，可能考中，也可能考不中，這兩種情況，都會造成悲劇。這是當時社會階級矛盾曲折複雜的反映，有其深刻的現實意義。在封建社會裏，知識分子"朝爲田舍郎，暮登天子堂"，一朝弋取功名，攀龍附鳳，拋棄糟糠之妻的，多得很呢。《會真記》中的張生就是拋棄鶯鶯的，還被那班封建官僚認爲張生是"善補過者"。在戲劇、曲藝中，像陳世美、王魁那樣的人物，是常見的。鶯鶯因此耽心地對張生道："此身皆托於足下，勿以他日見棄，使妾有白頭之歎!"《西廂記》裏的張生表現雖不如此,但鶯鶯的顧慮,是有它的現實根據的。這個顧慮蘊藏在鶯鶯心中,不能解決。這就使鶯鶯形成兩種心理狀態:恨和悶。她要抒發便是說,從不便說,發展爲淋漓盡致地說。在說的過程中,她接觸到兩方面的矛盾:先是老夫人,繼是張生。老夫人要張生"挣揣一個狀元回來者",鶯鶯認爲"但得一個並頭蓮,煞強如狀元及第"。老夫人看別離是無所謂的,鶯鶯卻"有心待與他舉案齊眉,雖然是廝守得一時半刻,也合着俺夫妻每共桌而食"。文學作品總是"緣情""體物"的,需要發抒感情和形象化。從鶯鶯的思想行爲看,她是站在封建統治階級叛逆者的立場的,她的性格有一定的反抗性。因而作品的主題思想也具有反封建意義。鶯鶯對張生也有矛盾心理:怕他停妻再娶。但這矛盾是次要的,因爲《西廂記》歌頌佳人才子戀愛,"願普天下有情的都成了眷屬",這與"門當戶對"的封建婚姻制度是對立的,是積極的浪漫主義精神。《西廂記》通過鶯鶯與張生的悲歡離合,終使他倆團圓,這對青年男女作反封建的鬥爭,具有極大的鼓舞作用,因而有它的進步意義。

《西廂記》在戲曲藝術上,是有它的貢獻的。戲曲是綜合藝術:有敘事、抒情、寫景,也有發議;有音樂、舞蹈、詩歌,也有對白。戲曲中的歌唱抒情和音樂伴奏,往往緊密結合,以詩和樂的形象感人。歌唱抒情有時含有敘事成分,音樂伴奏時有時祇拉過門或輕板。從戲曲角度看,前者更爲完美。《送別》這一折的唱詞,感情十分濃烈,全是詩化。整個舞臺形象、氣氛,也是詩化的,音樂性十分濃烈。這點藝術成就可供今人借鑒。今人寫劇,往往把過多的故事情節編入唱句,容易沖淡感情氣氛。古代戲臺,布景簡單,情景常借唱詞顯示,因而唱詞重視寫景,寫景與抒情結合,情景交融,詩情畫意,打成一片,遂使生活真實轉化成爲藝術真實,顯得逼真。《送別》這折所取音調,較爲低沉。如第一段〔端正好〕,第二段〔脫布衫〕,第三段〔一煞〕更見突出。"恨壓三峰華嶽低",寫鶯鶯之恨,見其反封建思想的强烈;"淚添九曲黄河溢",寫鶯鶯之淚,見其感情的纏綿,這就顯示鶯鶯的性格特色。關於鶯鶯的性格,杜麗娘、祝英台繼承她的反抗性一面,發展爲抗婚;林黛玉繼承她的纏綿一面,發展爲還淚。

《送别》這折也有缺點:一是庸俗情調,如"全不想腿兒相壓,臉兒相偎,手兒相攜"的描寫;二是思想上的局限性,如鶯鶯衹顧慮張生對"異鄉花草"的留戀,卻没看到那時的張生已成爲豪門的奪婿對象,張生攀附豪門,這纔是他停妻再娶的主要的原因。但這些缺點並不能掩蓋《西廂記》的光輝。

編者説明:本文據代抄稿録編。

試論《琵琶記》

　　《琵琶記》所反映的是家鄉骨肉團聚與爲官作宰破壞這種幸福生活的矛盾，這是有它的社會現實意義的。但問題在於這一矛盾的性質怎樣？作者是怎樣來處理這一矛盾的？作品是怎樣通過人與人的生活衝突及其性格發展來顯示這一矛盾的？

　　這一矛盾的性質，《琵琶記》的揭露顯然還未達到這樣的高度，即認爲人民的幸福生活和統治階級要破壞這種幸福生活根本上是對立的。假使這樣，《琵琶記》所揭露的矛盾意義就是極爲深刻的了。但《琵琶記》所寫的，並非譴責爲官作宰，祇是感覺在離亂的時代，離鄉爲官，家中會遭至意外的不幸，不易兩全其美。所以從這一矛盾的性質來看，還是站在爲官作宰一邊的，是一種患得患失的思想感情而已。不錯，從《琵琶記》的作者高明所處的時代，或從《琵琶記》中的主角蔡邕所生的時代來看，兩者都是處於離亂的時代：漢末農民革命蜂起，元末也是如此。有一些知識分子，一方面感覺人民生活的痛苦，有濟世安民之志，願意爲官作宰；一方面還未認識到人民的力量，投身到他們的隊伍中去。就他的生活圈子來講，一離家鄉，隨時擔憂着家中會有不幸；一入官府，他既不能施展安民濟世的抱負，又看不慣官府的威福，這樣他的生活便陷入矛盾苦悶的泥淖中。這種知識分子的生活道路，便隨着命運擺布，而他對矛盾的處理，便是設法掩蓋矛盾、逃避矛盾或調和矛盾。這實際是向現實妥協。調和矛盾並不能解決矛盾，這樣的客觀外在力量是存在着的,他並不能用鬥爭的方式解決它。即使偶而發一發狠,似乎是起來鬥爭,力量也是微不足道的。這就注定了他命運的悲劇性。我感覺《琵琶記》所揭露的矛盾,所反映的現實生活,正是如此。它主要是通過蔡邕這個人物形象表現出來的。

蔡邕對爲官,是憧憬着的;但他同時又擔心家庭生活(遭到不幸),這一生活矛盾在他的唱詞裏有充分的表現:

> 十載親燈火,論高才絶學,休誇班馬。風雲太平日,正驊騮欲騁,魚龍將化。沉吟一和,怎離卻雙親膝下。且盡心甘旨,功名富貴,付之天也。

"奎光已透三千丈,風力行看九萬程",他不是無意爲官的,正是"風雲太平日",他希冀"驊騮欲騁,魚龍將化";可是離亂之世,轉念一想,他擔憂着家庭,是"且戴儒冠盡子情","功名富貴,付之天也"。這是他的矛盾,但在他父親蔡公的逼試下,終於在"夫孝,始於事親,中於事君,終於立身"之類封建道德教條下調和起來,去赴春闈了。蔡邕所考慮的,祇是"此行榮貴雖可擬,怕親老等不得榮貴",患得患失,希冀"假饒一舉登科日,難道是雙親未老時"。在原則上,他是同意父親的意見的:"爹爹説得極是。"但矛盾是變化着的,正如五娘所指出的:"功名之念一起,甘旨之心頓忘。"這時蔡邕嘴上雖説:"人爵不如天爵貴",實際是"功名爭似孝名高"了。《琵琶記》中所寫的蔡邕赴試,雖然來自"朝廷黃榜招賢,郡中把我名字保申上司去了",來自"期逼春闈""詔赴春闈"這一制度;來自"論做人要光前耀後,勸我兒青雲萬里早當馳驟","惟願取黃卷青燈,及早換金章紫綬","三牲五鼎供朝夕……你若錦衣歸故里,我便死呵,一靈兒終是喜"的蔡公的逼試,但這祇能是外因,要透過內因,纔能發生作用。蔡邕真"不要去",是不會去的。實際上,他是"非不要去",這纔去了。所以蔡邕的辭試:"一不從",實際上是"一從"的。但是有人把蔡邕的赴試都推到社會制度上,我看是不全面的。《琵琶記》的作者高明也正是這樣替蔡邕開脫的。

接着蔡邕應試了，他感覺很高興：

> 槐花正黃赴科場，舉子忙，太學拉朋友，一齊整行裝。

> 君恩喜見上頭時，今日方顯男兒志。布袍脫下換羅衣，腰間橫繫黃金帶，駿馬雕鞍真是美。

這當然是可以理解的。"誰知平地一聲雷"，他高中了。表面上似乎他雖然沒有跳了起來，但哼哼鼻頭，"妙啊妙啊"地拍案稱奇，我想總是有的。

> 春風得意馬蹄疾，天街賞遍方歸去。
> 綠袍乍着君恩重，黃榜初開御墨鮮。
> 青雲路通，一舉能高中，三千水擊飛沖。

這些都是興致淋漓的話。不久，新的矛盾在他面前開展：牛相招他為婿，皇帝作媒主婚，要他棄婦背親。他先是推辭，辭婚、辭官這兩件事交織在一起，與牛府發生衝突。最後緩和這一矛盾，或是說躲閃或調和這一矛盾的，主要表現在"丹陛陳情"這一齣戲裏。蔡邕辭官兼辭婚的主要理由，是"忽憶年時問寢高堂早"，為了事父；因此"若還念臣有微能，鄉郡望安置。庶使臣忠心孝意得全美。"希望能照顧家庭。表面上辭官便即辭婚，帽子很大；骨子裏辭官說話留空隙，辭婚卻不提家有妻室："臣邕的，臣邕的，荷蒙聖朝。臣邕的，臣邕的，拜還紫誥……念邕非嫌官小，奈家鄉萬里遙，雙親又老，干瀆天威，萬乞恕饒。"

> 議郎臣蔡邕啓，今日蒙恩旨，除臣為議郎之職。重蒙賜婚牛氏，干瀆天威。臣謹誠惶誠恐，稽首頓首，伏念微臣，初來有志誦詩書，力學躬耕，修己不復貪榮利。事父母，樂田里，初心願如此而已。不想州司，謬取臣邕充試。到京畿，豈料蒙恩，叨居上第。

　　重蒙聖恩,婚賜牛公女。臣草茅疏賤,如何當此隆遇?況臣親老,一從別後,光陰又幾。廬舍田園,荒蕪久矣。

　　但臣親老,鬢髮白,筋力皆朘瘃,形只影單,無兄弟,誰奉侍;況隔千山萬水,生死存亡,雖有音書難寄。最可悲,他甘旨不供,我食祿有愧。

　　不告父母,怎諧四配。臣又聽得家鄉里,遭水旱,遇荒饑。多想臣親,必做溝渠之鬼,未可知?怎不教臣,悲傷淚垂。

　　臣享厚祿,掛朱紫,出入承明地。惟念二親寒無衣,饑無食,喪溝渠。憶昔先朝,朱買臣,守會稽。司馬相如,持節錦歸。

　　他遭遇聖時,皆得回鄉里。臣何故別父母,遠鄉間,沒音書,此心違。伏望陛下,特憫微臣之志,遣臣歸得事雙親,隆恩無比。

　　若還念臣有微能,鄉郡望安置。庶使臣忠心孝意得全美。臣無任瞻天仰聖,激切屛營之至。

這奏章提出的理由,是不夠尖銳的,自然沒有說服力。辭婚最主要的理由當然是家有糟糠,伯喈卻衹說:“如何當此隆遇。”這是什麼話?堂堂皇帝詔書,是極難措辭的。現在伯喈衹說事親,那還是伯喈所早已同意的老話:“夫孝,始於事親,中於事君,終於立身。”既出來應試,那自然是樂於事君了;與事親有矛盾,在事君原則下是可以統一的。這樣蔡邕的奏章,實際等於沒寫。皇帝很好批:“孝道雖大,終於事君;王事多艱,豈遑報父……其所議婚姻事,可曲從師相之請,以成桃夭之化。”合情合理。蔡邕在感情上雖有波動,道理上卻無話可說,還是回到逼試問題上,用“不合來長安看花”來解嘲,或是用“情到不堪回首處,一齊分付與東風”,不了了之。從這角度看,蔡邕是有弱點的,《琵琶記》的“三不從”是爲蔡邕開脫之辭,實際應該說是“三從”。

　　蔡邕入贅牛府,自然是不快活的,因爲他的思想行動陷於矛盾的旋渦中:一方面,我們感覺他的思想感情異乎尋常的“懇摯”,在金榜掛名時，瓊林御宴中，他"持杯自覺心先痛，縱有香醪欲飲，難下我喉嚨。他寂寞高堂，菽水誰供奉，俺這裏傳杯喧鬧。"在洞房花燭夜，坐床撒帳時，他又"謾説道，姻緣事果諧鳳卜；細思之，此事豈吾意欲？有人在高堂孤獨，可惜新人笑語喧，不知我舊人哭。兀的東床，難教我坦腹"。

可是一碰到具體問題呢？竟沒有些微的勇氣，有些議論可笑得很。蔡邕在牛府中"三五年""六七載"，時間不算太短。他明知家鄉"遭水旱""遇饑荒"，卻連高聲説一句話、托人帶個音信都不敢，自然更談不上自身回家了。他想着："縱然歸去，又恐怕帶麻執杖。"因爲怕回去，父母已死了，帶麻執杖，所以還是"斑衣罷想"，不必回去了。這託辭竟是口口聲聲盡心甘旨的蔡邕所講的話！他卻又想："且待任滿，尋個歸計。"好像那時父母倒反能健在了。實際是蔡邕不想回家，原因是有的。在"琴訴荷池"中，他對夫人説："夫人我心裏豈不想那舊弦，祇是新弦又撇不下。""眼淚簌簌落，兩頭掉不落。"蔡邕回家，又哪裏拋得下牛女。事情竟離奇到這樣："寧可餓死爹娘，不可惱了夫人。"牛女已看出他的心事來了，他仍連一句話也不敢説，吞吞吐吐，擔心她"若知我有媳婦在家，如何肯放我回去？不如姑且隱忍，待改日求一鄉郡除授，那時，卻回去見雙親便了"。蔡邕在權勢面前，解除了所有武裝，竟成了一個畸形的人，竟忘了在官媒議婚時他曾説："教我怎生拋撇，妻室青春。""須知少年自有人愛了，謾勞你嫦娥提挈。"這與其説是作者疏忽，毋寧説是他那時話説得很低，低得連自己都沒有聽見。在這複雜的矛盾苦痛心理下，竟然日夜想太師還沒有知道他已娶妻呢！

不過，牛小姐的行誼是正常的，她感覺她父親的行事不對，應該按理力爭，讓他們回去。蔡伯喈卻以爲："你直待要打破砂鍋，是你招災攬禍。""夫人你不要這般説，萬一你爹爹知之，反加譴責。"可是事實並不完全像蔡邕所想的那樣，太師給女兒這麼一説，倒回心轉意了："兒女話堪聽，使我心疑惑，暗中思忖覺前非，有個團圓策。"差一個人多與盤纏,教他陳留去,把蔡邕的爹娘和媳婦都迎來。宿願酬於一朝,我想這消息傳來,任何人都感到欣慰的。可是蔡伯喈卻説:"祇怕饑荒散亂無蹤跡,他存亡也難測,何況路途間,難禁這勞役。"出籠熱饅頭,澆一勺冷水,這是没有任何理由的。無怪陳眉公看到這裏,要憤憤地寫道:"依你説不要去更好!"

公婆死後,趙五娘抱琵琶進京。先遇牛小姐,牛小姐與蔡伯喈相處了六七載,應該説對他是有較深切的認識的。可是牛小姐卻説:"姐姐,休怪奴家説,我教你改換衣妝,你又不肯,祇怕相公見你這般襤褸,萬一不肯相認,如何是好?"可是蔡伯喈口口聲聲説:"被親强來赴選場,被君强官爲議郎,被婚强效結鸞凰。三被强,我衷腸事説與誰行,埋怨難禁這兩廂。這壁廂道咱是個不撑達害羞的喬相識,那壁廂道咱是個不覷親負心的薄倖郎。"這"喬相識""薄倖郎",騙過了許多人,連面孔也不紅一紅,真是好功夫。

最後是"一門旌獎"。作者是企圖以調和矛盾來解决問題:蔡邕並未能採取鬥争的方式,克服矛盾,祇是任命運擺布,自身陷於矛盾的泥淖中,所以矛盾並未解决。客觀上是自己日坐牢城之中,父母饑餓而死,"可惜二親饑寒死,博得孩兒名利歸"。這是勝利的話,這應該説是封建主義的勝利,卻是人民的悲劇性結束。

有人説《琵琶記》是作者在"抒憤懣"。是的,從《琵琶記》中可以看出知識分子惜乎名位,而又不甘於合污,没有出路、没有方向的苦惱與怨恨。《琵琶記》中蔡邕的形象與作者高明的形象,是有血肉相通之處的;《琵琶記》中的描寫有許多是高明時代及其社會生活的折光反映。

高明生於元末,元朝對於當時的中國是一個異族入主的時代,一個文化落後的民族,統治一個有着更爲悠久的歷史和發達的文化的民族。元朝對漢民族採取高壓政策,企圖使漢人屈服於暴力。但漢民族是富有反抗精神的,决不能長期忍受下去,劇烈的民族鬥争像伏潮暗浪一樣長流不息,一遇時機,便澎湃怒吼起來。到了元順帝時,農民的反抗運動如火如荼地從各個角落爆發起來,如方國珍、劉福通、徐壽輝、張士誠、朱元璋、韓林兒、陳友諒等所領導的農民運動。高明就生在這時。

高明具有"憂天寢食不安",憫恤人民大眾的同情心。不同元統治階級合作,"與幕府論事不合",便"即日解官"。他曾中過進士,做過推官、録事、都事、丞相掾等職。但他並未參加農民運動,先是逃避方國珍的聘請,後來又謝絕朱元璋的徵召。這時代社會的矛盾不可避免的反映在他身上,《琵琶記》中蔡邕的表現,可能就有他的影子。劉基有《次韻高則誠雨中》詩三首:

> 短棹孤蓬訪昔遊,冷風淒雨不勝愁。江湖滿地蛟螭浪,粳稻連天鼠雀秋。莫怪賈生偏善哭,從來杞國最堪憂。絶憐窗外如珪月,只爲離人照白頭。

> 霖雨蕭蕭泥客途,歲華冉冉隙中徂。不知燕趙車千乘,何似蒿邙飯一盂。露冷芙蓉捐玉佩,天寒薏苡結明珠。東鄰艇子如堪借,去釣松江巨口魚。

> 吳苑西風禾黍黄,越鄉倦客葛衣涼。楸梧夜冷鳥驚樹,霜露秋清蜂閉房。天上出車無召虎,人間賣卜有王郎。干戈滿目難回首,夢到空山月滿堂。

劉基也做過元朝的官,可是不滿元朝的腐化政治,對"燕趙車千乘"棄如敝屣,決意退隱。劉高是志同道合的好友,都有蕩積在心頭的抑鬱不平和愛國憂民的情緒,都對"干戈滿目"的悲慘現象懷有憎恨與憤激。後來劉基協助朱元璋推翻元朝政權,立下汗馬功勞;高則誠則淡於名利,隱居民間,從事寫作。兩人性格是有差異的。

編者説明:本文據手稿録編,劉録稿附記云:"估計(寫於)二十世紀六十年代。"

略談搊彈詞與諸宮調

搊彈詞與諸宮調,是以琵琶爲主要伴奏樂器的,所以,要説明搊彈詞與諸宮調的產生及其特徵,就需要瞭解一下有關琵琶的歷史知識。

琵琶是從外國傳來的,漢劉熙《釋名》云:琵琶"本出於胡中,馬上所鼓也。"《隋書·音樂志》云:"今曲項琵琶,竪頭箜篌之徒,並出自西域,非華夏舊器。"這種樂器,是中古時從中亞細亞——波斯與印度,經過龜茲而後傳入中國的。先時流行中國北部,隋唐統一中國,遂傳到了中國的南部。

琵琶在傳入之初的較長時期內,是橫抱着用撥子來彈的。唐段安節《琵琶録》云:"開元中,梨園則有駱供奉、賀懷智、雷海清,其樂器或以石爲槽,鷦鷄筋作弦,用鐵撥彈之。"這種琵琶彈奏法稱爲"撥彈"。現今所見敦煌千佛洞壁畫、北朝石刻、故宮所藏《演樂圖》、徐悲鴻所藏《八十七神仙圖》以及《韓熙載夜晏圖》等所繪的琵琶演奏,都是橫抱着撥彈的。《樂府雜録》云:"曹綱善運撥,若風雨。"白居易《聽曹綱琵琶兼示重蓮》詩云:"撥撥弦弦意不同,胡啼番語兩玲瓏。"《代琵琶弟子謝女師曹供奉寄新調弄譜》詩云:"四弦翻出是新聲,珠顆淚沾金捍撥。"當時撥彈琵琶的,如康昆侖、段善本,都是西域人。

撥彈琵琶不如手彈靈便，撥彈琵琶取其"下撥，聲如雷"，[①]
便於舞蹈，伴奏大曲；指彈琵琶則攏撚指撥稍軟，便於抒發幽情。
中國原有琴、瑟、箏等絃樂器，都是用指來彈的。琵琶傳入中國
日子久了，它的彈奏法也中國化起來，推陳出新，撥彈漸漸爲指
彈所替代。

指彈也稱撚彈，指彈琵琶因而稱爲撚彈琵琶，指彈者就稱爲
撚彈家，配合指彈的唱詞就稱爲撚彈詞。琵琶的撚彈法是從唐
時開始的，《舊唐書·音樂志》云："按舊琵琶皆以木撥彈之，貞觀
時始有手彈之法，今所謂撚琵琶者是也。"段安節《琵琶録》云：
"貞觀中，裴路兒彈琵琶，始廢撥用手，今所謂撚琵琶是也。"崔令
欽《教坊記》云："開元十一年（723），初製《聖壽樂》，令諸女衣五
方色衣，以歌舞之。宜春院女教一日便堪上場，惟撚彈家彌月不
成。"撚彈琵琶是把琵琶竪着抱的，白居易《琵琶行》云："千呼萬
喚始出來，猶抱琵琶半遮面。"

唐時琵琶撥彈、撚彈各自成家，《樂府雜録》云："奏琵琶有兩法：
用撥彈，用手奏，是從人之所好而已。"又云："貞元中有王芬、曹保保
其子善才，其孫曹綱，皆襲所藝。次有裴興奴，與綱同時。曹綱善
運撥，若風雨，而不事扣弦；興奴長於攏撚，不撥，稍軟。時人謂曹
綱有右手，興奴有左手。"[②]曹綱長於撥彈，裴興奴長於撚彈，各擅
其妙。當時兩者比較起來，撥彈還是占優勢的。不過，從琵琶演
奏的發展史看來，撚彈琵琶是新生的，較撥彈爲進步。這兩者在
樂曲的演奏上是有差異的，從琵琶發音的角度看來，用木撥彈奏，
節奏强烈、顯明，所謂"運撥，若風雨"，不過音域較狹，不如撚彈兩
指攏撚，發音清美。後者甚至可四弦一聲，五指並奏，音色易於變

---

① 見唐段安節《琵琶録》長安祈兩條。
② 段安節《琵琶録》所記大同小異。

化，繁聲錯節，音樂的表現力更爲豐富與優越。由於這些緣由，唐代以後，琵琶演奏撥彈就逐漸地被搊彈所替代。現在衹有閩南極少地區，像在蒲仙戲中，稍稍保留着這種古老的撥彈。①

琵琶原是"馬上之樂"，晉傅玄《琵琶賦·序》云："聞之故老云：漢遣烏孫公主嫁昆彌，念其行道思慕，使工人知音者，裁琴、箏、築、箜篌之屬，作馬上之樂。"取其有堅强、明顯的節奏感，琵琶撥彈恰好是符合這種要求的。隋唐之時，琵琶與宮廷生活結合起來，漸漸用於伴舞，演奏大曲，琵琶就作爲室内舞蹈、歌唱時的伴奏樂器了。洪邁《容齋隨筆》卷九述張祜詩記唐開元天寶之盛，如《正月十五夜燈》云："千門開鎖萬燈明，正月中旬動帝京。三百内人連袖舞，一時天上著詞聲。"《上巳樂》云："猩猩血染繫頭標，天上齊聲舉畫橈。卻是内人爭意切，六宫紅袖一時招。"《春鶯囀》云："興慶池南柳未開，太真先把一枝梅。内人已唱春鶯囀，花下偋偋軟舞來。"從這些詩中可以看出唐宫歌舞的盛況。張祜《王家琵琶》云："只愁拍盡涼州破，畫出風雷是撥聲。"羊士諤《夜聽琵琶》云："破撥聲繁恨已長，低鬟斂黛更摧藏。"元稹《琵琶歌》云："逡巡彈得六幺徹，霜刀破竹無殘節。"元稹《連昌宫詞》云："夜半月高弦索鳴，賀老琵琶定場屋。""逡巡大遍涼州徹，色色龜兹轟録續。"這些可以說明是運用撥彈琵琶來爲演奏大曲服務的。

由於琵琶的樂器性能漸見發揮，唐時就用琵琶來獨立演奏了，唐薛用弱《集異記》曾說王維是善彈琵琶的。段安節《樂府雜録》中記載了一個琵琶演奏比賽的故事：康昆崙和段善本兩個琵琶名手，在長安街頭舉行比賽。東街的觀衆認爲康昆崙演奏的《羽調緑腰》必定壓倒西街；西街樓上忽然出現一個女子，抱着樂

① 福建蒲仙戲樂隊，琵琶猶橫抱撥彈。這可說明這劇種是十分古老的。蒲仙戲前數年來杭演出，我曾見之。

器走上去説:我也彈這曲。撥聲如雷,精妙入神。康昆侖欲拜爲師,等那女子易服出見,原來就是段善本。唐時琵琶已經獨立演奏,自然也就有曲家爲琵琶單獨作曲了。貞觀初年,太常樂工裴神符,妙解琵琶,就曾爲琵琶作《勝蠻奴》《火鳳》《傾杯樂》三個曲子。唐時琵琶又有用於伴唱的,也有借琵琶演奏來抒發自己的思想感情的。白居易《聽琵琶妓彈略略》詩云:"腕軟撥頭輕,新教略略成。四弦千遍語,一曲萬重情。"白居易《琵琶行》云:"轉軸撥弦三兩聲,未成曲調先有情。弦弦掩抑聲聲思,似訴平生不得志。低眉信手續續彈,説盡心中無限事。"元和以後,琵琶演奏漸漸走出宮庭,進入社會,伴舞、伴唱、獨奏,廣泛地流行起來。

宋代城市經濟繁榮,南渡後,商業更爲發達。市民階層擴大,適應他們文化娛樂要求的曲藝,也就進一步發展起來。到了宋元時代,在藝人的演奏的創作實踐中,琵琶的彈奏性能更加明顯起來。

中晚唐時,民間曲子詞興起,發展到宋代,由散詞漸漸發展成爲套詞,隨着諸宮調的曲藝就興起來了。琵琶的音樂表現力很強,弦弦掩抑聲聲思,説盡心中無限事。指彈適宜表達輕巧、婉約、綿邈的思想感情,刻畫男女相悦和愛慕;撥彈以鮮明、堅强的節奏見長,適宜於爲熱情、高亢的舞蹈伴奏。後來風尚轉變,琵琶不再作爲大曲的伴舞音樂,而主要是作爲曲破、小詞的伴唱音樂了。這樣對琵琶的音樂性能的要求就有所不同,琵琶的音域和音色都發生了變化,增加了琵琶的柱位,更加講究彈奏的指法。掐彈更符合這種要求,因而就大盛起來,掐彈詞也就隨之興起,大露頭角。

琵琶發展成爲説唱曲藝的伴奏樂器時,這種彈奏樂器性能的運用和發揮,可以説已經到了成熟階段。從這一角度看,掐彈詞在宋、元時代盛行,是有它的歷史原因和自身發展規律的。同時我們又可理解,今日江南盛行的彈詞①,是與宋、元的搊彈詞一脈相承,有其綫索可尋的。

搊彈詞的"詞",就是搊彈琵琶的"唱詞"。這種唱詞,從音樂角度看,它的組曲方法,大概可以分爲三類:一是鼓子詞,二是單宮調,三是諸宮調。這三類唱詞,是唐宋元時代豐富多彩的曲藝與戲劇的重要組成部分。

鼓子詞。産生於唐代中葉,宋時興盛起來。初時流行民間,不久便爲封建士人及官僚所"賞識",而爲他們服務了。宋時官僚在宴會時,常喚女伎歌唱,用以助酒。唱時祇歌而不舞,一般祇把一曲作爲一個單位唱一曲或復唱一遍就算了。這種形式,唱得多了,就覺單調,不夠盡興。藝人在演唱過程中,逐漸發明了新的東西來滿足聽衆的需要,如用同一曲調重複歌唱,來抒情寫景、刻畫人物和突出故事情節。這樣比單唱一曲或復唱一遍,表現力要強得多。這樣就把散詞發展成爲套詞,創設了單節重疊的組曲形式:

$$A+A+A+A+\cdots\cdots$$

這種組曲形式,在宋時稱爲鼓子詞。鼓子詞重疊時,從音樂角度說,祇是重複主題,並無節奏、旋律或宮調的變化。這種組曲方法,用於故事題材、風格、主題思想的變化較少,祇是在需要增強音樂氣氛和效果的場合下,很起作用。這種曲藝形式在民間廣泛流行以後,亦即被藝人廣泛應用以後,逐漸受到文人的注意。歐陽修所作的《采桑子》十一首,和趙德麟所作的《商調蝶戀花》十二首,都受了這種曲藝形式的啓發。

單宮調。鼓子詞對散詞的組曲形式是有貢獻的,它把散詞

---

① 彈詞與變文同爲曲藝,或云:同爲説唱文學,是有淵源關係。但彈詞是用琵琶搊彈的,直接淵源當推溯至金元的諸宮調。從曲調看,則今日彈詞,明清的小曲痕跡,尚甚顯著;從脚本看,今流傳者,多爲乾隆以後産物。

構成了套詞，增加了詞的表現力，同時也增加了音樂的感染力。但鼓子詞仍有諸多局限，由於衹是重複一個曲調，没有節奏、旋律的變化，不甚適宜表達複雜的思想感情變化，這樣就促使藝人進一步創新。由於詞在民間唱得久了，詞牌逐漸臻於豐富多彩，這樣就能根據不同的題材與内容，選擇恰當的詞牌來填詞演唱。這就形成了在同一宮調内集合不同牌子的組曲方式：

$$A＋B＋C＋D＋……尾$$

這種組曲形式，稱爲"唱賺"或"賺詞"，有主調及節奏的變化，但没有宮調的變化，是一種單宮調的多部曲，比鼓子詞又發展一步，爲諸宮調及南北曲的發展打下了基礎。宋以後的詞變爲曲，詞牌變爲曲牌，散曲成爲套曲，其組曲形式多係取法賺詞，由單宮調而爲諸宮調。

賺詞這種曲藝，據《夢粱録》的記載，是北宋紹興年間，張五牛大夫"因聽動鼓板中有〔太平令〕或賺鼓板，即今拍板大節抑揚處是也，遂撰爲賺"的。初時衹是專供歌唱的曲藝小品，像詞初起時是小令一樣。抒情、寫景的成分多，所寫的故事情節較爲簡單。唱賺發展到後期，所表現的内容豐富起來，朝着多方面反映現實、刻畫人物形象、描寫内心世界、鋪敘故事情節等方面發展。這樣，單宮調的多部曲，就不能適應這種新的情勢需要，從而由單賺變爲復賺，由單宮調發展成爲雙宮調及諸宮調。復賺是聯合幾個不同宮調的賺詞，其組曲形式與諸宮調相同，有了宮調變化，就能適應"變花前月下之情及鐵騎之類"的曲情，可惜復賺今已不傳。①

---

① 唱賺盛行北宋、南宋。《事林廣記》曾説到唱賺的規則。其樂曲（標題如下）……王國維斷定這篇賺詞，是宋人之作。内〔紫蘇丸〕〔縷縷金〕〔好孩兒〕〔越恁好〕四曲是南曲，北曲中無；〔鵲打兔〕爲北曲，都有，已用南北合套。

　　諸宮調。諸宮調的組曲方法是由單宮調發展而來的,這種曲體,是組合幾個宮調而成的。先從一個宮調開始,用了一個、兩個或兩個以上乃至十餘個不同的樂曲以後,便轉入其他宮調;這樣可以轉上幾個宮調,來完成一個大的樂曲:

　　第一宮調:A,B,C……

　　第二宮調:L,M,N……

　　第三宮調:R,S,T……

　　……

　　第 W 宮調:X,Y,Z……

諸宮調有主調變化,有節奏變化,並兼有宮調變化,它是一個多宮調的多部曲,可以有種種的配合。因而諸宮調唱詞的表現力,較單宮調與鼓子詞更爲優越。從它的曲調組合看,更能廣泛吸收唐宋的樂曲遺產,使曲藝或戲劇音樂更臻於豐富多彩。從戲劇發展史説,諸宮調的組曲形式,奠定了元劇北曲聯套的基礎。

　　諸宮調是在北宋熙豐元祐間產生的,宋元之際,在中國的南方與北方,十分流行。它在藝壇上的生命,大約有三百年左右。《碧鷄漫志》云:"熙豐元祐間(1068—1094)……澤州有孔三傳者,首創諸宮調古傳,士大夫皆能誦之。"《夢粱録》云:"汴京有孔三傳,編成傳奇靈怪,入曲説唱。"《夢粱録》云:"孔三傳耍秀才諸宮調。"《都城紀勝》云:"諸宮調本京師孔三傳編撰傳奇靈怪,入曲説唱。"都説諸宮調是孔三傳所首創編撰的。不過,一種新的文藝樣式的出現與成立,不是一兩個人所能獨創的,必有其歷史條件、社會基礎和自身發展需要。一般是在民間流傳久了,經過不少無名作家的努力,纔被社會上所重視,而後把較爲成功的作家的名字記録與流傳下來。因此諸宮調的萌芽與流傳,想來是早於孔三傳的創作的。

　　關於諸宮調的歷史,可以約略分成五個階段:

一是孔三傳時期。孔三傳的生平，今不可考。《武林舊事》卷十載《官本雜劇段數》二百八十本，其中用諸宮調者兩本：《諸宮調霸王》和《諸宮調卦册兒》。《宋史·樂志》說："真宗不喜鄭聲，而或爲雜劇詞。"官本雜劇，並不限於南宋。這兩種諸宮調，可能是北宋人撰的早期作品。

二是張五牛時期。張五牛是曲藝大家，他不但創作賺詞，也寫作諸宮調。《夢粱録》記録張五牛在紹興年間（1131—1162），"因聽動鼓板中有〔太平令〕或賺鼓板，即今拍板大節抑揚處是也，遂撰爲賺"。他是首創賺詞的。《青樓集》云："趙真真、楊玉娥，善唱諸宮調。楊立齋見其謳張五牛、商正叔所編《雙漸小卿》。"①《董西廂》〔柘枝令〕云："也不是《雙漸豫章城》，也不是《柳毅傳書》。"可見張五牛、商正叔所編《雙漸小卿》是個傳統曲目，在社會上流傳很久。可惜這兩個時期的作品，都沒有被保存下來。

三是《劉知遠諸宮調》時期。《劉知遠諸宮調》中用"纏令""纏達"，可能是宋諸宮調，或云是金元產物。其中又用"歇指調"四次，歇指調是宋宮十二調之一，《燕樂考原》云：金元以來，歇指調皆不用。此爲《董西廂》所無，應早於《董西廂》。《夢粱録》云："尹常賣《五代史》。"《劉知遠諸宮調》與《新編五代史平話》比較，情節略有改變。《劉知遠諸宮調》語言樸素，故事情節亦較簡單。

四是《董西廂》時期。《録鬼簿》把《董西廂》作者董解元係爲金章宗時人。《董西廂》文字儂麗，刻畫細緻。

五是《天寶遺事諸宮調》時期。作者王伯成，鍾嗣成云："王伯成有《天寶遺事諸宮調》行於世。"王伯成生活的時間約與馬致遠相近，晚於董解元約百年。其書已佚，但在《雍熙樂府》及《北

---

① 《詞苑萃編》說同。

詞廣正譜》中，尚存逸曲若干。與前兩種諸宮調比較起來：一是
《劉知遠諸宮調》與《董西廂》牌子很多是接近宋詞的，見於以後
元曲的極少；《天寶遺事諸宮調》牌子大多數爲元曲中所常見。
二是《劉知遠諸宮調》套數至多是三曲一尾；《董西廂》則十五曲
一尾；《天寶遺事諸宮調》則十八曲一尾。三是《劉知遠諸宮調》
與《董西廂》尾聲都很簡單，少變化；《天寶遺事諸宮調》尾聲則隨
宮調不同，句法音節亦異，接近元劇的煞尾。因此《董西廂》是諸
宮調這一曲種發展到成熟階段時的產物，而《天寶遺事諸宮調》
則向元代散曲與雜劇過渡了。

　　演唱諸宮調，北宋時是無分南北的；趙宋南渡以後，就有了
分別。五代北宋時，詞家唱詞是以弦索來伴奏的，樂器以琵琶爲
主。汴梁藝人賣唱諸宮調，也是以琵琶爲主要伴奏樂器。楊立
齋《鷓鴣天》詞云："啼玉靨，嚦冰弦。"可知是以弦索來伴奏的。
《董西廂》稱爲"搊彈詞"，説明演唱時是以琵琶或箏爲主要伴奏
樂器的，《董西廂》是承繼北諸宮調系統的。南諸宮調則是以笛
子爲主要伴奏樂器，《夢梁録》所記，應該就是南宋演唱諸宮調的
情況。《張協狀元》中曾記開場末色唱南諸宮調，南戲海鹽腔就
是用管樂來伴奏的。《水滸傳》云："笛吹紫竹篇篇錦，板拍紅牙
字字新。"也是説的南諸宮調演奏情況。北諸宮調發展到《董西
廂》時期，到了成熟階段。但從音樂內容看，《董西廂》是由詞到
曲的過渡時期產物。南諸宮調發展到張五牛時期而始盛，南諸
宮調直接影響到南戲的興起。《天寶遺事諸宮調》音樂內容與詞
漸遠，趨向於曲化了。

　　編者説明：本文據手稿録編，原題《曲藝的花朵——搊彈詞
與諸宮調》，今題爲編者酌擬。

略談《高祖還鄉》中的一些訓詁校勘問題

　　睢景臣的《高祖還鄉》是元代散曲中的一篇傑作,這篇作品從寫統治者的爪牙社長、王鄉老、趙忙郎的裝腔作勢,嚇唬鄉人,醜態百出的準備接駕開始,接着寫高祖的儀仗隊,在鄉人眼中并沒有什麼了不起,祇是些"喬男女""兔鳥鷄狗"而已。皇帝的威嚴,在鄉人面前破產了;接着寫高祖出現了,他倨傲、庸俗,鄉民群衆對他憤怒,盡情揶揄嘲罵;最後還來一個"祇道劉三,誰肯把你揪捽住! 怕甚麼,改了姓,更了名,喚做漢高祖",提出了蔑視性的責問,很精彩! 把這流氓皇帝弄得啼笑皆非,這是多麼滑稽的事!

　　這篇作品像一首敘事詩,又像一幕短小的諷刺喜劇。作品的主要内容,是寫劉邦登上了皇帝寶位,把天下作爲自己的私產,回家鄉去炫耀一番,以取得精神上的滿足。他自以爲"威加海内兮歸故鄉",十分得意;可是鄉民卻從他的實質來看問題,是醜惡的,是一個農民革命果實的篡奪者。作者在這裏罵的是漢代的皇帝,但"高祖"這種階級性格的揭露,是有它的普遍意義的,我們可以把它看作對封建時代一切統治者,特別是對元代統治者的仇恨與反抗。在元代那樣空前的政治黑暗與民族壓迫下,作者這樣抒寫,實是借古諷今,有現實鬥爭意義。

　　這篇作品在解放以後不久就被選入高級中學語文課本第五

册中,在高等學校裏的古典文學元代散曲部分也總是講到它,獲得了應有重視,這是十分正確的。但這裏面,還有一些文字訓詁與版本校勘上的問題,"以訛傳訛"。我曾讀過不少交流教材和注釋,都還不能很好地解決問題,這就勢必影響到對於作品的理解。這裏我想舉出主要的幾點來談談是否有當,請讀者批評與指正。

關於訓詁的問題

第一句話:"社長排門告示。"一般解作"社長相當村長。社,古時候地方區域的單位,或以二十五家爲一社,或以六方里的地方爲一社。"和"挨家挨户通知"兩層意思。我認爲這樣解釋是不確當的,應該解釋作:"社長在排門上貼着一張告示。"近代政府的布告,常常稱作"告示"或"榜文"。告是布告,示是曉示。告示的意思,猶《元典章》上說的:"一榜通行,曉示施行。""社長排門告示"的正確理解,我們可以從《元典章》中獲得啓發。《元典章·立社》條云:"諸縣所屬村疃,凡五十家立爲一社,不以是何諸色人等,並行入社。令社衆推舉年高通曉農事有兼丁者立爲社長。"又云:"若有不務本業,遊手好閒,不遵父母兄長教令凶徒惡黨之人,先從社長叮嚀教訓,如是不改,籍記姓名,候提點官到日,對社衆審問是實,於門首大字粉壁書寫,不務本業、遊惰凶惡等。"《高祖還鄉》中所說的"社長",應該與《元典章》中所說的"社長"有聯繫。"排門告示",也與《元典章》中所說的"門首大字粉壁書寫"有聯繫。如馬致遠《漢宫秋》:"情取棘針門粉壁上除了差法。""俺官職頗高如村社長。"其中所說的"粉壁""村社長",就是概括這一史實來寫的。因而我們可以從元代的現實社會生活和典章制度來理解這句話,現在把這句話說成"挨家挨户通知",

是不妥當的。排門怎能説是挨家挨户？告示怎能説是通知？就語法角度講，也是説不過去的。這樣解釋，是把今天的居民委員會挨家挨户通知的工作虛構到元代去了。

《高祖還鄉》接着寫"幾面旗舒"："一面旗，白胡闌套住個迎霜兔；一面旗，紅曲連打着個畢月烏。"這兩面旗究竟是什麼樣的呢？我看了不少注釋和交流教材，把這兩面旗都解釋錯誤了，或者可説是似對非對的。

> 白胡闌句：是一面月旗，在圓月中畫着一隻白兔，是根據月兔搗藥的傳説來做的。

> 紅曲連句：是一面日旗，在紅日中畫着一隻金烏，也是根據太陽中有三足烏的傳説來畫的。

> 白胡闌套住迎霜兔，這是一面月旗，月影裏畫着白兔。胡闌合音是環，現在綏遠一帶叫環爲胡闌。迎霜兔，白色的兔，傳説月亮裏有白兔搗碓。

> 紅曲連打着畢月烏，這是一面日旗，日形裏畫着一隻烏。曲連的合音是圈，現在綏遠一帶還叫圈爲曲連。畢，北音讀如蔽；畢月，掩蔽月亮，黑的意思。畢月烏，黑色的烏，傳説太陽裏有三脚烏。

> 這是一面月旗，月形裏畫着白兔。胡闌，合念起來就是"環"。迎霜兔，白色的兔（傳説月亮有白兔搗碓）。

> 這是一面日旗，日形裏畫着一隻烏。曲連，合念起來就是圈。畢月烏，傳説太陽裏有三脚烏，但畢月烏意義未詳。

説來説去，都認爲一面是月旗，一面是日旗，其實是弄錯了。要説明這究竟是怎樣的兩面旗，我得先把"畢月烏"這個名詞解釋一番,有了正確的理解,"紅曲連打着個畢月烏",也就迎刃而解了。

　　"畢月烏"這個名詞,不見一般書籍,這是相家的術語。無名氏《演禽通纂》上載有《二十八宿名例》云:

　　　　角木蛟　亢金龍　氐土貉　房日兔　心月狐　尾火虎
　　　　箕水豹　斗木獬　牛金牛　女土蝠　虛日鼠　危月燕
　　　　室火豬　壁水貐　奎木狼　婁金狗　胃土雉　昴日鷄　畢
　　　　月烏　觜火猴　參水猿　井木犴　鬼金羊　柳土獐　星日
　　　　馬　張月鹿　翼火蛇　軫水蚓

把這"二十八宿名例"羅列起來,我們就可以很清楚地看到"畢月烏"是二十八宿命星之一。《水滸傳》中有個英雄郝思文,綽號喚做"井木犴",那"井木犴"與"畢月烏"同樣都是二十八宿命星之一。這二十八宿命星:角木蛟、亢金龍、氐土貉等名詞的第一個字角、亢、氐等,是黃道二十八宿的名詞;第二個字木、金、土等,是七曜的名詞;第三個字蛟、龍、貉等,是演禽的名詞。古代星相家把這二十八宿、七曜和演禽三者相互配合起來,安排到日子上去,注上曆本,用以值日,目的是藉以說出一些玄妙的道理,做宣傳宿命的工具。星相家就可以根據一個人生下來那天的命星,來論斷一個人命運流年的好壞。這種學說,後來衍變成根據一個人出生的年、月、日、時等八字來推斷其一生的福祿壽夭,俗稱排八字流年。這種學說在《演禽通纂》中敷衍得很多,例如《起身星例》云:"假令前辛卯生人,命星畢月烏。"又如《演禽通纂》卷上云:

　　　　危月燕飛於龍樓,包龍圖為陰陽教化之臣;畢月烏飛於
　　　　麟閣,史丞相有潤澤生民之德……昴日鷄昇在扶桑國,韓世
　　　　忠有勤王之忠;房日兔照於廣寒宮,寇準封萊國公之貴。

這種學說有迷信成分,是從印度及西域傳來的。《四庫》提要說:

相傳謂出於黃帝七元之説。唐時有《都利聿斯經本梵書》五卷。貞元中，李彌乾將至京師，推十一星行曆，知人貴賤。至宋而又有《秤星經》者，演十二宮宿度以推休咎，亦以爲出於梵學。晁公武《讀書志》復有《鮮鸚經》十卷，以星禽推知人吉凶，言其性情嗜好。説者謂本神仙之説，故載於《道藏》。其書均已失傳。而詳溯源流，要皆爲談演禽者所自祖。今世亦頗有通其術者，則以爲本明之劉基。然其中如《甲子寶瓶》之類，與回回曆所載名目相近，似其源亦出於西域。蓋即秤星鮮鸚之支流。傳者忘其自來，遂舉而歸之於基，非其實也。

源於印度，我國在唐宋時代曾一度流行。我們把“畢月烏”這個名詞弄清楚了，就知道“一面旗，紅曲連打着個畢月烏”，這面旗不是日旗，而是一面畢宿旗。關於元代皇帝的儀仗，《元史·輿服志》中是有較詳記載，《輿服志·皂纛》條中説到二十八宿前後旗隊：

　　角宿旗，青質，赤火焰脚。畫神人，爲女子形。露髮，朱袍，黑襴，立雲氣中，持蓮荷。外仗角亢以下七旗，並青質、青火焰脚。角宿繪二星，下繪蛟。

　　……

　　房宿旗，青質，赤火焰脚。畫神人，烏巾，白中單，碧袍，黑襴，朱蔽膝，黃帶，黃裙，朱舄，左手仗劍。外仗繪四星，下繪兔。

　　……

　　畢宿旗，青質，赤火焰脚。繪神人，作鬼形，朱裩，持黑杖，乘赤馬，行於火中。外仗上繪八星，下繪烏。

《高祖還鄉》中所説的“打着個畢月烏”，和元代儀仗中的“畢宿旗”所描繪的“下繪烏”，兩説正相合，可見這面旗確是畢宿旗。

畢宿旗説清楚了，我們可再來考查“一面旗，白胡闌套住個迎霜兔"究竟是什麼旗？可以看到，這面旗和元代儀仗中所記載的"房宿旗""下繪兔"說法也相合，自然這面旗是房宿旗。我國古代把黃道二十八宿分成四個部分："二十八宿分野"，"在野象物"，每一部分視星宿聚居的形狀，用個動物來表示它。這就是：東宮爲蒼龍之象，南宮朱雀之象，西宮爲白虎之象，北宮玄武之象。房心是東宮的主宿，畢參是西宮的主宿。睢景臣寫皇帝的二十八宿儀仗，不必全面地寫它，是以寫部分代表全體的。這裏所舉的雖祇是房宿旗和畢宿旗兩面，但它的意義，實際是泛指二十八宿旗隊的。但有人可能會想，這兩面旗是否也可能是日旗和月旗呢？我們不妨再看看《元史·輿服志》，其中還有關於日旗和月旗的記載：

> 日旗，青質，赤火焰脚，繪日於上，奉以雲氣。
> 月旗，青質，赤火焰脚，繪月於上，奉以雲氣。

可見"日旗"是沒有烏的，"月旗"是沒有兔的。把兩面旗說成日旗和月旗，是不對的。自然，可能還有人會糾纏於"日中有烏""月中有兔"，因而把兩面旗說成"日旗"和"月旗"。《淮南子·精神訓》云："日中有踆烏。"高誘注云："謂三足烏。"《論衡·說日篇》云："日中有三足烏，月中有兔、蟾蜍。"又現今所見的漢代銅鏡——漢嫦娥桂樹鏡，鏡背上中間鑄着桂樹，樹杆上伏一蟾蜍，樹右作嫦娥振袖飛舞狀，樹左爲玉兔搗藥，嫦娥和玉兔下都有彩雲一朵，月亮裏有白兔擣碓。太陽中有三足烏，我國古代是有這種傳說的。不過這樣的傳說和《高祖還鄉》中"畢月烏"和"迎霜兔"的源流衍變是兩回事，不能混爲一談的，因此把這兩面旗說成日旗和月旗是不符事實的。另外，有人還把"畢月烏"解釋作：

> 畢，北音讀如蔽；畢月，掩蔽月亮，黑的意思。畢月烏，黑色的烏。

顯然是望文生訓，穿鑿附會。

關於"房日兔""畢月烏"是二十八宿的兩星宿，在元明人作品中，還可以找到例證。《雍熙樂府》卷一〔醉花陰〕《降獅》云：

先排東路，手提着青蘸斧，點了這角木蛟、斗木獬、奎木狼、井木犴四星宿。……次排南路，馬騎着赤豹篤，點了這尾火虎、室火豬、觜火猴、翼火蛇四星宿。……次排西路，樺皮弓銀箭，銼點了這亢金龍、牛金牛、婁金狗、鬼金羊四星宿。……次排北路各登□黑漆，弩點了這箕水豹、壁水貐、參水猿、軫水蚓四星宿。……東南一路，各排開勇士，卒點了這房日兔、虛日鼠、昴日鷄、星日馬四星宿。……西南一路，各排開勇士，卒點了這心月狐、危月燕、畢月烏、張月鹿四星宿。……又排中路，黃金甲滲金，整點了這氐土貉、女土蝠、胃土雉、柳土獐四星宿。

又卷十四〔集賢賓〕曲《獲騶虞》云：

這一隊向東山增氣勢，……上應着角木蛟、斗木獬、奎木狼、井木犴四星宿。……忽刺刺打一面摩霄漢的綉青旗。這一隊向南山增氣勢，……上應着尾火虎、翼火蛇、室火豬、觜火猴四星宿。……忽刺刺打一面拂炎火的絳紅旗。這一隊向西方增氣勢，……上應着亢金龍、婁金狗、鬼金羊、牛金牛四星宿。……這一隊向北山增氣勢，……上應着壁水貐、箕水豹、參水猿、軫水蚓四星宿。……這一隊向中央增氣勢，……上應着柳土獐、胃土雉、氐土貉、女土蝠四星宿。……這一隊向東南增氣勢，……上應着房日兔、虛日鼠、昴日鷄、星日馬四星宿。……這一隊向西南增氣勢，……上應着心月狐、危月燕、畢月烏、張月鹿四星宿。

都説到二十八宿，内有"房日兔""畢月烏"兩星宿，這在那時是經常運用的，衹是我們今日對這知識有些生疏而已。

關於校勘的問題

睢景臣的作品，現在衹存〔商角調·黃鶯兒〕《寓僧舍秋色》、〔大石調·六國朝〕《收心》和〔般涉調·哨遍〕《高祖還鄉》三套。這些作品保存在青城楊朝英（號淡齋）收編的《朝野新聲太平樂府》中，高中語文課本所選的《漢高祖還鄉》，書尾說明是從這個集子選出來的。這個集子我們容易看到的有兩個本子：一個是商務印書館的《四部叢刊》本——這個本子是從烏程蔣氏密韻樓所藏的元刊本影印的（密本）；一個是商務印書館排印本——這個本子是由金陵盧前冀野，把密韻樓本作爲藍本，參考盍山館所藏的何夢華舊藏《太平樂府》鈔本，和海虞瞿氏鐵琴銅劍樓所藏萬曆間活字本，以及活字本原有孫周卿（鐵琴銅劍樓藏書目錄作孫唐卿，此書卷首有虞山錢曾遵王藏書、孫唐卿氏二朱記）校文校訂的（盧校本）。除這兩個本子以外，鐵琴銅劍樓還保存有朱竹垞所舊藏的元刊本，這個本子卷首有"梅會里朱氏潛采堂藏書"和"竹垞收藏"兩個朱記，這個本子不容易看到。高中課本和一般翻印的，都是根據《四部叢刊》影印密韻樓本抄錄排印的，但在抄錄的時候，由於原文板壞，字跡模糊，抄錄者偶而不慎，寫錯了一些字，這樣轉輾翻印，弄得現在一般所讀的或轉引的都錯了，因而習以爲常。有人提出這問題，倒反顯得囉嗦了。《高祖還鄉》另外還有《雍熙樂府》之《四部叢刊續編》本，這是上海涵芬樓據北平圖書館所藏明嘉靖本影印的。《雍熙樂府》較《太平樂府》晚出，但有參考價值。今天一般讀的《高祖還鄉》和密本有出入，與盧校本和《雍熙樂府》本也不全同。這裏我想提出三條較主要的來談談。

"見一彪人馬到莊門。"密本、盧校本都作彪，課本卻作彪。彪字雖不見字書，但宋元戲劇中多用之。如《張協狀元》："終日搳搳搦搦，莫彪殺我如醉如癡。"《西廂記》第二本第一折："彪了僧伽帽。""遠的破開步將鐵棒彪。"《三奪槊》："他滴溜的着虎眼鞭彪。"《雍熙樂府》卷七："盼得他來到早涎涎僜僜抹抹彪彪。"課本想是因爲彪字放在這裏難以解釋，因而改易的。彪字《雍熙樂府》本作彪字，"一彪人馬"是較"一彪人馬"文意爲順。彪字可能是《太平樂府》的誤字。

"覰多時認得，險氣破我胸脯！"險字密本上半壞，盧校本作僉，瞿氏本、孫校作險。我們如把險字來補密本的壞字，全文筆勢恰合；課本卻把險字改作熟，想是抄録者没有細辨原文，妄補壞字而誤的。《雍熙樂府》本險字作僉，且在"認得"斷句。僉即險字，《劉知遠諸宮調》："險些兒掩泉波。"險字作嵏。嵏是嵓的簡體，可見險字正確。"險氣破我胸脯！"這句話是緊接上文寫高祖的倨傲、庸俗——"那大漢下的車，衆人施禮數，那大漢覰得人如無物。"爪牙的阿諛逢迎，高祖的裝模作樣，"衆鄉老展脚舒腰拜，那大漢挪身着手扶"——而出現的，好像高祖不是劉三了，可還是要露馬脚的："猛可裏，抬頭覰，覰多時認得。"因而要："險氣破我胸脯！"寫民衆對高祖的憤怒，用險字來形容，比不用險字，更真切而傳神。險字這種用法，在元曲裏也是可以找到例證的。《西廂記》第四本第三折云："眼底空留意，尋思起就裏，險化做望夫石。"《西廂記》裏用的這個險字，與《高祖還鄉》中用的這個險字，同爲副詞，词性是一樣的。現在把它改作："猛可裏，抬頭覰，覰多時認得熟，氣破我胸脯！"不是點鐵成金，而是效果相反。

"白甚麼。"盆山館藏本何校作怕，密本作白。不過密本看來雖是白字，這字卻是個壞字，白字是缺半邊的側書半字，把它補全了，實際還是怕字。"白甚"在元曲中常有運用，朱居易《元劇俗語方言例釋》引《董西廂》、元本《趙氏孤兒》和《高祖還鄉》爲例來說明："白甚，平白地爲甚麼"；"白甚麼"，"爲甚麼"。白，平白，無緣無故的意思。這種解釋是可以的。《雍熙樂府》本也作白字，但聯繫作品，從這字所反映的思想感情來看，"怕"字比"白"字是要真切與生動得多的。《高祖還鄉》云："祇道劉三，誰肯把你揪捽住？怕甚麼改了姓，更了名，喚做漢高祖!"這句的意思，我的體會，應該這樣解釋："你就説你是劉三好了，（爲什麼呢，因爲現在人家見你怕了）那個還肯把你捉住呢？（但我不是這樣的）怕的什麼呢？（你現在）改了姓，更了名，喚做漢高祖了!"這樣文從字順，與全文的思想感情起伏高漲是吻合的。

近年來，一般注釋是不注出處的，説其然，不説其所以然。好處是通俗，按之實際，卻並不是深入淺出、曲入顯出、詳入簡出，而是有些浮泛、籠統地説個意思而已。這樣發展下去，是有流弊的，本文可以例示性地説明這一問題。

　　編者説明：本文發表於《語文進修》1964 年第 2 期，然原刊尚未獲見，茲據代抄稿録編。另有手稿《高中語文課本睢景臣〈漢高祖還鄉〉校記》。

評京劇《獅子樓》與《十字坡》

這裏，我想談談京劇與曲藝《獅子樓》《十字坡》這兩折戲對於武松英雄形象的塑造，我覺得京劇的塑造是有不足之處的。

先說京劇《獅子樓》。據《京劇劇目初探》所述，這戲是"武松狀告西門慶害死親兄。縣官受賄，反斥責武松。武松持刀至獅子樓，手刃西門慶"。是歌頌武松的復仇、反霸的英雄仗義行為的，是個優秀的傳統劇目，但這不等於說這個戲沒有局限性。我們從它的情節安排、舞臺氣氛和武松的形象塑造等方面看，可商之處尚多。

這戲主要是由武松、土兵、西門慶及其家僮四人扮演。陽穀縣官受了西門慶賄銀，不問青紅皂白，責打武松四十大板。武松上場，憤懣不已，尋思："我兄長的冤仇，無日得報了！"土兵提醒他："那西門慶難道說還勝似那景陽岡猛虎不成！"引起了他的殺機。武松考慮："我要殺那西門慶，哪裏去找尋？"土兵便道："花街柳巷去找尋。"於是武松邊走邊尋邊唱着："你們哪個知道西門慶，俺奉送他十兩銀。"這時西門慶的家僮——楞兒出場了，嘴裏哼着："大爺是好漢，我是個惹禍精；有人惹着我，一拳一腿挖眼睛。"武松問他："西門慶現在何處？"楞兒說道："在獅子樓。"武松就送他十兩紋銀。接着考慮："我殺了西門慶，無人與我作證憑。"土兵便說："土兵與你作證憑。"武松感激着說道："請上受我一拜。"拜畢。武松手撫痛處,低頭尋思。土兵見武松尚在考慮,拔刀在手,激武松道:"鋼刀在此!"武松看見刀,怒火頓起,脫下褶子,接過刀來,把褶子擲與土兵。土兵下場。武松就一路上獅子樓來鬥殺西門慶。京劇這樣處理情節是有道理的,這是刻畫武松的膽大心細,做事不魯莽,思考縝密,一步一步穩紮穩打,待人愛恨分明,言出如山。不過,這裏從舞臺演出氣氛看來,不少觀眾常會有這樣的錯覺:似乎武松去鬥殺西門慶,像是被人家哄上去的。土兵提醒了他,激發了他,他纔選擇這一道路的。武松去鬥殺西門慶,不夠主動,這樣也等於説武松的鬥爭性不強。這就削弱了武松的英雄形象。

關於這一點,我感覺還是《水滸傳》寫得好:武松在陽穀縣呈狀不准,自思忖道:"且卻不理會。"心中早就有了打算。武松眼看通過官府作合法的鬥爭行不通了,那麼祇有拿出另外的辦法來!這就是鬥殺西門慶。武松另作計較,不説出來,這是寫武松的機智。對比京劇中的相關細節,我感覺可以歸納爲幾個問題來看:(一)西門慶是有惡勢力的,又是有武藝的,"兩膀千斤力",人家是不敢隨便碰他的。武松就是不怕,能打山中猛虎,也能打人間猛虎。因此"那西門慶難道説還勝似那景陽岡猛虎不成"這句話,應該由武松自己來説纔好。(二)這戲主要是表現武松反霸鬥爭的堅定性,強調他考慮"證憑",似乎喧賓奪主,削弱了主題思想。(三)土兵説花街柳巷去找西門慶,武松就唱着邊走邊尋。這無異説明武松鬥殺西門慶,自己缺少辦法。武松要殺的是這樣一個狡猾惡毒的敵人,在這樣一場你死我活的鬥爭中,武松連一點機密都不要守嗎?真的這樣做,西門慶早已躲避了。武松唱着:"繞過花柳巷,尊聲列位聽,你們哪個知道西門慶,俺奉送他十兩銀。"武松這樣唱,太天真、幼稚了,不怕西門慶逃走,自添麻煩嗎?(四)楞兒的形象是醜惡的。這裏強調武松守信,當場送他十兩紋銀。創作這樣一個細節,有什麼意義呢?這些情節,我們在看京劇《獅子樓》時總覺得是有問題的,感覺這戲要好好改一下。

這節書在杭州評話中是這樣説的:武松呈狀不准,氣憤不已。陽穀知縣是懂得武松性格的,怕他在公堂上咆哮,發作起來,一聲退堂,踱了進去。同時暗示書吏,跑前來打圓場。武松果然要發作,書吏想給他一個下馬威,喝問武松道:"公堂王法所在,衙門中人,理當小心一二。知法犯法,那就不好了。"武松反問道:"既有王法,爲何批狀不准?"書吏花言巧語,説出不少道理。武松一一批駁了他。書吏自知理屈,呵呵一笑,轉過詞鋒,勸道:"都頭,難道是第一天上衙門嗎?西門慶是縣中第一個財主,財勢浩浩,知縣還怕他三分,犯不着和他計較!就説縣主准了你的狀紙,秉公辦事,西門慶與青州知府素有瓜葛,這場官司還是打不通的。"武松怒道:"難道這事罷了不成?"書吏聽錯了他的意思,忙道:"都頭放心!這倒不會便宜了西門慶。大家知道,都頭在哥哥份上,賠了不少錢財。大郎死得忒是淒涼,這斷送之費,一定要西門慶負擔!豈可讓都頭、大郎吃虧!"武松聽書吏説話,分明在向俺行賄,沖沖大怒,反唇回擊。書吏想武松語意,既不怕西門慶的財勢,也不肯接受好處,軟不來,硬不湊,祇好拿出殺手鐧了。尋思:武松在景陽岡打過猛虎,想來他是依仗自己脅下有些氣力,顯出驕傲,那倒要我來提醒他一下。書吏呵呵笑道:"都頭,我看去同西門慶廝鬥,是犯不着的。若説鬥財鬥勢,你是要翻在他的手中的。説鬥力吧,都頭不愧有能耐,可是,也不一定。西門慶在陽穀縣中稱得十門拳教師,武藝高強,和他廝鬥,正是'隔牆撂瓦,仰覆未知'。"武松聽了,也就笑道:"難道西門慶比景陽岡上的猛虎還厲害不成?"這時麒麟門緊閉,堂上早已靜悄悄的。書吏看不是話頭,祇得搭訕着走了。武松卻自不理會，出了大堂，回紫石街來。殺嫂以後，自帶了刀，逕奔回春堂藥鋪去。從店倌嘴裏，曉得西門慶下落，再奔獅子樓來，鬥殺西門慶。評話通過武松和書吏的論爭，顯示了官府的醜惡、西門慶的蠻橫，表現了武松堅強不屈的鬥爭精神和英雄性格，並爲下場獅子樓開打伏下一筆，使衙門控告與殺嫂、鬥慶，環環入扣，步步深入。這樣的處理，我感覺可以作爲京劇《獅子樓》改進的借鑒。

次談《十字坡》。據《京劇劇目初探》所述，這戲寫"武松殺嫂自首，發配孟州。路經十字坡，宿張青店中。張妻孫二娘夜往行刺，黑暗中搏鬥。孫非武松之敵，張青趕至，問係武松，遂同訂交"。另外還有昆劇《十字坡》，北方昆曲劇院演出的，情節與京劇相仿。

《十字坡》又名《武松打店》，劇中武松與張青、孫二娘的矛盾是怎樣展開的？他們的矛盾性質怎樣？武松進了酒店，孫二娘就覬覦武松胸脯藏帶銀兩，因此留他宿在店中。武松覺察孫二娘行動鬼祟，提高警惕，夜宿之時，早作戒備。果然，夜中孫二娘用水澆濕門軸，拔簪撥門，悄悄進內，摸到武松。武松驚起，兩人廝鬥起來。孫二娘敗走，張青趕來對打；孫二娘再上，三人再打。張青架住，動問英雄姓名，武松報名，回問知是張青、孫二娘，大家一笑而罷，飲酒暢敘。武松是"衹打天下不明道義的人。倘若路見不平，即便拔刀相助，便死也不怕"！武松打店，有自衛和除凶的性質，是正義的。這就說明武松與孫二娘的矛盾是對立的。張青、孫二娘報出姓名後，武松就不打了。從戲的表現看來，這個矛盾已解決了。實際這個矛盾應該是還沒有解決的，假說是已解決了，那就說明武松對壞人壞事的鬥爭，有時是看情面的，壞事是由熟悉人做的就可以不打了。孫二娘是英雄人物，真像她自己在道白中所說的："我本江湖女豪家，女豪家，鬢邊斜插一枝花；不會穿針並引綫，練就武藝走天涯；拉硬弓，騎烈馬，拐子、流星當玩耍。有人問我名和姓，江湖人稱'母夜叉'。"這樣一個英雄人物，寫她謀財暗殺,這不是塑造英雄人物,而是歪曲英雄人物啊!

　　這節書,在《水滸傳》中所顯示的思想內容與京劇完全不同:孫二娘在十字坡開店,有三等人是不殺的——一是雲遊僧道,二是各處犯罪流配之人,三是江湖行院妓女。那麼孫二娘對配犯武松爲什麼會發生衝突呢? 這是一個偶然的事故,由於誤會而引起的。孫二娘對武松原是不想下手的,武松在江湖上聽到了一些流言,輕信先入之語,對孫二娘已有一定的看法,因而對孫二娘説了些"風話",戳破了她的秘密:"這饅頭是人肉的,是狗肉的?""多聽得人説道:'大樹十字坡,客人誰敢那裏過? 肥的切做饅頭餡,瘦的卻把去填河!'"武松認爲孫二娘不是好人,存心想打她。孫二娘感覺武松説的話和他對她的看法,對她的生意甚爲不利,認爲來者不善,因此祇好下手了。張青也吩咐過孫二娘有三等人切不可壞,張青的爲人態度,也是很清楚的。這樣看來武松、孫二娘、張青都是好人,都是江湖上的英雄人物。在上面所説的誤會狀態中,雙方都認爲對方不是好人,或不一定是好人,因而都要消滅對方。那麼誤會消除,矛盾也就解決了。所以三人最後都看出對方皆非等閒之人,自然握手言歡,兄弟結義了。

　　《十字坡》這回書,在蘇州彈詞中處理得很好,基本上是沿着《水滸傳》的現實主義創作方法加以發展的。這裏介紹一下彈詞《十字坡》中孫二娘的行事:

　　孫二娘幼時跟父親學藝,善使一柄五股托天叉。一天春遊,路見衙役欺侮一位老人,孫二娘憤憤不平,仗義執言,進行營救。衙役惡狠狠地跑來就要打她,一看孫二娘長得美麗,變換主張,想乘機調戲她。孫二娘怒不可遏,對着衙役臉上猛擊一掌,衙役還手,孫二娘接着就是一拳,把衙役打倒在地。孫父點頭稱贊,連説"打得好"。衙役不知孫二娘武藝高強,還以爲是自己一時措手不及,吃了虧,爬起來再度行凶,惹得孫二娘火起,把衙役打得屁滾尿流,衙役祇得伏在地上裝死。孫二娘並不理睬,取道回家。那時衙門裏人依官仗勢,他打了人,還要人家向他賠笑臉。人家打了他,他哪裏肯甘休。這衙役回到衙中,糾合同黨,趁着黑夜,趕到孫二娘家來,假公濟私,捏造罪名,吶喊着捉拿強盜。孫父見勢不妙,喚醒女兒孫二娘、女婿張青,趕快逃走。張青、孫二娘年輕腳快,逃得遠了。孫父跑在後面,寡不敵衆,被衙役拿走了。衙役把孫父吊在監獄,把許多盜案推在他的身上,要他承認。孫父堅不承認,被衙役活活打死。孫二娘要報仇,張青勸說:"個人力量有限,現在萬萬動不得。不如暫時忍受,記下這筆冤仇,異日集合英雄起義,將這世界來一個天翻地覆,那時可以救民水火,自己的仇也可報了。"張青、孫二娘就雙雙來到十字坡,開了這爿"做眼酒店"。張青、孫二娘對貪官惡霸是十分痛恨的,兩人在十字坡開店,一心要結交綠林英雄好漢。客人經過,他倆是分別對待的。那些衙役歹徒,就用蒙汗藥把他們做翻殺死;配犯則送路費,放他逃生;倘遇有武藝、膽識的,就介紹他上二龍山去當個頭目。武松發配,解差先進孫家店來,看到孫二娘長得俊俏,前來調戲。孫二娘因而引誘這兩個解差喝了蒙汗藥酒。武松對兩差平日行爲是極不滿意的,但一時無法改變他倆的惡習。武松進店,孫二娘好好招待,問道:"客官緣何發配?"武松答:"殺了壞人啊!"孫二娘聽了,覺得這人可以結交。武松要喝酒,孫二娘思忖這蒙汗藥酒是不能給他喝的,嘴上不便說穿,祇得說:"這酒不喝也罷!"武松尋思:酒娘怕配犯無錢,用話搪塞。伸手把錢摸了出來,說道:"俺所愛是酒,與你銀兩,斟好酒來!"孫二娘祇得道:"客官莫怪,俺家酒凶,喝了客官上路不便!"武松思想:"俺在景陽鎮上喝了一十八碗酒,上得岡去,打了一隻吊睛白額猛虎。"笑道:"不妨的! 俺的量大。"孫二娘思忖:這個配犯定要買酒，衹好多説幾句了。她便道："俺店賣酒，不是逢人便賣。有三賣三不賣的！"武松聽了不解，問道："怎麽叫做三賣三不賣？倒要請教。"孫二娘道："第一賣嘛，賣與衙門中的官長。"武松思想：這店開得勢利。他説道："倒要請教第二賣。"孫二娘道："第二賣嘛，賣與衙門中的公差。"武松思想：是了，怪不得這兩個公差有酒喝的。便道："請教第三賣呢？"孫二娘道："第三賣嘛，有這等人，雖非衙門中的官長，也非衙門中的皂隸，卻能在衙門中進進出出，有財有勢，這種人倒也賣給他的。"武松覺得這爿酒店開得可惡，暫時忍耐了，又問："請教這三不賣呢？"孫二娘道："這一不賣嘛，尋常百姓、經紀小販是不賣的。"武松聽了肚裏納悶，尋思天下竟有這樣開酒店的。又問道："這二不賣呢？"孫二娘道："雲遊僧道、行院妓女、江湖賣藝之人是不賣的。"武松聽得惱火，卻想再聽下去，問道："這三不賣呢？"孫二娘笑道："這三不賣嗎？不説也罷！"武松道："話到嘴邊，説説何妨！"孫二娘尋思：今朝來的配犯，怎麽説不明白的，硬要喝酒。她衹好説了："這三不賣嘛，臉上刺字的人不賣！"武松聽了，這話分明是在取笑與我。俺犯了法，連酒都不肯賣了？怒從心上起，惡向膽邊生，正待發作。孫二娘看這配犯氣色不佳，尋思這個配犯好好與他説，怎麽説不通的？再一轉念，我太呆了，他要酒喝，我衹換上一壺就是。笑道："客官息怒，好酒小店盡有。奴家自去打來。"孫二娘取壺自去，轉身打了一壺清酒來。武松看得店娘行動蹺蹊，一會兒賣，一會兒不賣，不知什麽緣故。但武松好酒，正待斟酒暢飲，忽見兩個公差酒性發作，撲地都倒了。武松在江湖上是有經歷的，看見公差倒地，分明眼前賣的酒是蒙汗藥酒，因而這店是黑店。武松看得明白，無名火起三千丈，衝破了青天。起手一壺，向孫二娘頭上撩去。孫二娘把頭偏過，起手接壺，接了壺，並不還打過去。武松看壺打空，益發焦躁，跳將起來，把桌子翻了。孫二娘跳在一旁，還想好言解勸。武松更不言語，拿起條長凳，三步兩脚，把堂内疊着的酒罈乒乒乓乓打個粉碎。孫二娘看這配犯太蠻横了，尋思他不是來喝酒，是來尋事的，那倒也不能放過他。孫二娘就起手還擊，武松與孫二娘拳來脚去，廝打起來。打了許多回合，孫二娘漸漸地抵擋不住。張青適從外邊走回店來，看見兩人廝打，極爲驚訝！尋思渾家怎會與配犯廝鬥起來？看來渾家是打不過這個配犯的；轉念這人決不是等閒之人，張青踏步上前，拱手作禮，責怪孫二娘爲何壞了店中規矩，並問英雄姓名。武松聽張青説出店中規矩，知道來人決非等閒之輩，報出姓名，拱手回問。張青、孫二娘聽説武松，隨着也報出姓名，雙方聞名，重行見禮，喝酒暢談。誤會消除，矛盾就解決了。張青、孫二娘勸武松將兩公差殺了，推薦他上二龍山去。武松還想上孟州去守法。張青、孫二娘看武松意不在此，祇得暫時聽他，把兩個公差用解藥解醒了。

　　蘇州彈詞中將武松與孫二娘的廝鬥，説成是由誤會而起的，這和《水滸傳》的處理方法是相同的。武松初以爲孫家店是黑店纔打的，後來知道打的不是黑店，是做眼酒店，武松不打了。孫二娘打武松，是誤會武松來尋事，從而自衛；武松止打，孫二娘也不打了。所以雙方的打，都是爲了維護正義。這樣處理，武松、張青、孫二娘三個英雄人物形象，寫得都很飽滿、很出色。

　　通過這些具體分析，我們可以知道，看一折戲，不是祇看它的題目、題材，説這折戲是好戲，是壞戲，思想性強不強，藝術性高不高，重要的是看它的形象思維所顯示的内容。從這裏，我們可以看出，京劇與曲藝中的《獅子樓》《十字坡》形象思維所顯示的内容，是截然不同的。京劇《獅子樓》與《十字坡》的細節描寫、人物形象塑造、矛盾的對立統一，不如曲藝高明。京劇在這兩折戲上,可以借鑒和吸收曲藝的一些長處,來作爲滋養。當然,我們這樣說,並非貶低京劇,因爲在某些具體問題上,各劇種間截長補短,經驗交流,相互學習,原是很正常的。

（原刊《浙江師範學院學報》,1980 年第 2 期）

略談閩劇《紅裙記》

7月5日，我在杭州東坡劇院看了閩劇《紅裙記》的觀摩演出，感覺這劇是有一定高度的思想性與藝術性相結合的作品。

閩劇的音樂情調健康、開朗、有力，與江浙的柔和、幽怨趣味不同。藝術風格粗狂、高爽，同時刻畫人物性格與心理時卻又深刻細緻。閩劇所上演的有些雖是傳統節目、古典戲，但賦有了近代色彩，有我們自己時代的氣息。閩劇這一劇種顯然有它自己獨特優異的風格與特點。

《紅裙記》寫一家庭，丈夫王成龍十三年前被逼投水自盡，妻子柳氏以為他死了，含辛茹苦，撫養孤兒達官。後來王成龍自西安趁船回來了，他現在生活相當優裕，在西安另有嬌妻，有金錢與地位。他來福建家鄉，一是經商，二是探望妻兒。但他怕與妻兒相見後，被妻子纏住，便不能回西安了，因而為妻兒打算，留下契券，照顧他們以後的生活，沒有暴露現在的身份，便抑制感情上的痛苦，趁海船離開故鄉返西安去了。

全劇三幕：第一幕寫王成龍在一商人家中看到賣餅兒達官，探問之下，他知道這孩子就是他的兒子。這孩子活潑天真，彬彬有禮，十分可愛，但他的家庭貧寒，身世淒涼。成龍知悉這孩子就是他的兒子，暗暗流淚。但他有顧慮，不便說穿。這樣他便為兒子打算，置買房產，留下契券，照顧兒子以後的生活。當時成龍要給這孩子五兩銀子，達官不要，因爲母親有教訓，不取非義之財。後經商人二伯説明，欽其情意，不如待這客官臨行時，買酒餞行，作爲酬謝。達官回家，果遭母親呵責，經達官説明，母親柳氏答應餞行，酬謝客官。

第二幕寫柳氏在丈夫的忌日祭奠，同時餞行這位客官。成龍抵家，看到自己的靈位、神主，妻子祭奠自己的香燭。妻子隔了十三年還是念念不忘，妻子的款款之懷，把他深深地感動了。他要拋掉這神主，衝進閨房去招認這位賢德善良的妻子，但他轉念，爲了西安舒適的新家，又拋不開。因而内心矛盾着、痛苦着，簡直要發狂了。但他壓制下自己的感情，把神主重又拾好放好，把契券拿出來放在板壁裏邊，這樣他似乎稍舒一下良心的譴責。他鎮定下來，假裝醉倒，昏昏睡着，窺看妻子的一些動静——這裏寫成龍的内心矛盾十分深刻。柳氏爲了呼喚達官，到中堂，發覺這位客官十分面熟，似乎是在哪裏見過的。她浸沉在思索與回憶中，她猛想到這可能就是她的丈夫，她爲重見這已別十三年的丈夫而喜悦。她的感覺心花迸裂，她要上去廝認丈夫。但她又退回來，因爲不能乍見一個素不相識面目相似的男人就認作丈夫，這是不應該的。繼而她發見這位客官頭上有一顆紅痣，但她又奇怪，既是她的丈夫，那他不會没有表示，丈夫當然是會認她的。這麽一想，又恐這人不是她的丈夫。她是忠誠於丈夫的，不能隨便與客官招呼，因而她雖是懷疑，終於回進閨房。這裏表現柳氏的思想感情十分細膩。達官第二次買酒回來，成龍要走了。達官送客到船埠，柳氏出來關門，她是帶着沉重的心情來看這位客官出去的。

第三幕寫達官送成龍出去，邊走邊談。從達官的嘴裏，成龍進一步瞭解到妻子是怎樣地日夜啼哭，怎樣地思念他，兒子又是怎樣地孝順，平日家中怎樣地受人欺凌。他爲妻子的賢德又一次感動，拖着沉重的脚步走向船埠去。他又要離家，他不能不招認妻兒。當船家把跳板搭好的時候，他再也沒有力氣走上跳板；但他還是爲了眷念西安的家庭而走上了跳板，走上了船。他在船上對岸邊的兒子達官説明，他就是他的父親，家中板壁裏爲他留下契券，照顧他以後的生活，希望他奮發上進，父子將來定有重見的一日。這樣他忍心地踏上了歸途。達官跪在岸上懇求，但已留不住他的父親，回家告訴了母親。柳氏趕來，祇見船影已遠。她鄙棄這薄情的丈夫留下的契券，把它擲了。一個是留戀着財勢的人，一個是忠貞於愛情的人，天涯海角，永不相見了。

這劇角色不多，祇四人，主要是寫王成龍與柳氏二人。王成龍是留戀財勢的人，但他的本質還是善良的，他不像陳世美，已全失去了人性，狠毒得甚至要殺死自己的妻兒。王成龍還是有良心的人，劇中寫他多次受了感動，主動善意地顧念着家，内心矛盾很深。但他終於還是不能捨棄金錢與地位，最後還是做它的俘虜。因此他沒有勇氣起來説明情況，招認自己的妻子兒子。柳氏是一個忠貞愛情的人，鄙棄非義之財。劇中寫她不便來招認這位可能是丈夫的客官，其實是寫她對亡夫的忠貞。最後她從兒子嘴裏知道這客官就是她的丈夫後，她鄙棄這樣重利薄情的人，把契券擲掉了。劇中通過王成龍的自我矛盾，以及王成龍與柳氏對問題的看法與處理的不同上，來揭示主題。這劇帶有悲劇性，一方面鞭撻了王成龍的婚戀財利思想，另一面歌頌了柳氏溫柔内斂的堅忍和矜持，以及對愛情的堅貞精神。這樣的主題是新穎的，不是一般化，到現在還是有很大的教育意義。

編者説明：本文據手稿録編。劉録稿附記云："（寫作）時間估計在'文革'前。"

目蓮戲脚本題記

目蓮戲《救母記》脚本四册,從戲劇史資料角度看,有一定價值。

目蓮戲是古老的劇種,《夢粱録》《夢華録》俱有記述。惜未經文人注意,世無傳本。這些脚本是解放以後,從藝人肚裏吐出来,記録下來的。這些脚本的内容與宋人的目蓮戲一脈相承,多少可以看出宋代目蓮戲的影子。浙江杭州,宋時稱爲臨安,是南宋的都城。宋元以來,此地又是佛教聖地。北宋時目蓮戲盛於河南開封;開封那時稱爲汴梁,是北宋的都城。宋室南渡,目蓮戲自然也隨着傳到杭州,自此更從杭州傳到鄰縣,傳到浙江其他地區,如紹興、温州等地,流傳不絶。

目蓮戲是宋時的古老劇種,今傳的目蓮戲脚本,之所以能够較多保存宋时的面貌,推其原因,約有三點:一是目蓮戲爲宗教戲,演戲藝人都是篤信佛教的,認爲演戲是宣揚佛法,對戲的内容不肯也不敢輕易改動它,否則就認爲是對佛的造孽。音樂變化原是最容易的,宗教音樂卻因此而比較穩定。二是各劇種多參加廟會演出,上演時如遇有目蓮戲,都讓目蓮戲先開場。因此各劇種如見目蓮戲曲調或劇情有可取處,往往把它吸取過來,以豐富自己。但目蓮戲比較独立,不吸收人家的東西,墨守成規,舊套照搬照扮,因此發展變化就少。三是没有被文人注意。目蓮戲不可能在喜慶堂會中演出,宦門子弟不想也不便拿目蓮戲來作娛樂的工具,就不睬它;文人也不想把它改作劇本上演。這樣目蓮戲的唱詞、劇情、音樂、思想內容與藝術結構等,都缺少加工提煉、發展變化的機會。這些原因,使得今日的目蓮戲成為唯一較多保持宋時面貌的劇種,很值得我們寶貴與重視。

目蓮戲中的原始戲曲資料,主要可分三方面:

一、創設並保留了許多古老的曲調

中國戲曲的產生與發展,和音樂有密切關係。溫州雜劇中的《張協狀元》用過"五方神"這個曲調,這個曲調在今目蓮戲中有廣泛應用。我以為這個曲調應該說是目蓮戲所特有的,是目蓮戲所創設或首先或較早運用的,而溫州雜劇中的這一曲調,是從目蓮戲吸取或移植的。五方神的職使,是陰間的公差。在目蓮戲中,"五方"經常出現。"五方"奉了閻王之命,拿捉劉氏。此後押着劉氏在閻羅殿上一殿一殿地走。"五方"有許多唱詞,唱的調子是獨有的,這就形成了"五方神"的曲調。戲文《張協狀元》就襲用了這個曲調。今舉目蓮戲中運用這個曲調的唱詞兩則如次:

〔五方調介〕(正旦唱)凍得我混身筋骨痛酸麻,怎禁得寒威凜冽,又不是臘月霜天,是這等惡打惡罵,魂靈兒死在刀頭下。我戰戰兢兢把不住抬頭話,我冷搜搜凍得我咽喉啞,我冷搜搜凍得我咽喉啞。

〔五方調介〕(旦唱)我好熱,熱得身上如火燒。燒得我身上如湯泡。呷嚇老員外,你臨終之時,曾有遺言,囑咐與我,叫我持齋把素,看經念佛。那日曾到花園罰誓,把我靈魂拿到陰司,受罪了麼。老員外,怎能夠同生死,死同穴。想起從前心痛酸,想起從前心痛酸。

除"五方神"外，目蓮戲中還用過如下曲調：

点江陣　駐馬廳　三角板　大師引　園林好　急三槍
山坡羊　琢木耳　鎖南枝　駐雲飛　五更轉　雁歸北
紅衲襖　一江風　四朝元　甘洲歌　撲燈娥　孝順歌　嫩
畫眉　步步高　香柳娘　小桃紅　五方調介　風入松　新
水令　得勝令　浪淘沙　金錢花　醉花陰

二、保存了一些西天取經的原始素材
這些素材，與後世《西遊記》中的猴子有傳承關係。
三、創造了一些有意義的反映社會生活的情節
如《女吊》《男吊》《思凡》《落山》《相調》《描容》等。

（老旦上唱）〔耍孩兒〕盜我鷄兒吃，出門撞着〔二郎神〕，
遠行遇着〔落山虎〕，〔紅衲襖〕扯得碎紛紛。〔香柳娘〕坐在
望妝臺上哭，好姐姐念破了〔点江陣〕，〔七娘子〕討鷄兒吃，
磨起鋼刀會殺人。〔俏秀才〕躱在羅幃帳，〔十二個時辰〕不
敢出了出。賊婆娘太無知，拿捉住不殉情，送你到公堂，獄
中查拷問。可不道羞煞〔集賢賓〕，可不道羞煞〔集賢賓〕。

（小旦上唱）耍孩兒想你鷄兒吃，罵聲玉郎一去不回程，
又無金綫花去賣。一等等到挑銀燈，去時有如落山虎，回來
好似風入松，偷得鷄兒五更轉，紅繡鞋走得碎紛紛；又恐人
兒解三星，側耳人前馬上聽。油爐蘆將他來煮爛，大家吃得
混江龍。祇要管我肉飽肚，那怕罵喉咽。祇道鶯兒打將去，
卻叫惱恨別離情，卻叫惱恨別離情。

（老旦上唱）杏仁盜我鷄兒吃，願他脚手麻黃戰兢兢。
白藥瀉出柴胡狀，告到當歸本衙門。拿住孩兒查拷問，川芎

吊起罪同刑。掛子打出四君子,半夏不饒一時辰。珍珠石斛和爲貴,卻叫枡子、檳榔不得入,卻叫枡子、檳榔不得入。

(小旦上唱)枡子要想鷄兒吃,爲人無有不私心。那個盜仁盜了去,咒罵當歸並杏仁。你的兒子有如黃連苦,身子有如白术根。待到天南星下手,拿到家中兩桔梗。七顆烏豆和樟腦,青蟛退得乾乾凈。甘草將他來煮爛,良薑熟地燉人參。吃得鷄兒天仙子,罵鷄好似桑寄生,罵鷄好似桑寄生。

民間歌謠——民間音樂:音調、曲調(規律、特點,加以創造)→曲藝→戲曲⋯⋯

編者説明:本文據手稿録編,題下寫:"資料來源:《浙江省戲曲傳統劇目彙編》,中國戲劇家協會浙江分會、浙江省文化局戲劇處編印,油印本,第七十六集、第七十七集、第七十八集、第七十九集,共四册。"

《白蛇傳》敘録

《詩·小雅·斯干》：

> 下莞上簟，乃安斯寢。乃寢乃興，乃占我夢。吉夢維何？維熊維羆，維虺維蛇。
>
> 大人占之：維熊維羆，男子之祥；維虺維蛇，女子之祥。
>
> 乃生男子，載寢之床，載衣之裳，載弄之璋。其泣喤喤，朱芾斯皇，室家君王。
>
> 乃生女子，載寢之地，載衣之裼，載弄之瓦。無非無儀，唯酒食是議，無父母詒罹。

《毛傳》：“婦人質，無威儀也。罹，憂也。”《鄭箋》：“儀，善也。婦人無所專於家事；有非，非婦人也；有善，亦非婦人也。婦人之事，惟議酒食爾，無遺父母之憂。”朱熹《詩集傳》：“虺，蛇屬。細頸大頭，色如文綬。大者長七八尺……虺，蛇，陰物也；穴處，柔弱，隱伏，女子之祥也。”

南按：歧視婦女，由來已久，周時已污蔑婦女爲虺蛇之祥。

《白蛇記》

唐無名氏撰。見宋李昉等編《太平廣記》卷四百五十八。其中“蛇類”掇録《博物志》中異聞兩則。

103

此記寫唐憲宗元和二年(807)，讀書人李琯於長安東市遇一嬌婦，年青貌美，誘惑李琯。這嬌婦爲白蛇所變，是個害人的妖精。李琯受伊誘惑，同宿一宵。回家毒發，身釋爲水，唯一頭存。這記另一則寫李琯，亦是受伊誘惑，次日回家，腦疼而死。

宋陳振孫《直齋書錄解題》云：“《博異志》一卷，稱《谷神子》，不知何人所記，初唐及中世事。”

阿英《雷峰塔傳奇敘錄》云：“《雷峰塔》傳說，一般言之，約始於宋。”

南按：此說較粗，“白蛇傳說”，應始於唐，或更前。《白蛇記》所述應爲此說之較早者。

戴不凡云：“《白蛇傳》是幾百年來人民所累積創造出來的一個美麗神話故事。”

南按：此說模糊籠統，與白蛇故事傳說的衍變過程不符。應云：《白蛇傳》是從一個妖怪故事衍變成爲一個美麗的神話故事的。這一故事傳說，從文藝創作上看，是從志怪小說衍變發展爲民間曲藝與神話戲曲的。

《西湖三塔記》

南宋話本。見明洪楩《清平山堂話本》，錢遵王《也是園藏書目》錄入“宋人詞話”欄。《清平山堂話本》刊於明嘉靖年間，多半爲宋元時代作品。《西湖三塔記》中所述官制，如宣贊、統制以及坊巷、橋路、宮觀等，都爲南宋舊名，與《夢粱錄》所記符合。

此記產生地爲南宋臨安，可能是受了唐代《白蛇記》影響，在臨安民間的文學土壤中得到了新的苗長。小說寫宋孝宗淳熙年間，臨安府中青年奚宣贊無意中搭救了一個迷路少女，名喚白卯奴，從而會見了她的母親與祖母——這三個都是妖怪。少女白卯奴是雞妖，她的母親是穿白衣的妖精——白蛇精，祖母是穿黑衣的獺妖。奚宣贊受白蛇誘惑，同居半月，幾爲所害，虧得白卯奴搭救，逃得性命。後仗道士法力，收伏三妖，把她們鎮壓在三潭印月的三座白塔下面。

古時寫鬼神、人妖或人的艷遇，常見兩種類型：劉義慶《幽明錄·龐阿》寫龐阿與石氏女神鬼相愛。《賣胡粉女子》寫女子的愛能使愛人感動復活。干寶《搜神記·吳王小女》歌頌人鬼之間堅貞不渝的愛情。這是一類。張文成《遊仙窟》寫艷遇，將女子視爲尤物，寫得淫靡蕪穢。元稹《會真記》開脫張生始亂終棄的罪責，侮蔑鶯鶯"不妖其身，必於妖人"。這又是一類。這反映着對待婦女的兩種不同的觀點與立場。初期的"白蛇傳說"屬後一類型。說些怪異艷情，用以招攬聽衆，警世誡人。

《西湖遊覽志餘》

明田汝成撰，有嘉靖二十六年刻本。

卷二："湖心亭……鵠立湖中，三塔鼎峙……六十家小説載有《西湖三怪》，時出迷惑遊人，故壓師做三塔以鎮之。"

卷三："雷峰者，南屏山之支脈也。穹窿迴映，舊名中峰，亦曰迴峰。宋有道士徐立之居此，號迴峰先生。或云：有雷就者居之，又名雷峰。吳越王妃於此建塔，始以千尺十三層爲率；尋以財力未充，姑建七級；後復以風水家言，止存五級，俗稱王妃塔。以地產黃皮木，遂訛黃皮塔。俗傳湖中有白蛇、青魚兩怪，鎮壓塔下。其傍舊有顯嚴院、雷峰庵、通玄亭、望湖樓，並廢。"

卷二十："杭州男女瞽者，多學琵琶，唱古今小説、平話，以覓衣食，謂之陶真。大抵説宋時事，蓋汴京遺俗也。……若'紅蓮''柳翠''濟顛''雷峰塔''雙魚扇墜'等記，皆杭州異事，或近世所擬作者也。"

南按：田氏所述之《西湖三怪》與《雷峰塔》小説及"俗傳湖中

有白蛇、青魚兩怪,鎮壓塔下",皆衍志怪小説而踵事增華者。此時小説所塑造的人物形象,較爲粗狂。其意在警世人勿湎酒色,而嫁禍於婦女。

《净慈寺志》

清釋際祥纂輯。卷二十二:"雷峰塔,相傳鎮青魚、白蛇之妖,父老子弟,轉相告也。嘉靖時,塔煙搏羊角而上,便云:兩妖吐毒。迫視之,似聚蚊耳。"

南按:雷峰塔鎮壓白蛇、青魚兩妖之説,在民間影響很大,小説亦曾風靡。

《雷峰記》

明陳六龍撰。見祁彪佳(祁承㸁子)《淡生堂曲品殘稿》。此自黄裳《〈西廂記〉與〈白蛇傳〉·關於〈白蛇傳〉》轉引。阿英《雷峰塔傳奇敘録跋》,諒本於此。

祁氏云:"相傳雷峰塔之建,鎮白娘子妖也,以爲小劇則可,若全本則呼應全無。何以使觀者着意?且其詞亦欲效顰華贍,而疏處尚多。"

南按:祁彪佳生於萬曆三十年(1602),殉於順治二年(1645)。陳六龍與祁同時或略早。白蛇故事在民間傳説中衍變發展有兩重性:蛇妖害人可惡,這是一面;但這傳説漸從"蛇妖"的軀殼中解脫出來,白娘成爲遭受各種邪惡勢力迫害,嚮往幸福生活的善良多情的婦女形象,因而人民同情她,贊美她,這又是一面。《雷峰記》將白蛇故事搬上舞臺,事屬草創。詞雖"華贍",但戲劇性不强,"呼應全無","疏處尚多"。然戲劇形式對白蛇故事的宣傳、影響是巨大的。

《湖壖雜記》

清陸次雲撰。

記云："宋時，法師鉢貯白蛇，覆於雷峰塔下。"

南按：原陸氏之意，當以法師合鉢爲合理合法者。

《白蛇傳彈詞》

明崇禎間抄本。見鄭振鐸《中國俗文學史》。

鄭氏云："今所知最早的彈唱故事的彈詞爲明末的《白蛇傳》。我所得的一個《白蛇傳》的鈔本，爲崇禎間所鈔。現在所發現的彈詞，無更古此者。"

南按：此本《西諦書目》未注錄。阿英檢其遺書，亦未敘及。《江蘇南部民間戲曲說唱音樂集·評彈及其音樂》云："明崇禎間，有《白蛇傳彈詞》，其抄本至今尚存，應該是彈詞的最早作品之一。"此說諒源於鄭氏。今不知此本存否，藏何處，祈請海內外學者注意之！

《白娘子永鎮雷峰塔》

見馮夢龍修訂《警世通言》卷二十八。馮氏明崇禎間人，曾任壽寧知縣。

作品寫許宣一日去保叔寺薦祖，歸途值雨，搭船借傘，與小青、白娘相識。許宣眷戀白娘，尋思真好一段姻緣。白娘也憐愛許宣。兩情相傾，白娘便贈許宣婚費，不知此銀乃小青從邵太尉家盜來。許宣姐夫李募事舉發，許宣受累，發配蘇州牢城營。許宣表叔李將仕寄書說情，得在王主人家樓上棲息。白娘聞訊，攜着青兒，前去蘇州，解釋前嫌，相與拜堂成親。夫唱婦隨，悠忽半載。一日，許宣出遊承天寺，瞻拜臥佛，出寺遇終南山道士。道士施散符水，覷視許宣，指說許宣頭上有道黑氣上沖，必有妖怪纏繞。遂取紙符兩道,喚許宣一道焚燒,一道藏於髮際。許宣接符歸家,心疑白娘。白娘覺察,次日偕許宣同赴臥佛寺,與道士廝鬥,口念咒語,將道士懸空吊起,訓斥一頓,然後放走。夫婦歸家,依然朝歡暮樂。不覺又過二月,白娘打扮許宣,詣承天寺看佛會,叮囑早回。這時周將仕典當庫內,見失竊金珠細軟,而許宣穿着及其手持之扇,恰恰與失物相符。公人吆喝一聲,將許逮捕。許宣二次受累,斷發鎮江府牢城營做工。值李募事來蘇,李介紹許到鎮江拜訪義叔李克用。由李幫助,在他藥鋪中當夥計。一夕,許宣忽遇白娘,白娘再釋前愆,和好如初。許宣便引白娘,與李家眷屬相見。李見白娘貌美,心生垂涎。飲罷,李藉壽宴,暗引白娘至一冷僻所在。員外在門縫中張望。白娘顯出真形,嚇倒員外。白娘還家,將員外歹心告訴許宣,勸其賃屋開店謀生。開張之後,生意興隆,驟獲厚利。一日,金山寺僧前來募化,許宣舍與降香。和尚臨行,囑許宣七月初七龍王生日早來燒香。是日,許宣將行,白娘以三事叮囑:不去方丈室,不與和尚談話,一到便回——倘歸來遲,我來尋你。許宣到寺欲回,江中風浪驟起,忽見一穿白衣、一穿青衣兩個女子鼓棹前來。倏忽舟至,許宣細視,恰是娘子與青兒。白娘招呼許宣下船,許宣祇聽見背後有人喝道:"法海禪師來了。"白娘見了和尚,忙搖開船,與青兒一同翻到水底去了。許宣回拜和尚道:"懇求禪師,搭救弟子性命。"法海喚他速回杭州。許宣歸家,不見白娘、小青,方知兩人是妖,納悶不已。又過二月,許宣遇赦回杭,詣姐夫家中,見白娘、小青已在。許宣害怕着拜道:"望乞見憐,饒我則個!"白娘道:"倘若聽我説話,我倆喜喜歡歡,萬事皆休;若生外心,頓教滿城皆爲血水。"許宣戰慄不已,小青解勸。許宣外出,白娘自睡,李募事從窗隙窺覷,祇見吊桶也似一條蟒蛇,睡在床上,延頸納涼。李募事大吃一驚。次日,向許宣建議請戴先生前來拿捉。

戴至,見蛇驚走。許問如何對付,李喚許去赤山埠張家暫避。白娘喚許進房,一番話嚇得許宣心驚膽寒,作聲不得。許宣去赤山埠訪張未遇,回程,過浄慈寺,猛憶禪師前言,急入參拜未值,折身路過長橋,籌思無策,正欲跳水,忽聽背後有人呼喚,回視卻是禪師法海。法海袖中取出缽盂,遞與許宣。許宣回家,將缽忙向白娘頭上罩去。法海前來吆喝。小青隨着被擒,現出原形,是尺餘小青魚;白娘變成三尺長一條白蛇。法海將兩妖納入缽盂。後由許宣化緣,砌成浮屠七級,埋藏缽盂。

南按:白蛇故事,從《西湖三塔記》衍變成《白娘子永鎮雷峰塔》,開拓了新的領域。情節完整,曲折變化;人物性格,鮮明突出。《雷峰記》劇情尚簡單,到《白娘子永鎮雷峰塔》内容有了顯著的發展。

作品突出了白娘人性的一面。白娘熱愛許宣,執着愛情,對社會上的官、商、道、佛、士庶、閑人、勢力小人全不放在眼裏,敢盜庫銀,吊道士,驚倒李克用。她對許宣陪情釋疑,委曲求全,爲維護愛情,追求幸福生活而鬥爭。合缽時,“兀自昂首看着許宣。”在白娘的形象中,滲透着現實社會中勤勞、善良、執着於愛情,對惡勢力決不屈服的婦女的可貴性格。在思想内容上,與《西湖三塔記》比較起來,已經起了質的變化,成爲優良傳統,爲後來各種文藝樣式的《白蛇傳》所繼承與發展。

但作品還保留和渲染着白娘的妖氣一面。這種妖氣使白娘和許宣産生對立,這是一個根本性的矛盾,没法調和。法海的出現是爲搭救許宣,解決這個矛盾。許宣熱愛白娘,但又懷疑和懼怕白娘是個妖精,要維護自己生命。白娘熱愛許宣,但又威脅許宣,爲非作歹。二人各有兩面性。兩面性的形成,實由於兩種對待婦女的觀點的交叉複合。這是《白蛇傳》由一個志怪小説、妖怪故事衍變爲一個神話戲劇、美麗的神話故事所必經之路。在封建社會中，統治階級早就把婦女看成妖孽，是虺蛇，把自己的荒淫作樂後果，都推到婦女身上。在這種思想影響和引導下，就有像《白蛇記》《西湖三塔記》或像《西山一窟鬼》《定州三怪》《洛陽三怪記》一類小説那樣，出現一些説教，如："奉勸世人休愛色，愛色之人被色迷。但看許宣因愛色，帶累官司惹是非。不是老僧來救護，白蛇吞了不留些！"勸人不要冶遊，否則没有好下場。《警世通言》所收入的《白娘子永鎮雷峰塔》，就認爲白娘子應該被"永鎮"，與上録《西湖遊覽志餘》等記載的觀點相似。這樣的觀點在封建社會中很普遍，也很有勢力。但人民是尊重婦女的，支持她們追求自由幸福，向邪惡勢力反抗鬥争，這就推動了白娘人性一面的塑造。隨着社會的發展，白娘人性的一面愈到後來愈得到充分的發揮，這是《白蛇傳》的民主性精華。這兩個方面，看起來好似矛盾的對立統一於作品中，但在歷史的長河裏，一直是激烈地鬥争着的。歷史的發展也回答了這個問題：《白蛇傳》在人民手中不斷發展，白娘的形象也愈來愈美麗。

《雷峰塔傳奇》

乾隆三年(1738)看山閣本。

題云："峰泖蕉窗居士填詞"。蕉窗居士即黄圖珌，字容之，又號守真子，松江人。是文脱稿於雍正末至乾隆初年間。黄本在舞臺上早已不再演奏，刊本亦罕見。今有天津市立第二圖書館藏本。阿英 1952 年據以寫入敘録。1955 年傅惜華刻入《白蛇傳集》，爲《民間文學叢書》之二。傅集題作《看山閣樂府》之《雷峰塔上卷》與《雷峰塔下卷》，共三十二齣，齣目如次：

卷上：

慈音　薦靈　舟遇　榜緝　許嫁　贓現　庭訊　邪崇

回湖　彰報　懺悔　話別　插標　勸合　求利　吞符

卷下：

　　驚失　　浴佛　　被獲　　妖遁　　改配　　藥賦　　色迷　　現形
掩惡　　棒喝　　敕回　　捉蛇　　法剿　　埋蛇　　募緣　　塔圓

南按：黄裳在《〈西廂記〉與〈白蛇傳〉》中説這作品"作者的工作祇不過把原有的故事鋪敘成劇本的形式而已，此外則無任何創造。"黄圖珌自云："《雷峰》一編，不無妄誕。余借前人之齒吻，發而成聲。"《雷峰塔傳奇》故事情節實係根據《白娘子永鎮雷峰塔》移植的，但更强調因果、孽緣的説教。在《白蛇傳》的發展過程中，不是前進，而是倒退。黄氏將白娘與許宣的愛情，處理成白蛇縱欲，糾纏許宣。許宣一時受白蛇姿色迷惑，陷於煩惱，然終於悔悟。法海受佛祖囑咐，將白蛇、青魚鎮壓在雷峰塔下。許宣功德圓滿，得成正果。黄氏認爲"佛門慈悲"；白蛇異類，思凡下山，"妖邪迷人"，不是追求人間幸福，而是造孽。他用佛家的宿命論、因果論解釋白娘的悲劇，將象徵封建禮教、封建勢力欺壓人民的"佛法"正統化，將摧殘白娘追求愛情與幸福的罪惡力量合理化。法海成爲慈愛生靈、拯救許宣的救世主。佛法無邊，難與抗争。白娘的抗争是爲顯示佛法威力而存在的。法海放走白娘，是因爲她與許宣有宿緣，使許宣看透白蛇是個妖孽。許宣頓悟，苦心募化，勾銷這重重孽障，解脱歸元。這些説教擴大了《白娘子永鎮雷峰塔》中封建性的一面。

《慈音》爲第一齣。佛祖升帳，説明白蛇、許宣和法海的來歷。"佛眼開來，普照三千……今東溟有一白蛇與一青魚，是達摩航蘆渡江，折落蘆葉，被伊吞食，遂悟苦修，今有一千餘載。不想這孽畜頓忘皈依清净，妄想墮落塵埃。那許宣本係吾座前一捧鉢侍者，因伊原有宿緣，故令降生凡胎，了此孽案。但恐逗入迷途，忘卻本來面目，吾當明示法海，俟孽緣圓滿，收壓妖邪。苦行功成，即接引歸元可也。"一開始便交代佛法與白蛇"墮落塵埃"有着對立的矛盾。白蛇"如何戀塵囂，直恁的甘墮落，何不去悟真空，及早的換皮毛"，"於西湖之上，賣弄嬌聲"。許宣是"降生臨安，了此孽案。一時迷惑，戀愛白娘"。法海"待伊等緣滿孽消之日，喝醒捧鉢侍者降生之許宣，奉我寶塔，收伏二妖，埋於西湖雷峰寺前"。在封建社會裏，統治階級可以縱情酒色，卻不許民間兒女戀愛。在人的世界裏，兒女愛情受禮法控制；在神的世界裏，受佛法約束。如來付鉢，就是顯示和揭露這一矛盾的性質與解決的方法。黃氏曾説："白蛇，妖蛇也，生子而入衣冠之列，將置己身於何地邪？我謂觀者必掩鼻而避其蕪穢之氣。"(《看山閣全集》卷四《觀演雷峰塔傳奇引》)作者的這種觀點是有代表性的。

《薦靈》爲第二齣，寫許宣出場，追薦父母。"願我佛垂慈聽，普施甘露度亡靈。"薦畢，買舟去湧金門。

《舟遇》爲第三齣。寫白蛇、青兒出場，白娘、許宣相遇。白娘自白："果然西湖景致，秀甲天下。對此花柳繽紛，笙歌繚繞，不覺春心蕩漾，情思迷離。"看到許宣"貌既不凡，情亦可眷。"許宣見了白娘，心潮起伏，感到"天仙本是從天降，怎消受百般情況？雖然約我明日去取傘，但不知緣分如何？卻不想殺我也！怎挨得這玉漏深沉五夜長"。

《庭訊》爲第七齣。寫許宣受白娘贈銀作聘受累。

《彰報》爲第十齣。寫青兒捉捕魚人，白娘爲水族報冤，漁人大遭荼毒。醜化白娘。

《懺悔》爲第十一齣。寫法海搭救漁人，淨水洗鱗，顯示法海慈善，反襯白娘作惡。"以此勸世人，學善莫學惡。"

《話別》爲第十二齣。寫許宣爲盜銀案，押解蘇州牢城營去。"錯認今生佳偶，明是前生仇寇。"

《勸合》爲第十四齣。寫許宣在蘇，思念白娘，又疑之爲妖。白娘婉轉陳詞，遂信爲真。"破疑團，恩情倍往常。"

《求利》爲第十五齣,《吞符》爲第十六齣。寫一施符賣藥的道士,指出許宣爲妖所纏,予以靈符兩道。白娘覺察,奪符焚之。青兒引蝦兵蟹將,劫走道士。許宣誤以爲道士"自慚而退"。

《改配》爲第二十一齣。寫許宣再度受累,改配鎮江。許宣感到"迷而不悟,分明自取其咎","實難禁眼底悲悽,再羞睹路旁花柳"。

《色迷》爲第二十三齣。寫白娘與青兒詣鎮江,許宣見之甚怒。白娘陪笑,解釋誤會:"我既嫁了你,生是許家人,死是許家鬼,決不走開。"

《現形》爲第二十四齣。寫藥鋪主人李克用羨白娘姿色美麗,意圖姦污,自隙窺覷。白娘放射火光,現出蟒蛇。李克用驚倒,老安人前來救醒。

《棒喝》爲第二十六齣。寫許宣自開藥鋪,生意興隆。法海在金山寺卓錫,開堂説法,許宣隨喜。法海認爲許宣"孽緣當滿,淫劫將消","乘機先喝醒了他",贈以四句偈言:"他本妖蛇變婦人,西湖岸上賣嬌聲。汝因欲重遭他計,有難湖南見老僧。"許宣拜謝。白娘、小青駕舟來金山寺,法海舉杖欲打。白娘、小青説聲"啊呀,不好",翻船脱逃。

《赦回》爲第二十七齣。許宣遇赦返杭,白娘雇舟隨至。許在舅前,不認白娘爲妻,指説是妖,幸得法海指示,醒豁愚蒙。姐夫建議許宣去白馬廟請戴先生來家捉蛇。

《捉蛇》爲第二十八齣。戴先生無能捉蛇,許宣苦於纏擾,向蛇求饒。白娘怒責許宣:"和你做夫妻一場,何等恩愛。怎地聽那旁人言語,與我尋事。我今老實對你説了,你快快收心,與我和睦,萬事皆休;倘然還否,則我叫滿城百姓,俱化爲血水。"一怒而去。許宣考慮到百姓,願乞一死,忽憶法海留言,遂投净慈寺去。

《法剿》爲第二十九齣。寫許宣來净慈寺,法海試之,故意閃開。許宣尋訪不遇，欲投湖自殺。禪師阻之，乃喚揭諦，收壓二妖。白娘、小青顯出原形。法海將一蛇一魚置缽盂中，囑許隨行，埋於雷峰寺前。

《埋蛇》爲第三十齣。寫法海從缽中取出蛇、魚，許宣大驚。埋入泥土，鎮之以塔，"一塔雷峰自安"。許宣感謝法海恩德，情願披剃出家。法海云："我與你這個缽盂，從今日起，即行托缽募緣，照此寶塔式樣，造成七級浮屠，永遠鎮壓。那時功成行滿，和你披剃。"許宣拜謝。

《募緣》爲第三十一齣。寫許宣奉法海意旨，托缽募緣，建造雷峰寶塔，鎮壓妖精。

《塔圓》爲第三十二齣。寫許宣日間苦心募化，晚上打坐參禪。寶塔既成，善行已滿。法海站立雷峰塔前喝云："原來面龐，原來面龐。人皆不識，汝自相忘。高擎一缽，隨緣四方。功成行滿，何不還鄉。"許宣聞喝頓悟。於是戴昆盧帽，披袈裟，捧缽，受韋馱接引，同歸極樂。

《西湖三塔記》寫人妖不能共居；《白娘子永鎮雷峰塔》有兩重性，強調白娘妖氣一面，忽視其人性一面，注定白蛇爲異類，不能獲得幸福。"戀塵囂""甘墮落"便是罪孽，根本不合佛法，理當鎮壓。此作品爲白蛇故事從話本小說移植爲戲劇的第一個劇本，觀衆驟遇，便感新奇。"方脫稿，伶人即堅請以搬演之。""紫簫紅笛，以娛目賞心而已。一時膾炙人口，轟傳吳越間。"藝術上有其成就。但其思想傾向，伶人和觀衆對它反應很大。在演出中，"遂有好事者，續'白娘生子得第'一節"，用以慰藉白娘，同情其不幸遭遇，"一時酒社歌壇、纏頭增價"。作者卻以爲"斷不可"，"實有所不可解也"（參見《看山閣集·續集》）。可見作者思想保守，甚至可說是頑固的。

此作品後稱黃本《雷峰塔傳奇》，或簡稱黃本。

《陳嘉言父女改本》

未見。

《雷峰塔傳奇》

舊抄本,三十八齣。梨園演出脚本。

阿英敍錄云:"陳氏父女本,未刻,僅有傳鈔。涵汾樓所藏懷寧曹氏鈔本《雄黄陣》,實即陳氏父女本《求草》《雄陣》《救宣》三齣,惟前缺《浪淘沙》《么篇》,後缺《撲燈蛾》《尾》。曹本《黄鶯兒》,舊本則作《貓兒墜》。蓋舊鈔本雖同出陳氏父女一源,以扮演者各有改動,亦極不一致也。"阿英復有《雷峰塔傳奇》結構沿革表,列黄本、舊鈔本、方本、秦腔和附注爲表,以明其源流異同。

舊鈔本關目逐錄如次:

　　開宗　佛示　憶親　降凡　收青　借傘　盜庫　捕銀　贈銀　露贓　出首　發配　店媾　開店　行香　逐道　端陽　求草(又題雄陣)　救仙　竊巾　告遊(一名飾巾)　被獲　審問　投何　賺淫　化香　水門　斷橋　指腹　付鉢　合鉢　畫真　接引　精會　奏朝　祭塔　做親　佛圓

《雷峰塔傳奇》

四卷,三十四齣,署:"岫雲詞逸改本,海棠巢客點校",實自方成培據淮商祝赧本改編。乾隆三十六年辛卯(1771)水竹居刻本。阿英作敍錄,傅惜華刻入《白蛇傳集》。目次如下:

　　卷一:

　　開宗　付鉢　出山　上塚　收青　舟遇　訂盟　避吴　設邸　獲贓

卷二：

遠訪　開行　夜話　贈符　逐道　端陽　求草

卷三：

療驚　虎阜　審配　再訪　樓誘　化香　謁禪　水鬥

卷四：

斷橋　腹婚　重謁　煉塔　歸真　塔敘　祭塔　捷婚

佛圓

　　黃本《雷峰塔傳奇》演出後，社會上廣爲流傳。演出中競相增刪修改，齣目變動，新本鈔本流傳，黃本遂湮。阿英所述"《雷峰塔傳奇》舊鈔本，三十八齣，實即當時梨園演出脚本，蓋經舞臺實驗而寫定者"，方本《雷峰塔傳奇·自敘》所謂"《雷峰塔傳奇》從來已久，不知何人所撰"，即此。

　　方本《雷峰塔傳奇》逕自梨園演出脚本改編，其《自敘》云："歲辛卯……開演斯劇……余於觀察徐環谷先生家屢經寓目……因重爲更定，遣詞命意，頗極經營，務使有裨世道，以歸於雅正。較原本曲改其十之九，賓白改十之七。《求草》《煉塔》《祭塔》等折，皆點竄終篇，僅存其目。中間芟去八齣。《夜話》及首尾兩折，與集唐下場詩，悉余所增入者。"

　　方本的布局、遣詞、綫索、情節以及人物處理，與黃本有着淵源關係；但方本思想内容則較黃本爲進步，《開宗》四句話顯示主題：

> 覓配偶的白雲姑多情吃苦，
> 了宿緣的許晉賢薄倖拋家，
> 施法力的海禪師風雷煉塔，
> 感孝行的慈悲佛懺度妖蛇。

同情白娘多情，譴責許宣薄倖，謳歌法海煉塔，但仍給妖蛇以出路。方氏處理問題顯然比黃氏開明。

　　方氏同情白娘與許宣的戀愛，使二人成家立業，"和樂處兩融融"，"同歡暢，財源日長。看從今客商到處把名揚"。但寫白娘魯莽，犯了錯誤，如盜庫、盜巾，使許宣受累，無端風攝湖廣客商數十擔檀香，"幾乎害人一命"，"水漫金山，致遭天譴"，因而被鎮壓在雷峰塔下，實是罪有應得。許宣悟而入道，白娘亦覺"前情如夢"。越二十餘載，天帝感白娘"教子忠貞"，其子哀念至誠，遂加赦免，法海前往釋放。青兒"頗明主婢之誼，不以艱危易志，亦屬可矜"，遂亦赦免。塔留"後人瞻仰"。白娘、青兒被赦，天女奉旨接引前往忉利天宮，法海偕許宣覆旨。

　　總的看來，黃氏是站在封建統治階級一邊的，方氏卻是講道理的。從細節看，對於白娘形象的塑造，將蛇妖寫成蛇仙。白娘與許宣相處，不是蛇妖迷人，而是恩愛夫妻。白娘犯了錯誤，不是"永鎮雷峰"，而是被彌勒釋出。結尾：兒子高中完婚，充滿人間喜樂，有着新的突破，現實性和人民性都加強了。

　　方成培，字仰松，號岫雲詞逸，又號岫雲橫山人。安徽歙縣人，定居杭州。《歙縣志》載：方氏著有《香研居詞麈》五卷，《詞榘》二十六卷，與周鎧合刊《黃山二布衣集》七卷。

　　《雷峰古本新編白蛇傳》

　　雲龍閣梓。乾隆壬辰（1772年）三月汪永章序。分五十集，每集二卷，每卷一回。目次頁題："新編宋調全本白蛇傳"。七言韻文爲主，少量說白，爲蘇州話，如云："阿唷，好標致女客喂！""許大老官想想看，人生半世勿曾做啥事體，就是獨助檀香，羅裏（那裏）場化（地方）勿曉得許漢文三個字。況且許多人來朵等我，府太爺下帖子相請，也算鎮江地方一個大響黨（檔）。"見周良編著《蘇州評彈舊聞鈔》。

石坪居士《消寒新詠》

據乾隆六十年(1795 年)刊宏文閣版本。中謂:集秀揚部小旦倪元齡、貼旦李福齡(一名金官),年事甚少,善演"水漫""斷橋"。元齡演白娘,福齡飾青姐。鐵橋山人詩敘云:"余最愛其同歌合演,如'水漫''斷橋'。"其"水漫"詩云:"白姐青兒不勝嬌,輕舟泛泛鼓蘭橈。花容玉貌齊相埒,恍惚吴宫大小喬。""斷橋"詩云:"恩愛夫妻見面時,似嗔似怨各攸宜。相逢畢竟情難割,恨殺旁觀一侍兒。"可見此時所演白娘、青兒,嬌艷可愛。許、白夫妻恩愛,細膩動人;青兒俠義,義憤填膺。參見阿英《敘録》。

《秘抄白蛇奇傳》

三十二集,嘉庆二十二年丁丑(1817)秘抄稿本。武林朱香玉纂撰,胥塘倪雲閑參校。此書爲武林朱香玉根據他"昔者至錢塘,余已竊聞其事矣","然其年時事蹟,姓氏里居,無不考諸史籍,問諸父老,而自信無謬飾者矣","纂改"而成。朱氏在嘉慶乙丑年(1805)三月"染軟足病",費十餘年心血,與胥塘倪雲閑氏"共相參校",在"丙子冬"(1816)"告成",至"丁丑春"(1817)"彙抄成帙"。此書三十二集,分訂三十二册,每册百頁,頁五百言,計一百六十萬言左右。這可能是"白蛇傳彈詞"迄今所見傳世最早、字數最多、最爲可觀的一部,值得珍視。目次如下:

第一集:

付缽　下山　結義　認鬢　盜庫　仿俗　識面　捕盜　掃墓　遊湖　遇情　附舟

第二集:

哄弄　説親　花燭　夜合　贈銀　露贓　問供　拏捉　踏勘　試笑　逐徒

第三集:

分別　落驛　教乞　求乞　思鄉　投書　試技　遷蘇

第四集：

山塘　相逢　受辱　醉關　辭夥　開店

第五集：

鄰賀　施瘟　賣藥　嬝銀　神仙　贈符　燒香

第六集：

鬥法　詐病　端陽　驚斃　仙山　盜草　遇剋　救度
還陽　詰婢

第七集：

蒼龍　釋疑　荷蓮　吃醋　墳堂　園情　訂合　戲浴
色怯　露情　看病

第八集：

建醮　訪仙　作法　降妖　收婢　歸蘇

第九集：

寫疏　叱妻　借寶　中秋　鬧燈　移禍　討情　逼遷
搬場

第十集：

思夫　初戲　開張　二戲　癡病　祝壽　三戲　取賬
哭店

第十一集：

相逢　辭舟　化香　誤疏　規夫　得胎

第十二集：

爐報　復圓　請許　上山　歇店　招夫　江會　水漫
驚遯

第十三集：

斷橋　相逢　家圓　恢業　蜈蚣　催生

第十四集：

斬茅　端陽　驚夢　詳夢　做衣　吃瓜　中秋

第 十 五 集：

指腹　勸房　描容　賜麟　托姑　合缽

第 十 六 集：

鎮塔　感悔　出家　求籤　撫養　鬧學　盤姑　謁祠

第 十 七 集：

哭像　招魂　祭塔　訓婿　赴考　采芹　祭塔　遇秋

第 十 八 集：

題詩　畫扇　折桂　祭塔　孝感　出塔　投莊　繼女
見娘

第 十 九 集：

雨園　亭會　贈扇　歸訴　迎萱　別莊　重敘　窺館

第 二 十 集：

醋囊　別母　挽舟　諫父　勒第　京試　獨占　參相
辭婚　誆奏

第 二 十 一 集：

出師　捷報　驚書　憂兒　責婢　閨泣　勸畫　出塞
問曹

第 二 十 二 集：

初戰　搶關　二戰　罵營　三戰　受毒　托劉　齎奏
侍驚

第 二 十 三 集：

慰婢　盜囊　托疾　巧辭　探營　祛毒　罵妖　破陣
遯道　燒營

第 二 十 四 集：

辭軍　返浙　還囊　納降　奏凱　勸相　戲秋　佳報

第 二 十 五 集：

感邀　翻碑　還俗　荆妻　規婿　誘情　敦倫　回朝
賜婚
第二十六集：
怨贅　前親　錯恨　釋嫌　聽詩　探雪
第二十七集：
托辯　窺妝　擾閨　勒囊　戲芹　榮歸
第二十八集：
送妝　後親　廟見　花筵　拒情　璧囊　造園　掘藏
第二十九集：
祭墓　湖亭　遣婢　端陽　遷園　七夕
第三十集：
芹醋　中秋　納妾　庵調　護青　棄俗　落庵　養子
第三十一集：
滿月　過年　得病　醫禱　畢情　訣別　脱凡　築墳
開喪
第三十二集：
路祭　送葬　回山　搬家　泣墓　修圓

共計三十二集，二百六十回。

《義妖傳》

陳遇乾原本。嘉靖十四年(1809)春三月顧光祖序。同治己
巳(1869)刻本題名《綉像義妖傳》，署："陳遇乾先生原稿，陳士
奇、俞秀山先生評定。"四卷五十三回。

陳遇乾爲清代嘉道之際彈詞四大名家之一。初入洪福、集
秀二班演唱昆曲，繼而舍曲彈唱《白蛇傳》《玉蜻蜓》，名噪於時。
弟子毛菖佩、張夢高傳其藝，爲陳調的創始人。(一説陳士奇爲
"陳調"唱腔的創始人。)今彈詞老、外兩角輒唱陳調，起净角時亦

間用之。俞秀山、陳士奇擅唱"蜻蜓""白蛇"。今蘇州唱《玉蜻蜓》者,爲陳士奇、俞秀山、錢耀山、謝品泉傳人;唱《白蛇傳》者,爲陳士奇、俞秀山、王秋泉傳人。

《義妖傳》回目如次:

卷一:

仙踪　遊湖　説親　贈銀　踏勘　訊配　逼丐　驛保　復艷　客阻　辭聘

卷二:

開店　散瘟　贈符　鬥法　端陽　現跡　盗草　救夫　婢争　聘仙　降妖

卷三:

慮後　賽盗　驚堂　迷途　戀啼　京敘　巧換　化檀　開光　水漫　姑留　二賞

卷四:

降蜈　盤青　指腹　産貴　成衣　驚夢　飛缽　鎮塔　遺容　剪髮　鬧學　盤姑　哭塔　收青　逼試　見父　考魁　祭塔　仙圓

白蛇故事在流傳過程中,逐漸成爲一個框子,一種習慣勢力:是妖必須鎮壓,是人倍加贊美。由於傳述者和再創作者往往立場觀點不同,社會經歷和藝術水平有所差異,遂使作品中的人物處理和思想内容也不盡相同。《義妖傳》寫白娘還有妖的一面,主張鎮壓。但所謂妖,卻無現實生活根據,祇是先天留下的一個印記而已。鎮壓祇是出於禮教和佛家教義上的需要,是一種形而上學觀點的體現。一隻盂缽忽飛來,拿它不動重如山,看來壓力很大,但没有説服力。白娘人的一面值得敬愛,作者把自己的所見所聞以及所認爲的賢德婦女的性格擺了進去,使得白娘的美麗形象不斷豐滿,她的遭遇更爲人民所關心與同情。白娘大賢大德,嘔心瀝血,相夫創業,可是生活不得安定,人海茫茫,感到來日大難,祇因被視爲有妖的印記,逃不出被鎮壓的命運。這顯示出作品的進步性與局限性,一定程度地反映了封建勢力拆散人民家庭幸福生活的現象,是有新意的。

《浙江杭州府錢塘縣雷峰寶卷》

上下兩集。咸豐(1851—1861)杭州寶善堂刻本,光緒十三年(1887)杭州景文齋刻本。

《白蛇寶卷》

民國九年(1920)抄本,又有抄本題名《雷峰寶卷》,兩本繁簡不同,内容仿佛。

故事寫大宋真宗年間,四川嘉定州峨嵋山有一白蛇,法名素貞,修煉一千七百餘年,需受日月光華,能變人身,不害生靈,騰雲駕霧,呼風喚雨,在觀音大士身邊聽經。金母問她前恩未報,如何位列仙班? 她遂去武林,與許宣結合,立誓:“此行若害生靈去,永鎮雷峰受苦心。”誰知白娘水漫金山,“合府百姓遭水厄,巨萬生靈命盡消”,犯下彌天大罪。白娘悔已嫌遲,從而受鎮雷峰塔下,塔鎮之後,自怨自艾,懺悔前愆。許宣覺悟,净慈寺出家爲僧。兒子高中狀元,榮歸祭塔。法海禪杖撥開塔門,白娘駕雲,上升天庭。小青又歷十年,災難已滿,位列仙班。許宣終歸净土。

寶卷將流傳下來的白蛇故事接過來,重新處理,藉以宣傳報恩、宿命、勸善、懲惡、懺悔、消災等佛教教義。

白蛇故事源於志怪小説,衍變爲神話戲劇,在較長一段時間裏,封建統治階級歧視女性的思想占有重要地位,寶卷也滲透着這種思想,認爲法海是西天羅漢轉世,白娘是妖,劫數難逃。白娘"魔高一尺",法海"道高一丈","正能克邪",終被鎮壓。這一觀點在民間唱本中隨時能見。所以,細看王曉傳輯錄的《元明清三代禁毀小説戲曲史料》,《白蛇傳》没有一條涉及,不是没有緣故的。這是蒙在白蛇故事上的歷史灰塵。

《復道人度曲本白蛇傳》
天津第二圖書館藏原稿本,源於岫雲詞逸本。
"水漫""斷橋",有阿英校記。

《綴白裘》七集本《白蛇傳》

《秦腔本白蛇傳》
阿英《斷橋曲文異同表》,附刻秦腔本"斷橋"。

《吹腔本白蛇傳》
水漫多一江風曲。
阿英列:岫雲詞逸本、復道人度曲本、吹腔本爲《水漫曲文異同表》。

漢劇本《遊西湖》《金山寺》《斷橋》《祭塔》
見《京劇劇目初探》,陶君起編著,上海文化出版社 1957年版。

秦腔本《許宣借傘》《盜仙草》《金山寺》《斷橋》《祭塔》
見《京劇劇目初探》。
昆曲原稱《求草》,藝人在演出過程中,改爲《盜草》,一字之易,立場觀點不同。

徽劇本《盜庫》《雄黃陣》《金山寺》《斷橋》《合缽》《祭塔》
見《京劇劇目初探》。

川劇本《盜仙草》《金山寺》《斷橋》《合缽》《祭塔》
見《京劇劇目初探》。

豫劇本《盜仙草》《金山寺》《斷橋》
見《京劇劇目初探》。

弋腔本《興波》
見《京劇劇目初探》。

昆腔本《水鬥》《斷橋》
見《京劇劇目初探》。

高腔本《水鬥》
見《京劇劇目初探》。

湘劇本《金山寺》《斷橋》《合缽》
見《京劇劇目初探》。

滇劇本《金山寺》《斷橋》《祭塔》
見《京劇劇目初探》。

越劇本《金山寺》《斷橋》
見《京劇劇目初探》。

粵劇本《金山寺》

見《京劇劇目初探》。

評劇本《金山寺》《斷橋》

見《京劇劇目初探》。

河北梆子本《金山寺》《斷橋》《祭塔》

見《京劇劇目初探》。

清平劇本《金山寺》

見《京劇劇目初探》。

晉劇本《斷橋》

見《京劇劇目初探》。

婺劇本《斷橋》

見《京劇劇目初探》。

京劇《白娘子》

許墨香改編,荀慧生演出。

京劇《金山寺》《斷橋亭》

《京劇叢刊》本,中國戲曲研究院編輯。

此據梅蘭芳演出本整理,源出昆曲。法海在金山寺中唱"殘害了百萬生靈罪怎消"和"付汝鉢兒將她收罩"等曲詞,作了修改。

《金缽記》

田漢 1947 年改編；1953 年，添入小青擊敗塔神、倒塔救出白娘情節，易名《白蛇傳》。

《金缽記》删去方成培本中的《開行》《逐道》《樓誘》諸世俗生活情節，集中描寫白娘與許宣的愛情波折，進而謳歌白娘與封建勢力代表人物法海的鬥爭，顯示婦女追求幸福生活的不可征服的意志和敢於犧牲的精神，同時撕去了法海"佛門慈悲"的偽善面紗，譴責了許宣的軟弱動搖，澄清了白娘的妖氣。白娘作爲一個光輝的正面人物出場，與許宣鍾情，不是報恩，而是同舟共濟，堅信自己的行爲符合"宇宙間的情理"。白娘盜草時抱着殉情的决心："倘若是爲姐回不了，你把官人遺體葬荒郊，墳頭種上同心草，墳邊栽起相思樹苗，爲姐化作杜鵑鳥，飛到墳前也要哭幾遭。"她面對法海的橫暴，教許宣不要哀求，"對屠夫講什麼恩和愛！"宣言："法海，我夫妻的恩愛，豈是你這缽兒壓得住的麼？"法海在這故事的流傳衍變中，從一個扶許宣脱離白蛇威脅，搭救許宣性命的次要角色，升爲宣揚佛旨，救渡世人的高僧，又墮落爲被人嘲弄、鄙棄，挑撥離間、破壞人家幸福的冷酷的封建頑固勢力的代表。他對着人家的生離死别猙獰地笑，終逃不出小青復仇的火焰和人民的譴責。雷峰塔倒了，白娘最後勝利了。《金缽記》使白蛇故事出現了劃時代的新面貌，説明了社會的發展，人民力量的抬頭，新的現實出現了新的局面。

白蛇故事隨着社會的發展而不斷發展，白娘的形象愈到近世，愈是變得晶瑩璀璨。白娘越是美麗、善良、勇敢，越是顯得封建禮教虛偽、荒唐。舊時代的作者，受着封建禮制與傳統思想的束縛，往往採用形而上學的觀點程式化地處理問題，認爲白娘理當鎮壓，而在人物塑造上，卻把現實生活中婦女的優美品質滲透進去，使其有血有肉。這兩個方面是有矛盾的，這種矛盾在舊社會難以解決。今天，人民翻了身，精神面貌與前大不相同了。你説：婦女是妖魔嗎？人民説：哪有這麽回事，就算是妖魔也没有什麽可怕！你説：不在天上或仙山修煉就是思凡嗎？人民説：天上、仙山没有神仙，幸福在人間。你説：苦行得道修來世嗎？人民説：這是禁欲主義，早已没有市場了。法海們的理論基礎已經徹底破産，那麽，法海的出現，便具有了教育、鼓勵和鍛煉人民不畏强暴、敢於抗争的積極意義。

　　編者説明：本文據油印稿録編。劉録稿附記云："1984 年 4 月參加江蘇、上海、浙江兩省一市《白蛇傳》研究學術討論會提交的論文。"

試談《白蛇傳》故事的衍變
——兼與戴不凡同志商榷

　　《白蛇傳》故事，在 1952 年曾經有過熱烈討論，戴不凡同志寫了一篇含有總結性的文章《試論白蛇傳故事》（發表在《文藝報》1953 年 11 月號），是很好的，許多論點是可以肯定的。但還存在一些問題，這裏想提出來討論，並向戴不凡同志請教。

　　戴不凡同志在文章的開頭說：“《白蛇傳》是千百年來人民所累積創造出來的一個神話故事。”此話不夠確當。我認爲《白蛇傳》是由妖怪故事逐步衍變爲美麗的神話故事的。這兩種提法表面上好像差不多，其實有所不同，但後者更符合《白蛇傳》的客觀，亦即文獻記載的實際情況。

　　（以下與上文《白蛇傳敘錄》大同小異，從略——編者）

　　總的說來，《白蛇傳》故事到方成培、陳遇乾的手裏，白蛇的人物形象出現了重要變化，從反映統治階級觀點的、侮蔑女性的妖怪故事，轉變爲尊重婦女的美麗神話故事，可謂脫胎換骨。這樣的發展變化過程，也是兩條道路、兩種文化矛盾鬥爭的過程，最後反映人民觀點和願望的一面得到了勝利。當然不同階段有所起伏，不同作者的落後與進步程度不盡相同。因而可以說，《白蛇傳》的故事衍變不是直線的、單純的，如果祇說是千百年來人民所累積創造出來的，未免有些簡單化，并不合乎客觀情況。

到了新中國，人民得到翻身解放，《白蛇傳》的故事，也得到了特大的躍進，其中所遺留的渣滓都被清除出去了。比如說：中國戲曲研究院對梅蘭芳的演出本進行了整理，修改了《金山寺》中"殘害了百萬生靈罪怎消"和"付汝缽兒將她收罩"的唱詞，突破因襲，大膽創造，完全站在人民的立場。又比如：婺劇《斷橋》中寫許仙在白娘水漫金山與法海廝鬥時，趁機逃出金山寺，千山萬水尋找白娘。後來許仙在杭州斷橋與白娘會見，看到小青臉色難看，因而想暫時迴避。白娘與小青追上去，發生了些誤解。後來經過兩個人的說明，矛盾解決。寫許仙對白娘娘是十分敬愛的，就是個蛇精，也没什麽可怕，仍是十分可愛的。這樣寫許仙與白娘就没什麽本質矛盾了，不過是生活中的一個誤解、一個波瀾而已。這樣塑造許仙形象，也是繼承《白蛇傳》的歷史發展而來的。

戴不凡同志認爲，《白蛇傳》中所顯示的矛盾有它的現實意義："這是封建社會中的一個悲劇。女人要追求幸福，祇有助夫成家立業；而男的卻負心，鼠首兩端。這種悲劇和秦香蓮、敫桂英、趙貞女等故事的悲劇是同一類型的。"又說："許仙是從一個負心的男子逐漸變爲一個善良的性格。"又說："許仙原先爲壞人，在故事的演變途中，逐漸成爲好人。"我感覺這些說法是不確當的，可能戴不凡同志還没有很好地掌握《白蛇傳》故事衍變的歷史動向。我們從《白蛇傳》的故事衍變來看白娘的形象，起先寫她是個妖怪，在《白蛇記》裏是媚婦，在《西湖三塔記》裏是白蛇精，都是被歪曲的反面形象；相應來說，《白蛇記》裏的李璯或李瑄、《西湖三塔記》裏的奚宣贊，都是被引誘和迫害的形象，都是不幸者，因而談不上什麽負心，他們要擺脱她完全是可以理解的。而在《白娘子永鎮雷峰塔》中，白蛇有妖的一面也有人的一面：人的一面是待許仙很好，妖的一面是威脅許仙。許仙無法對抗，秪能向法海乞救。這裏所寫的許仙的行爲，也是無所謂負心的，但也很難說許仙是個壞人。到了清代，方成培的《雷峰塔傳奇》和陳遇乾的《義妖傳》，對白娘形象的塑造顯得更美麗了，但許仙的人物性格，還帶有濃厚的懷疑、動搖、恐怖、自衛的色彩，這樣的許仙也不能說是負心或是壞人。這種情況主要是由《白蛇傳》所遺留下來的蛇妖給予許仙的壓力造成的，使得作者對許仙的塑造沒能與白娘形象同步提高。戴不凡同志不理解這樣的歷史動向，把白娘的悲劇與秦香蓮、敫桂英、趙貞女等人的悲劇看成同一類型，好像許仙就是陳世美、王魁、蔡伯喈似的，實際上他們不是一回事。假使這樣理解許仙的人物性格，可謂是南轅北轍；如果用這種思想來改編《白蛇傳》的故事，是會走入歧途的。

編者説明：本文據代抄稿録編，有所刪略。稿后有"1962 年 1 月 14 日"字樣。

漫説《義妖傳》

一、《義妖傳》在白蛇故事中的地位

關於《白蛇傳》,研究民間文學的學者同仁一般認爲:《白蛇傳》是千百年來人民所積累創造出來的一個美麗神話故事。我垂髫時愛聽、愛哼流傳江南的這樣一支民歌:

> 白娘娘,小青青,水漫金山鬧盈盈。蝦兵蟹將嘸淘成,
> 許宣實在嘸良心,萬惡奸刁法海僧!

這支民歌,形象鮮麗,愛恨分明,富於藝術的感染力。歌頌白娘娘水漫金山,不正顯示着《白蛇傳》是一個美麗的神話故事嗎?是的,《白蛇傳》是一個美麗的神話故事,但說它千百年來就是如此,那就不符合客觀事實了。舊社會中有着兩種文化:封建性的糟粕與民主性的精華。這兩者往往會雜糅在一個作品中。白蛇故事的衍變與發展,反映着這一較爲複雜的現象。《白蛇傳》是從一個妖怪故事逐漸衍變、發展而成爲一個美麗的神話故事的。

遠在西周,《詩·小雅·斯干》就有關於歧視婦女的記載:“乃寢乃興,乃占我夢。吉夢維何? 維熊維羆,維虺維蛇。大人占之:維熊維羆,男子之祥;維虺維蛇,女子之祥。”誣蔑婦女爲虺

蛇之祥。這種誣蔑婦女的思想與看法，與後世志怪小說中虛構白蛇爲妖的故事有一定的聯繫。白蛇故事在唐代有無名氏《白蛇記》，見《太平廣記》卷四百五十八；在宋代有《西湖三塔記》，見《清平山堂話本》。《白蛇記》中寫一個青年李璜，受了媚婦的誘惑，同宿一宵，回家毒發而死。這媚婦原來是個妖精，是白蛇變的。在這故事中，又記另一少年李琯，也受她的誘惑，腦疼而死。《西湖三塔記》中出現三個妖精：鷄妖、獺妖和白蛇妖。有個青年奚宣贊無意中跑到白妖蛇的家中，做了半月夫妻，險些被她吃掉。白蛇妖當着奚宣贊的面，吃了她已玩夠了的男人的心。後來這三個妖精被奚真人鎮壓在西湖的三個石塔裏面。這兩篇作品，可以說是白蛇故事的雛型，這裏所寫的白蛇妖，看來就是後來《白蛇傳》中白娘的前身。志怪小說所塑造的白蛇形象，甚爲粗獷，意在警世，目的在勸告青年不要耽樂酒色，而嫁禍於婦女。這反映着封建統治階級對待婦女的觀點，與《斯干》相似。

白蛇故事衍變到了明代，在馮夢龍修訂的《警世通言》中，有《白娘子永鎮雷峰塔》短篇小說。這篇小說開拓了新的領域，情節完全，曲折變化；人物性格鮮明突出，白蛇成爲瑰麗的蛇妖，到人間來追求幸福。作品突出了白娘人性的一面：她熱愛許宣，執着愛情，對社會上的官、商、道、佛、士庶、閒人、勢利小人都不放在眼下，敢盜庫銀，吊道士，驚倒李克用；同時對許宣陪情釋疑，委曲求全，爲維護愛情、追求幸福而鬥争。這裏滲透着現實社會中帶有勤勞、善良、執着於愛情，並對惡勢力決不妥協的婦女的可貴性格。這與《西湖三塔記》中所寫的白蛇相比，已經起了質的變化，有着飛躍的發展，成爲白蛇故事衍變成爲美麗的神話故事的一個優良傳統，爲後來各種文藝樣式的《白蛇傳》所繼承與發展。但這作品還是保留和渲染着白娘妖氣的一面，這妖氣使白娘和許宣産生了對立的矛盾，不能調和。許宣對白娘，有熱愛她的一面，但也有懷疑和懼怕她是個妖精，而迴護自己生命的一面。白娘一方面熱愛許宣，但另一方面，對他也有威脅，而不顧一切爲非作歹。許宣無法對抗白娘的妖氣，遂向法海乞援。法海同情許宣急難，幫他解決問題，遂來鎮壓白娘。許宣認爲白娘該死，甘心募化造塔，埋藏盂缽。這時的白蛇故事，主要矛盾表現在許宣與白娘之間，法海祇是站在許宣一邊的一個配角而已。

白蛇故事衍變到了清代，黃圖珌編《雷峰塔傳奇》，將白蛇妖的一面戲劇化，將白娘與許宣的愛情處理成白蛇縱慾，糾纏許宣，許宣一時受着白娘姿色迷惑，陷於煩惱，然終悔悟。法海受佛祖囑咐，將白蛇、青魚鎮壓在雷峰塔下。許宣功德圓滿，修成正果。作品強調因果、孽緣，封建色彩較濃，是白蛇故事衍變、發展過程中的一個倒退。黃本在演出中，竞相刪改，方成培改編本《雷峰塔傳奇》（有水竹居刻本），同情白娘多情，遣責許宣薄倖，將蛇妖寫成蛇仙。白娘與許宣的關係，不是蛇妖迷人，而是恩愛夫妻。白娘作事魯莽，屢犯錯誤：盜庫、逐道，使許宣受累；無端施術攝取客商檀香，幾害人命。她"水漫金山，致遭天遣"，被鎮壓塔下，罪有應得。但不是"永鎮雷峰"，彌勒給了出路，最後救出她，兒子中舉完婚，充滿人間喜樂。方本有新的突破，處理問題較黃氏開明，現實性和人民性也有所加強。

白蛇故事在彈詞中，有清嘉慶年間陳遇乾所寫的《義妖傳》，其中的白娘形象雖然還有妖的一面，也主張鎮壓（白娘），但在現實生活中並無面目猙獰，威脅許宣等"妖"的表現。白娘之受鎮壓，祇能說明出於禮教和佛家教義上的需要，是飛來橫禍。所以飛缽的壓力雖大，是沒有一點說服力的。作者寫白娘人的一面，將自己所見所聞與當時人民所認爲的婦女優良品質擺了進去，故爲人民所敬愛，使人民對她的遭遇給予關懷與同情。從這人妖兩面可以看出《義妖傳》的進步性與局限性。因此，歷史上的白蛇故事，素材看似類似，主題思想卻在不斷地起着變化。白蛇故事發展到這個階段，多少反映了封建勢力拆散人民家庭幸福生活的一個新的内容。

白蛇故事發展到當代，有田漢編撰的《金缽記》及其再改改名的《白蛇傳》。田漢《白蛇傳》，集中描寫白娘與許宣的愛情波折，撕去了法海的僞善面紗，譴責許宣的軟弱動搖，同時澄清了白娘的妖氣，謳歌她與封建勢力代表人物法海的鬥争，顯示婦女追求幸福的不可征服的意志和敢於犧牲的精神，使之成爲光輝的正面人物。從此白蛇故事由人妖不能共居的軀殼中解脱出來，成爲美麗的神話故事。這與新時代作家的進步性是分不開的。

由此可見，在白蛇故事流傳過程中，《義妖傳》是較爲重要的作品之一。白蛇故事發展到《義妖傳》，白娘的形象已經爲人民所深深地崇敬和喜歡了。

二、陳遇乾與《義妖傳》

《義妖傳》作者陳遇乾，又名御乾。清嘉慶時蘇州彈詞藝人，初入洪福、集秀兩班唱昆曲及蘇灘，繼學彈詞，彈唱《白蛇傳》與《玉蜻蜓》。根據傳統節目，稍稍進行改編，自録脚本，請藝友俞秀山、陳士奇校閲，成《義妖傳》。俞、陳亦擅《白蛇傳》與《玉蜻蜓》，名噪於時。陳氏逝後，嘉慶十四年（1809），其徒張夢高將其脚本付刊傳世，計四卷，五十三回，《水漫》見卷三第三十二回。陳氏吸收昆曲、蘇灘曲腔特色，別創一調，稱爲陳調，蒼涼猷勁，莊嚴厚重。今唱老、外兩角或净角時仍用之。

《義妖傳》刊本有數種：最早的爲嘉慶十四年（1809）木刻本，前有嘉慶十四年春三月顧光祖序；次爲同治八年（1869）己巳刻本，題名《綉像義妖傳》，署"陳遇乾先生原稿，陳士奇、俞秀山先生評定"；次爲光緒二年（1876）木刻本；次爲民國文益書局石印本。

三、《水漫》的藝術成就

甲、故事情節

法海窺覷白娘和青兒的行爲，"雖居畜類，從無過犯"，難於加罪；不過認爲白娘"迷戀許仙"，"總是孽緣牽纏"，不能放她過去，遂藉募化檀香，逗引許仙上山，乘機點化許仙，脱離迷途；且使蛇妖亦得啓豁塵緣，超升仙道。許仙受了法海誘惑，便向金山寺獨助檀香十擔。白娘得訊，阻撓未成。菩薩開光之日，法海派來內丁沙彌，促使許仙上山。席間官吏盈座，許仙局促不安。法海乘機强留許仙，得進讒言。白娘不見許仙回家，駕起一葉小舟，乘風破浪，前來金山。她初是懇求，但法海蠻不講理。小青按耐不住心頭憤火，廝鬥起來。許仙聽信讒言，倒向法海一邊。白娘、小青寡不敵衆，水遁詣黑風大王乞援，大王仗義，水漫金山。法海喚龍王斬卻黑風大王。白娘聞訊，痛不欲生。法海復囑許仙返杭，纏住白娘。斷橋相逢，白娘義責許仙；許仙文過飾非。小青憤怒，幾次欲殺許；白娘多情，眷念夫妻情分，復歸於好，同往姐夫家中暫住。

乙、人物分析

白蛇故事在流傳過程中，逐漸形成一個框子：是妖必須鎮壓，是人倍加贊美。在《義妖傳》中，白娘形象的人妖兩面是交織着的，但從總的傾向性説，還是歌頌了她人性的一面。例如《水漫》一回，所顯示的主題思想是進步的。

許仙受了法海誘惑，困居金山。白娘得訊，"不住腮邊珠淚拋"，上山索夫。這顯示了白娘對待丈夫是十分溫柔多情的。法海氣焰囂張：從人的一面看，他與鎮江知府、知縣以及地方仕紳都有往來，狼狽爲奸；從神的一面看，如來佛是他的靠山，法海發號施令，可以呼喚龍王。白娘一邊，許仙已經倒向法海，祇有侍婢小青，義兄黑風大王和它的水族們是她的支持者。敵强我弱，戰鬥起來，把握不大，白娘感到："不知金山有何法寶，紅光直透？"尋思："休上金山！"但爲了索夫，決心前去。白娘好言懇求（法海），囑咐小青休動無明之火。但法海蠻而無理，她不得已而宣戰。這説明白娘性格是善良、沉着、機智與勇敢的。

小青與黑風大王篤於友誼，把好姐妹的命運看成自己的事，肝膽相照，休戚與共，義無反顧，勇敢地投入戰鬥。黑風大王終於獻出生命。小青熱心幫助白娘："訂盟"替白娘做媒，"發配"勸白娘遠訪，"水鬥"與白娘同行。她分析問題，能看到事物的本質；做事乾脆利落，偏重理智。"斷橋"中，小青見解更爲透闢深刻。

許仙社會地位較低，經驗不足，受封建思想影響較深。他在鎮江開店，泊居異鄉，不與官府往來，不與紳商勾結，小本經營，生意卻是興隆。這樣自然容易招致多方面的覬覦、欺凌與敲詐。許仙爲人，膽小自私，耳根柔軟，碰到利害，祇想護持自己，不敢挺起胸膛面對現實。法海明知白娘"從無過犯"，卻又不肯放過她，要把罪名加到白娘身上，必需找個藉口，於是在許仙頭上打主意。許仙有這些弱點，法海自來誘惑。許仙因而誤上金山，走上出家的道路。在白娘與法海的矛盾鬥爭中，許仙有着兩面性和動搖性，這給白娘的戰鬥帶來了困難。

法海深通世故，社會地位高，一般人看來，他是年高德劭。法海表面上擺出佛家的"慈悲"面目，慈祥端莊，暗中卻用心計。金山寺的方丈，明則太爺，幽則龍王，都沆瀣一氣。法海祇消輕輕地咳一聲,就可掀起許多風波。他留住許仙,惱得白娘鋌而走險。白娘水漫金山,倒果爲因,他便正好將罪名傾注在白娘身上。殺人抹了血跡,他還擺出一副慈善面孔,向衆宣告,亂人耳目。白娘懇求,法海卻說:"你休多言,我不放許仙,你敢怎麽樣?""你這個無知孽畜,還思留戀;再若多言,孽畜休想活命。"態度蠻橫,於此可見。

可以看出:白娘性格善良、溫柔、機智與勇敢,小青和黑風大王俠義,許仙軟弱與動搖,法海僞善、頑固與凶狠。這反映出在一定的歷史時期中,人民多方面地受到封建統治階級的欺凌與壓迫,在戀愛與家庭問題上,隨時會遭受封建統治階級的干涉、打擊與懲處。《義妖傳》就是這樣觸及了現實社會中的本質問題。

丙、曲藝特點

《義妖傳》是採取彈詞說唱形式來表現的。藝人在說唱中,不斷地把自己的生活體會擺進書中,使其不斷發展,愈來愈深刻地反映社會現實。

說唱的藝術表現,主要有表、白、唱、演四種。表有官、私之分。官表爲角色自道,私表爲說書人介紹。前者用中州音,後者用蘇州話——運用兩種或多種語言表現人物角色,使聽衆易於分辨,感到親切有味。表或用敘事交代情節,或分析問題、評價人物。

白有官白、私白、咕白、襯白、表白之分。官白角色自道,咕白角色自言自語,作用在使聽衆瞭解底情及其心理活動,俱用中州音。私白、襯白爲說書藝人分析官白以及角色的心理活動。表白介紹角色面容、身材及其所用兵器等。角色分:生、旦、淨、丑。白的語言,或用官話,或取鄉談,或就人物生理上的特點,加以渲染、誇張。聲分高低、清濁,或嗡或啞,或快或緩,抑揚頓挫,

表現人物性格,使之更爲形象化。書中法海爲老生,稱净;許仙
爲小生,稱生;白娘爲正旦,稱旦,皆用中州音。小青爲貼旦,用
蘇州話。

唱有官白唱與表白唱兩種。官白唱爲書中人自唱,表白唱
爲説書人以自己的口吻唱。唱篇用於寫景、抒情,饒於詩情畫
意;用於敘事,概括性强。唱以基本調爲主,吸收宮調、民歌及兄
弟曲種的調子爲牌子曲。唱由朗誦性曲調發展成爲詠歎性曲
調,發聲清晰,突出語言中的音樂性。唱時配上伴奏,高低抑揚,
效果益彰。藝人不斷發掘人物角色的心理活動和思想感情,天才
地發揮,使唱腔隨着變化,在彈詞中就創設了許多流派與調子。

彈詞口説手演,聽衆耳聽目視。藝人的拍案搖扇等一招一
勢,這些眼神、手法都能使聽衆目眩神移,宛如身歷其境。

《義妖傳》原爲藝人説唱時用的脚本,非案頭讀物。書場説
唱,教人聽;案頭讀物,教人看,兩者作用不同,文字表達亦異。
長篇彈詞難將演出時的説表彈唱盡量都記錄下來,衹能循着書
路縮寫,所以文字往往顯得粗糙。《義妖傳》文字屬草創階段,角
色不夠鮮明,唱句類多隨口編撰,有不通順處。叶韻往往趁韻,
唱篇詩情畫意較少。若將之視作文學作品,還需加工。書中《鬥
法》回云:"介末晚生有一句交代,吾道中……衹有陳遇乾老先生
唱《白蛇傳》,並無鬥法,乃情真理合也。"可見那時唱《白蛇傳》的
當有數家。同時也可説明《義妖傳》這脚本於刻印前,在師徒傳
授中還曾經有過一些修改,有些人家的東西摻雜其中。

四、局限性及其他

局限性主要有以下三點:

甲、對青年戀愛的看法。作者提出"色迷"與"報恩"兩説。

《遊湖》中寫："娘娘在小青手内寫了一迷字，又在耳邊輕輕數語。"接着"小青將左手，在許仙胸前一拍，然後走到娘娘跟前細語兩聲。那知小青這一拍，將迷字拍入心中"。"從此（許仙）一迷到底，直待要將收鎮雷峰解開。"《開光》中寫：法海"看你（許仙）面上有妖紋，卻怕妖魔迷了心"。《仙踪》中寫金母叮囑素貞下凡報恩，"功完方許度仙岡"。法海道："那白蛇爲報從前救命德，故爲夫婦托虚名。"白娘也自認："報答深恩心事畢，即回山島靜修真。"許仙虧待白娘，白娘自認命苦，理該服命。"許仙雖則不好，到底家主，如此形狀，本覺過分。"白娘又向青兒道："青兒不要說了，總是我命苦也。"這些看法都是不正確的、庸俗的。

　　乙、對人與人關係的看法。書中所寫白娘、許仙、小青和法海四個人物，反映着一定的社會關係，有它的典型意義，作者卻用五行相克的形而上學觀點來進行分析。書中寫道："許仙見了禪師，總有三分怕。怕所以？將來該有師徒名分，實在五行生克無差。法海屬水，許仙屬火，此乃水克火。要得白娘，白娘屬金，許仙火能克金，所以許仙虧待白娘，白娘竟成全，毫無怨色。小青見了白娘來十分懼怕，真心貼伏者，乃青屬木，金能克。"許仙是火，法海是水，水能克火，所以許仙怕法海。白娘屬金，火能克金，所以許仙虧待白娘，白無怨言。小青屬木，金能克木，所以小青總怕娘娘。這種五行相克説不能説明問題，祇能讓人陷入宿命論的泥坑中，爲統治階級麻痹人民服務。

　　丙、對水漫金山具體問題的處理是不正確的。水漫金山的責任，究竟由誰承擔？這是一個帶有關鍵性的問題。作者既未把這責任歸於法海，也未揭露法海的僞善面目；相反，他把責任委之黑風大王、小青和白娘，這就錯了。同時，他讓法海以僞善面目出現，給以歌頌。"一望滔天多是水，漫上金山有數丈高。法海也帶三分急，百姓遭殃實苦惱。即招韋陀來護法，救度生靈將劫命造。死的死來活的活,分其劫數罪明昭。領法旨韋陀救搭無辜命,劫數應當死莫逃。""建七七四十九日水陸道場,超度衆生。""可惜鎮江城郭多淹没,萬萬生靈命莫逃。雖則黑妖來孽造,起釁還須罪二妖。"作者歌頌(白娘)在《水漫》中的戰鬥(手稿中寫"歌頌白娘"),與肯定法海憐惜生靈是矛盾的,作者提出"須罪二妖"的觀點是十分錯誤的。

鄭振鐸在《中國俗文學史》中説:"今所知最早的彈唱故事的彈詞爲明末的《白蛇傳》。我所得的一個《白蛇傳》的抄本,爲崇禎間所抄。現在所發現的彈詞,無更古此者。"從明崇禎的最早抄本算起,迄今已有四百餘年了。蘇州彈唱《白蛇傳》自俞秀山、陳士奇以來,代代相傳,寶藏豐富,今天應該給以總結、記録和整理。使之成爲一部既可説唱又便閱讀的文學巨著。這是歷史給予的光榮任務,文藝工作者應該擔當起來。

1983 年 10 月

(原刊《麗水師專學報》,1985 年第 1 期)

編者説明:本文據原刊並參油印稿録編,油印稿左上端有"江蘇、上海、浙江兩省一市吴語區《白蛇傳》研究學術討論會論文"字樣。

説青蛇

　　《白蛇傳》中戰鬥性最强烈的要算青蛇，她受人雇用，洗衣扇茶，屬於勞動人民。

　　川劇《斷橋亭》一齣，描寫青蛇，尤爲突出。青、白二蛇，在斷橋亭遇見許仙。青蛇一見，就要吃他；白蛇就來保護，許仙得免於難。青蛇穿黑色打衣褲襖，頭戴甩髮，絶不像旦角打扮，上場時面塗白粉，扭捏作態。第二場時她怒氣上沖，要吞許仙，右手猛撲，來抓許背，卻被挣脱，兩人同翻一倒提。一霎間，青蛇面如血盆，怒目張口，狀極狰獰。青蛇再來吃許，被白蛇隔開。三人奔到臺口，各翻一倒提，同起同落。青蛇没法，由怒激恨，面部表情由紅色翻爲紫色，終爲黑色，狀極可怖。舊說白娘雖是蛇精，但修煉已深，對許仙的負義，恨而猶存愛憐之心；青兒道根淺薄，野性難馴。這是封建思想，實則青蛇革命性强，不受封建統治階級思想的侵蝕與麻痺。

　　陳遇乾《義妖傳》刻畫人物較多，他的世界觀是維護封建統治的。許仙是蜷曲於封建統治下的，白蛇身上蒙着一層封建的塵埃，青蛇的勇敢不及川劇。但有些描寫是忠實於現實的，鎮塔象徵着中國婦女被壓鎮，這是人民所不能容忍的。這是作者的創作方法與世界觀的不統一，也是現實社會的矛盾。人民同情白蛇，說明人民力量在抬頭，也是現實社會的階級鬥争在文藝作品中的反映。在戲劇中所見,如方成培改本、《綴白裘》《六也曲譜》就是從歌頌白蛇的追求幸福這一思想傾向來寫的。青、白二蛇塵念未絕,到人間追求幸福,爲法海所壓,並曰:"雷峰塔倒,西湖水乾,許汝再出世。"彈詞卻加報恩、産貴、祭塔、仙緣,讓白蛇向命運低頭,這就強烈地反映了作者維護封建的世界觀。

許仙是一小市民,照彈詞寫,前世是木客,今生是藥店中小夥計。這一形象有其典型性與普遍性。他妻財子禄,盼望得發,可與封建統治者聯繫在一起。蘇錫一帶,結婚時在一淘籮飯中,放錢一串,中插一稱,盤一豬臟,將稱搖動,稱爲"掘藏"。殯葬也如此,稱爲"行蹤冒發"。這種發財思想,市民中極普遍。許仙不費半文,當夜成親,妻財兩得。後許仙在蘇州流爲乞丐,夫妻重會。白蛇又贈銀兩,使之開藥鋪,做老闆。他到昆山顧府看病,胡亂又賺了許多禮物;中秋節忽然想和蘇州鄉紳賽貧;兒子中了狀元,自己去做和尚,就想白日飛升。這些都反映了市民階級的願望。但在封建社會裏,市民階級和封建統治者是有矛盾的。許仙兩次被官府捉去,連妻子也不保。看來寶貝是白蛇、青蛇盜來的,實際總兵女兒可能該這東西。這暴發户許仙,"懷璧其罪","妻室行誼與禮教不合",封建統治者自會有壓力來的。許仙就是逆來順受,以屈服保衛自己。這說明他的軟弱。

白蛇是總兵的女兒,父母雙亡,未婚夫死,她是以望門寡的身份在舊社會中出現的。封建社會下,各階級各階層對婦女都是壓迫的,但市民階級是比較進步的。白蛇出身於官僚地主階級:一方面受壓迫最深,因而她願找市民階級的人來做對象;一方面又由於出身與階級局限,她的反抗是有限的。有時,白蛇還不及許仙的姐姐許氏反抗性強。許、白姻緣,許仙的仰攀白蛇,實際是以妻財子禄作爲思想基礎的。因而,最後許仙出賣了白蛇,造成了悲劇。

　　法海是一個反動宗法統治的代表。他認爲白娘是充滿着淫性淫行的，這是佛家所不許的。陳妙常聽了潘必正琴挑後，潘必正去會試，妙常賣舟追趕。這種反宗教、反禮俗精神，已爲禮法不容。白蛇更大膽了，她無條件熱愛許宣：一是從杭州追到蘇州，又追到鎮江；二是許仙生病，去盜仙草；三是法海暗藏許仙，白蛇不惜興師動衆，打金山寺。因而，法海對白蛇是早存殺機的，"但因罪孽從無犯，徒受如來賜盂盂。"

　　編者説明：本文據手稿録編，原題《青蛇》，今題爲編者酌擬。

評話敍録

　　説書在唐宋時稱爲説話，或稱舌辯。元朝稱爲平話、詞話，或稱詩話、詞話。近代稱爲説書。書有大書、小書之分。大書或稱評話；小書中，蘇州書或稱爲彈詞，杭州書或稱爲評詞。説書的歷史源流，民間口頭傳説，有寶貴史料，要向評話温古社諸位先生請教，這裏我衹談談有關説書的一些史籍記述。

　　《史記·滑稽列傳》記載：楚莊王時，楚之樂人優孟，"長八尺，多辯，常以談笑諷諫"，秦倡侏儒優旃"善爲笑言"。這記載説明先秦宮廷中有善談笑的藝人。

　　《漢書·藝文志》記録小説十五家，把小説列爲九流十家之一，並説："小説家者流，蓋出於稗官，街談巷語，道聽塗説者之所造也。"如淳注云："王者欲知閭巷風俗，故立稗官，使稱説之。"可見漢時民間小説已極流行，且爲當時統治階級所注意。

　　漢時都市中已出現了職業藝人，《初學記》載有題爲"詠爐"的詩：

　　　　四坐且莫喧，願聽歌一言：請説銅爐器，崔嵬象南山。上枝似松柏，下根據銅盤。雕文各異類，離婁自相連。誰能爲此器，公輸與魯班。朱火燃其中，青煙颺其間。從風入君懷，四座莫不歡。香風難久居，空令蕙草殘。

145

這顯然是當時職業藝人的口吻。

三國時，吳質曾召優人"說肥瘦"，這可以說是藝人說話的最早記載。《啓顔録》中載隋侯白能劇談；又記楊壽曾召口吃人劇談。劇談是講故事、說笑話之類，與後世的說話已消息可通。

唐代典籍中關於說話的記載多起來。郭湜《高力士外傳》上有一段記載，說高力士在唐玄宗面前說話："轉變說話，雖不近文律，終冀悅聖情。"又《新唐書·元結傳》有"諧臣顅官，怡愉天顔"的話。元積《元氏長慶集》第十卷《酬翰林白學士代書一百韻》之"光陰聽話移"句下自注云："嘗於新昌宅說《一枝花》話，自寅至巳，猶未畢詞。"《一枝花》即李娃傳故事。盧全詩："聽我暫話會稽朱太守。"段成式在他的《酉陽雜俎》中說："予太和末，因弟生日，觀雜戲，有市人小說，呼扁鵲作褊鵲字，上聲。"李商隱《驕兒詩》有："或謔張飛胡，或笑鄧艾吃。"又有"齋筵聽說話"的記載。從這些記述中，可見唐代自開元天寶以後，都市中說話的風氣已普遍流行，並已引起文人注意，影響文人製作及宮廷娛樂了。

說話的話，當作故事解。小說中常說"話說"，意思是"這故事說"。唐宋說話的興起與流行，從藝術史角度看，起源大概有二：一是從唐代的市人小說中來，一是受唐代的變文影響。唐代的市人小說，是雜戲的一種。所謂雜戲，即雜耍之類，後來宋代的說話，在瓦子中演出，大概是承襲了唐代的遺風。

變文，是唐代俗講的一種，是僧侶用以進行佛教通俗宣傳的工具。變文又稱轉變：轉即囀，形容念唱時聲調的美妙；變即變，指變文内容神怪變異。變文爲一種韻散合組的文學樣式，有講有唱，爲講唱體。這種形式，隨佛教由僧侶從印度傳入我國。印度講唱與中國市人小說相結合，遂形成一種文體——變文，由經變發展而爲俗變，更由俗變蜕化出說話來。經變是說佛經故事，俗變是説中國世俗故事。

我們試把宋話本與變文文體形式比較一下，便可看出其間的密切關係：

一、變文開頭有押座文，是可唱的詩歌；話本開頭也有詩詞。這押座文或詩詞的作用，都是用以使聽衆肅静下來，集中精神聽講。

二、變文在正講之前，有開題，説明全篇大意，使聽衆作正講的思想準備；話本有入話，又稱得勝頭回。話本入話，樣式較變文更繁富，大體可分四體：甲、與開頭詩詞合成一體，即作入話。乙、開頭閒話，或解釋詩詞，引入正文。丙、講一個簡短的與正文故事相像的引入正文。丁、講一個與正文故事相反的引入正文。入話所以有時冗長，是由於當時藝人需在瓦市中講唱用以敷衍時間等待遲到的聽衆，並穩定已到的聽衆。入話在明人擬話本的製作中，還有保留，明人將之添枝加葉，仍有增加讀者興趣的作用。

三、變文是韻散合組，歌唱同説是結合着的。最初的話本亦韻散相雜，故有詩話、詞話的名稱。不過變文以韻文爲主，或韻散兼重；而話本則以散文爲主。

四、變文結束有解座文，話本結束也有詩詞。解座文與結尾詩詞的作用，是爲交代結尾，重新點明主題，使餘音嬝嬝，增添回味。

五、變文多説佛經，宋説話人家數中有“説經”“説參請”。在唐代，戲場和變文的説唱，多半在廟裏，並且開場有一定的日子；而宋朝説話人則在瓦市中開場，天天演唱。可見説話在宋朝由於客觀環境的需要，已經完全職業化，進一步發展了。

話本中“講史”一類，另一淵源，是受晚唐詠史詩的影響。詠史詩盛行於晚唐，比較著名的作家如周曇、胡曾，都是晚唐人。周的詠史詩（詠）自上古到隋唐七言絶句 203 首，這些詩，當時是作爲向皇帝進講用的，每詩題目之下，都注明故事大意，徵引史書原文，加以己意論斷。這一進講文學樣式，稱爲"講話"，體例與平話相近。胡曾的詠史詩主要是以地名爲題，有七言絕句150首，它的作用有二：一是作爲訓蒙課本。詩很通俗，有注有評。晚唐五代時人把它作爲歷史常識書看待。明朝以來，拿它作爲兒童讀物與《叙古千文》《蒙求》二書合刻。一是作爲講史話本之用。詩中夾雜俚俗語，評解很長。當時說話人感到這裏邊歷史題材豐富，把它作爲說話底本。胡曾詩在前蜀宮廷曾一度起過諷刺的作用；在五代時，已變成評論世事的根據。到了宋朝，廣泛流行於瓦舍當中，已與講史話本相結合，例如：金刊本《劉智遠諸宮調》開端有高調《回戈樂》引子一首，就是根據胡曾詠史詩寫作的；《大宋宣和遺事》曾引胡曾詩四首；《全相平話五種》中也有胡曾詩不少。可見宋元明藝人對胡曾詩是很熟悉的。周曇詠史詩現有知道齋鈔本，藏北京人文科學研究所。胡詩《四部叢刊三編》有之。

說話在北宋已很發達，如明田汝成《西湖遊覽志餘》說：

> 杭州男女瞽者，多學琵琶，唱古今小說、平話，以覓衣食，謂之陶真。大抵說宋時事，蓋汴京遺俗也。

這些瞽男瞽女，大概都是走街坊的說唱者，沒有一定的場所。所以明初瞿佑過汴梁詩有"陌頭盲女無愁恨，能撥琵琶說趙家"之句。

這時不但民間盛行說話，連宮廷中也受到影響。如郎瑛《七修類稿》云："小說起於宋仁宗時，蓋時太平盛久，國家閒暇，日欲進一奇怪之事以娛之，故小說'得勝頭回'之後，即云'話說趙宋某年……'云云。"（《今古奇觀序》有相近之說）

《武林舊事》載小說伎藝人，供奉德壽宮者二人，御前者五人。《夢粱錄》述王六大人係御前供話。可見南宋和北宋的情形差不多。

《東坡志林》云:"王彭嘗云:'塗巷中小兒薄劣,其家所厭苦,輒與錢,令聚坐聽説古話。至説三國事,聞劉玄德敗,頻蹙眉,有出涕者;聞曹操敗,即喜,唱快。'"可見説話在北宋,不獨供帝王娛樂,且已認識其教育作用,用以感化頑童。

北宋末,説話伎術更進步,進而有分工現象。孟元老《東京夢華錄》有孫寬、孫十五、曾無黨等"講史";李慥、楊中立、張十一等"小説";吳八兒"合生";霍四究"説三分";尹常賣(説)"五代史"的記載,可見當時説話人已分科而各專一長了。

宋室南渡,京都的繁華也隨着南遷。杭州是當時康王的首都,因此杭州説話的盛況,一如汴京。《古今小説》序有云:"南宋供奉局,有説話人,如今説書之流。"《今古奇觀》序也説:"至有宋孝皇,以天下養太上,命侍從訪民間奇事,日進一回,謂之説話人。而通俗演義一種,乃始盛行。"當時統治者是很欣賞説話的。

當時杭州説話亦分科,其主要情況,一般根據下列三書所載,可參考:

一、趙某(號耐得翁)的《都城紀勝》(《説郛》改題《古杭夢遊錄》):

> 説話有四家:一者小説,謂之銀字兒,如煙粉、靈怪、傳奇、説公案,皆是搏刀(《説郛》作搏拳提刀)、杆棒及發跡、變泰(《説郛》作態)之事;説鐵騎兒,謂士馬金鼓之事;説經,謂演説佛書;説參請,謂賓主參禪悟道等事;講史書,謂説前代史書文傳、興廢爭戰之事。最畏小説人,蓋小説者,能以一朝一代故事,頃刻間提破。合生與起令、隨令相似,各占一事。商謎,舊用鼓板吹賀聖朝,聚人猜詩謎、字謎、戾謎、社謎,本是隱語⋯⋯(《瓦舍衆伎》)

二、吳自牧的《夢粱錄》：

> 說話者，謂之舌辯。雖有四家數，各有門庭，且小說名銀字兒，如煙粉、靈怪、傳奇、公案、樸刀、杆棒、發跡、蹤參之事，有譚淡子……等，談論古今，如水之流。談經者，謂演說佛書；說參請者，謂賓主參禪悟道等事。有寶庵……和尚等。又有說諢經者，戴忻庵。講史書者，謂講說《通鑒》、漢唐歷代書史文傳、興廢爭戰之事，有戴書生……但最畏小說人，蓋小說者，能講一朝一代故事，頃刻間捏合，與起令、隨令相似，各占一事也。商謎者，先用鼓兒賀之，然後聚人猜詩謎、字謎、戾謎、社謎，本是隱語……如有歸和尚及馬定齋，記問博洽，名傳久矣。（卷二十《小說講經史》）

三、周密的《武林舊事》

> 演史，喬萬卷等二十三人；說經、諢經，長嘯和尚……；小說，蔡和……；商謎，胡六郎……；合笙，雙秀才……（卷六《諸色伎藝人》）

當時說話人，爲了發展業務，已有團體的組合，稱爲書會，或稱雄辯社。說話情況，可從《說岳全傳》中“大相國寺閒聽評話”略窺一斑。《說岳全傳》雖非宋人著作，但今本是清人改明人之作。明去宋未遠，總有若干影子在內，不致十分扞格。其文云：

> 卻說牛皋跟了那兩個人，走進圍場裏來，舉眼看時，卻是一個說評話的，擺着一個書場，聚了許多人，坐在那裏聽他說評話。那先生看見三個人進來，慌忙立起身來，說道：“三位相公請坐。”那兩個人也不謙遜，竟朝上坐下。牛皋也就在肩下坐定，聽他說評話。卻說的北宋金槍倒馬傳的故事，正說到：“太宗皇帝駕幸五臺山進香，被潘仁美引誘，觀

看透靈牌,照見塞北幽州天慶梁王的蕭太后娘娘的梳妝樓。但見樓上放出五色毫光……

又《都城紀勝》中說:

> 如執政府牆下空地(舊名南倉前)諸色路岐(疑當作伎)人在此作場,尤爲駢闐;又皇城司馬道亦然;候潮門外殿司教場,夏月亦有絕伎作場;其他街市如此空隙地段,多有作場之人,如大瓦肉市,炭橋藥市……

當時說話已有固定場所,除在寺廟、廣場中說唱外,一般在茶肆中。洪邁《夷堅志》說:"呂德卿偕其友出嘉會門外茶肆中坐,見幅紙用緋帖,其尾云:'今晚講說《漢書》。'"又《夢梁錄》載:"中瓦內王媽媽家茶肆,名一窟鬼茶坊。"《京本通俗小說》中有《西山一窟鬼》故事,發生在紹興年間。《鬼董》也提到王老娘茶肆。可見王媽媽是借同姓的關係,用說話人的書目來做招牌名字的。它的目的是用以招徠生意,這茶坊中自然也是有說話的。

話本是說話人的底本。宋人話本保留到今天的有短篇、長篇兩類:一爲屬於說話的小說;一爲講史書。前者大都被收入《京本通俗小說》,明《清平山堂話本》及馮夢龍所編的《警世通言》《醒世恒言》等書中。這數書中去其互見重複,計有《碾玉觀音》《菩薩蠻》《西山一窟鬼》《志誠張主管》《拗相公》《錯斬崔寧》《馮玉梅團圓》(上述七篇見《京本通俗小說》)《簡貼和尚》《西湖三塔記》《陳巡檢梅嶺失妻記》(上述三篇見《清平山堂話本》)《張古老種瓜娶文女》《楊思溫燕山遇故人》《沈小官一鳥害七命》《汪信之一死救全家》(上述四篇見《全像古今小說》)等十四篇。後者有《新編五代史平話》《大唐三藏取經詩話》《大宋宣和遺事》等三種。

《京本通俗小説》，今存七種。它的體製十九先從閒話或他事引起，後乃掇合走入正文。如《碾玉觀音》，因欲寫成安郡王遊春，就連舉春詞至十餘首之多；《西山一窟鬼》，因欲寫一士人遇鬼，就舉另一士人沈文述的集古詞，並引每句詞所由來的原詞，亦多至十餘首；《拗相公》因欲寫王安石事，就先引王莽事；《錯斬崔寧》因欲寫劉貴戲言遭禍，就先引魏鵬舉戲言失官事；《馮玉梅團圓》要寫雙鏡重圓，就先敘交互姻緣，體製幾一律。唐宋藝人開場，往往打鼓，"得勝令"就是常用的鼓調。得勝令又名得勝回頭，又轉為得勝頭回。後來説書人開講時，往往因聽衆未齊，須慢慢地説到正文，或用詩詞，或用相類、相反的故事做引，名為"權做個得勝頭回"。

現將前七種的内容略敘如下：

《碾玉觀音》寫紹興時某郡王府有待詔崔寧，以碾玉觀音得郡王歡。府中養娘秀秀很愛他，迫之偕逃，在潭州開店生活。不料為王府郭排軍所見，遭其陷害。秀秀被郡王活埋在王府後花園，但她的靈魂仍隨崔寧作鬼夫妻，終於報了郭排軍的仇，崔寧也同死。這篇也見《警世通言》卷八，題作《崔待詔生死冤家》。

《菩薩蠻》寫紹興時有少年陳守常，多才薄命，入靈隱寺為僧，好作菩薩詞，極得某郡王的寵愛。後因詞中新荷語，與王府侍女新荷巧合，疑與通，橫遭杖楚。及辯白，他已圓寂了。這篇也見《警世通言》卷七，題作《陳可常端陽仙化》。

《西山一窟鬼》寫紹興時秀才吳洪赴臨安應試落第，教書度日。由王婆作媒，娶李樂娘為妻。李樂娘與從嫁錦兒都很美麗，後吳發覺諸人皆是鬼，怕極。幸有癩道人替他做法除妖，吳後也仙去。這篇也見《警世通言》卷十四，題作《一窟鬼癩道人除怪》。

《志誠張主管》寫開封員外張士廉，家財百萬，年老無子，續娶王招宣府遣出的小夫人為妻。小夫人怨員外年老，愛他的主管張勝,張不爲所動。後員外因小夫人竊王府珠寶之累,家產被抄封,小夫人自縊死。死後,她化爲少女,追隨張勝;但張以女主人敬事之。這篇見《警世通言》卷十六,題作《張主管志誠脫奇禍》,也作《小夫人金錢贈年少》。

《拗相公》寫王安石施行新法的毒害,中間敍他罷相後,由京師至江寧途中所見老百姓對他痛恨的情形。見《警世通言》卷四,題作《拗相公飲恨半山堂》。

《錯斬崔寧》寫高宗時有劉貴被盜所殺,其妾陳氏及少年因嫌被指爲戀奸殺夫,皆處死刑。不久,劉妻王氏爲盜靜山大王劫爲壓寨夫人,頗愛好。後王氏無意中知大王即殺夫之盜,終殺盜以雪冤。見《醒世恒言》卷三十三,題作《十五貫戲言成巧禍》。《今古奇聞》也載之。

《馮玉梅團圓》寫高宗時少女馮玉梅在亂離中爲賊所擄,與賊一少年范希周結婚。賊黨失敗,夫婦失散,經許多波折,卒團圓。見《警世通言》卷十二,題作《范鰍兒雙鏡重圓》。

宋人講史書存有《五代史平話》《大唐三藏取經詩話》《大宋宣和遺事》三種。

《五代史平話》凡十卷,每史爲二卷,稱爲《梁史平話》《唐史平話》……這五史是出於一人之手,文字前後一致多駢語,間雜詩句,作詼諧之詞。如敍黃巢下第與朱溫等爲盜,將劫侯家莊馬評事時的途中情景:

> 黃巢道:"若去劫他時,不消賢弟下手,咱有桑門劍一口,是天賜黃巢的。咱將劍一指,看他甚人,也抵敵不住。"道罷便去。行過一個高嶺,名喚懸刀峰,自行了半個日頭,方得下嶺,好座高嶺!是:根盤地角,頂接天涯,蒼蒼老檜拂長空,挺挺孤松侵碧漢。山鷄共日鷄齊鬥,天河與澗水接流。飛泉飄雨腳廉纖,怪石與雲頭相軋。怎見得高——幾

年擼下一樵夫，至今未曾擼到地。

　　黃巢兄弟四人過了這座高嶺，望見那侯家莊，好座莊舍！但見：石惹閒雲，山連溪水。堤邊垂柳，弄風嫋嫋拂溪橋；路畔閒花，映日叢叢遮野渡。那四個兄弟望見莊舍遠不出五里田地，天色正晡，同入個樹林中霸了，待晚西卻行到那馬家門首去。

　　《大唐三藏取經詩話》凡三卷，別本名《大唐三藏法師取經記》，故王國維、羅振玉皆以爲宋人作。全書分十七節，每節末必以詩結，故曰"詩話"。書中詩句都自書中人物口中出，類戲曲中的下場詩。此書文中分節，原書二本首章皆缺。現錄其節目如次：

　　……第一（原缺）

　　行程遇猴行者處第二

　　入大梵天王宮第三

　　入香山寺第四

　　過獅子林及樹人國第五

　　過長坑大蛇嶺處第六

　　入九龍池處第七

　　……第八（原缺）

　　入鬼子母國處第九

　　經過女人國處第十

　　入王母池之處第十一

　　入沉香國處第十二

　　入波羅國處第十三

　　入優鉢羅國處第十四

　　入竺國度海之處第十五

　　轉至香林寺受心經本第十六

到陝西王長者妻殺兒處第十七

這十七節，長短不齊。長者多至一千六百餘字（十七節）；短者不滿百字（十二節）。

> 師行前邁，忽見一處，有牌額云："沉香國。"祇見沉香樹木，列占萬里，大小數圍，老株高侵雲漢，想我唐土，必無此林，乃留詩曰：
>
> 國號沉香不養人，高低聳翠列千尋。前行又到波羅國，專往西天取佛經。

全書所寫，除首章已缺不知外，次章即寫玄奘遇猴行者，自稱爲花果山紫雲洞八萬四千銅頭鐵額獼猴王，來助和尚取經。玄奘於是藉行者神通，偕入大梵天宮。法師講經畢，得賜隱身帽一頂，金鐶錫杖一條，鉢盂一隻。復返下界，經香林寺，履大蛇嶺、九龍池諸危地，都靠行者法力，得安全過去；又得深沙神身化金橋，渡過大水，出鬼子母國、女人國而達王母池處。法師命行者往偷桃。行者爲取一七千歲者，化成一枚乳棗。法師吞入腹中，由是竟達天竺，求得經文五千四百卷，缺《多心經》。回至香林寺，始由定光佛見授。歸途，遇王長者妻殺兒事，法師救之。抵京，皇帝郊迎，諸州奉法。至七月十五日正午，天宮乃降採蓮舡，法師乘之，向西仙去。後太宗復封猴行者爲銅筋鐵骨大聖。

《大宋宣和遺事》四卷，或分前後二集。全書是節抄舊籍而成，故前後文體不類。始述堯舜，終於高宗定都臨安。按年演述，若史籍編年。全書可分六節：一，敘歷代帝王荒淫之失；二，敘王安石變法之禍；三，敘王安石引蔡京入朝，至童貫、蔡京巡邊；四，敘梁山泊宋江等英雄聚義本末；五，敘徽宗幸李師師家，曹輔進諫及張天覺隱去；六，敘道士林雲素的進用及其死葬之異。其中，水滸故事約可分爲六段：

（一）楊志、李進義、林冲、王雄、花榮、柴進、張青、徐寧、李應、穆橫、關勝、孫立，十二個押送花石綱的制使，結義爲兄弟。後來楊志在潁州阻雪，缺少旅費，將一口寶刀出賣。遇惡少，口角廝爭。楊志殺了那人，判決配衛州軍城，路上被李進義、林冲等十一人救出去，同上太行山落草。

（二）北京留守梁師寶差縣尉馬安國押送十萬貫的金珠珍寶上京，爲蔡太師上壽。路上被晁蓋、吳加亮、劉唐、秦明、阮進、阮通、阮小七、燕青等八人用麻藥醉倒，搶去生日禮物。

（三）生辰綱的案子，因酒桶上有"酒海花家"的字樣，追究到晁蓋等八人。幸得鄆城縣押司宋江報信與晁蓋等，使他們連夜逃走。這八人連結了楊志等十二人，同上梁山泊落草爲寇。

（四）晁蓋感激宋江的恩義，使劉唐帶金釵去酬他。宋江把金釵交給娼妓閻婆惜收了。不料閻婆惜得知來歷，那婦人本與吳偉往來，現在更不避宋江。宋江怒起，殺了他們，題反詩在壁上，出門跑了。

（五）官兵來捉宋江。宋江躲入九天玄女廟裏。官兵退後，香案上一聲響亮，忽有一本天書，上寫着三十六人姓名。這三十六人，除上文已見二十人外，有杜千、張岑、索超、董平，都已先上梁山泊了。宋江又帶了朱全、雷橫、李達、戴宗、李海等人上山。那時晁蓋已死，吳加亮與李進義爲首領。宋江帶了天書上山，吳加亮等遂共推宋江爲首領。此外還有公孫勝、張順、武松、呼延灼、魯智深、史進、石秀等人，共成三十六員。

（六）宋江等既滿三十六人之數，"朝廷無其奈何"，祇得出榜招安。後有張叔夜"招誘宋江和那三十六人歸順宋朝，各受武功大夫誥敕，分注諸路巡檢使去也。因此三路之寇悉得平定，後遣宋江收方臘，有功，封節度使"。

其中姓名、渾名與宋遺民龔聖與所作《宋江三十六人贊》不同。龔《贊》與《水滸》接近，可見《宣》事寫作或見於龔《贊》。

元時話本，今傳有元至治虞氏刻本《全相平話》五種，計《武王伐紂書》三卷、《樂毅圖齊七國春秋後集》三卷、《秦併六國秦始皇傳》三卷、《呂后斬韓信前漢書續集》三卷、《三國志》三卷。從書名看，原刊尚不止這五種，有後集必有前集，有續集必有正集，而各書之間必有書連接。如《武王伐紂書》之前，似有"開國演義""夏商志傳"一類東西。伐紂書後似有"列國志傳"一類東西，惜這些書都已不見，無從查考。

《武王伐紂書》是明人"封神傳"的祖本。這書先以蘇妲己被魅，狐狸進據其身，誘惑紂王，作惡多端開場；次敘仙人雲中子見宮中妖氣甚熾，進劍除妖，紂王不納；再敘紂王作惡，造酒池肉林，囚西伯於羑里等。西伯脫歸，聘姜子牙出山助周。子牙神術高強，諸將畏服。文王死，武王即位，遂以子牙為帥，大舉伐紂。紂子殷郊也來助戰。武王收兵斬將，屢次大勝，遂滅了殷紂，立了八百年天下的基礎。

《七國春秋後集》敘齊王自孫臏破魏後，有併吞天下之志，又封孟子為上卿，齊國大治。這時孫臏之父因諫阻燕王噲讓位於子之，被囚。孫子遂率兵滅燕國，殺噲及子之。孟子因諫齊滅燕，不聽，遂去齊。燕人立太子平為君，是為昭王，大施仁政，收集流亡。時齊王為國舅鄒堅、鄒忌所弒，潛王立，敗田文於即墨。孫子諫之不從，詐死。秦白起聞孫子死，領兵來要七國將印，燕、魏、韓亦起兵來攻齊。蘇代計誆孫子出來，四國始退兵。孫子不久便歸隱。燕國有賢人樂毅，初投齊，不見用；投燕，昭王任以國政。他乃合秦、趙、韓、魏之兵伐齊，破七十餘城，齊王也終被殺。齊太子逃奔即墨田單處。孫子再下山，用反間使燕以騎劫代樂毅，並教田單使一火牛計，殺退燕兵。燕復以樂毅為帥，與齊帥孫子互以陣法及勇將相鬥。樂毅又請師父黃伯揚下山，布迷魂陣，陷孫子等。於是孫子師父鬼谷子也被再三請下山來，率五國軍兵九十萬，破陣救出孫子，大敗燕兵。秦白起率兵助燕，七國混戰，殺人無數。黃伯揚終於抵敵鬼谷子不住，遂講和。眾仙各受封歸山，從此天下太平無事。

《秦併六國平話》先敘歷代興亡"入話"，繼敘秦始皇兵力強盛，有併吞天下之意，使人使六國，要六國盡納土地於秦。六國恐且怒，遂聯合攻秦，互有勝負。某次大勝後，諸王各班師回國，且約定一國有難，諸國都來救應。中插始皇原爲呂不韋子。這時，不韋勢太甚，始皇乃設法將之安置於蜀，不韋遂自殺。繼敘始皇命王翦伐韓，韓向趙、齊借兵，不應，遂爲秦所滅。秦又伐趙，屢爲趙將李牧所挫，適牧爲司馬尚讒死，秦兵遂滅趙。時燕太子丹懼秦伐燕，命荊軻入秦獻樊於期首及督亢地圖，乘間刺秦王，未中。秦遂命王翦圍燕，燕斬太子丹請和，始罷圍。又命王賁攻魏，魏不能抗，虜其主，遂滅魏。又伐楚。先以李信爲將，率兵二十萬，爲楚敗還；更命王翦率兵六十萬往，不久滅楚。又命王賁伐燕，燕王投奔遼東。秦兵敗遼兵，燕王自殺，遼王將其首交與秦兵，王賁乃收兵回國。又命王賁攻齊，齊王降。始皇既統一天下，設筵相慶。有燕人高漸離善築，爲始皇所信，乘間擊之，亦不中，爲左右所殺。是始皇以天下爲三十六郡，銷兵器，焚書坑儒，又命徐福求仙。韓人張良擊之博浪沙，亦不中。至沙丘，始皇死。趙高與李斯謀立胡亥，矯詔殺太子扶蘇。不久，趙高又殺李斯父子，弒二世，立孫子嬰。孫子嬰又設計殺趙高。自後，劉邦入咸陽，降孫子嬰，復與項羽爭天下。劉邦用張良、韓信等滅了項羽，遂統一天下。

《前漢書續集》先敘項羽烏江自刎，其屍爲五侯所奪。繼敘劉邦既平天下，大封功臣，但深忌韓信等。適他所恨的楚臣季布以計自首，而鍾離昧則爲信所匿。邦遂設一計，詐遊雲夢以取信。昧勸信反，信反斬昧以獻。邦乃奪他的兵權，安置咸陽。陳豨奉命禦番兵，臨行與信密談，到邊地後，遂叛漢。漢王率兵親征，呂后商之蕭何，詐傳已斬陳豨，命信入長安宮請罪，遂斬信。劉邦亦用陳平計，收復陳豨之衆，豨奔匈奴。信部下六將反，欲呂后之頭。呂后上城，六將射之，忽見金龍一條，飛來保護，知天命所在，遂各自刎。不久，彭越又爲漢王所殺，以肉爲醬，賜以群臣，英布食之而吐，所吐入江盡化爲螃蟹，遂反。漢王親征，爲布射中一箭，但布亦爲吳芮所賺殺。次又敘漢王欲立如意爲太子，爲群臣所阻。王死，立呂后子，是爲惠帝。呂后遂欲誅劉氏諸王，先殺如意。賴陳平、王陵諸臣設計暗護，諸劉始無恙。後呂后爲韓信陰魂射死，樊亢率兵入宮，盡殺諸呂。諸臣請劉澤等三王登位，他們皆不能坐到龍座上去，因此將帝位缺了半年。後從陳平言，迎薄姬子北大王爲帝。他要日西再午方即位，果然日影再午，他便安登龍位，是爲漢文帝。

《三國志平話》先敘光武時有秀才司馬仲相遊御園，斷劉邦、呂雉屈斬韓信、彭越、英布一案，命他們投生爲劉備、曹操、孫權三人，三分漢室天下以報宿仇。上帝以仲相判斷公平，送他投生爲司馬懿，削平三國，一統天下，以酬其勞。以後接敘孫學究於地穴得天書，傳弟子張覺，遂起黃巾之亂。靈帝以皇甫嵩爲師，嵩以桃園結義之劉備、關羽、張飛三人爲先鋒，遂平定張覺等。常侍段珪讓以索賄不遂，浸三人功，後賴董成力，劉備爲安喜縣尉。張飛因忿殺太守督郵，備等遂往太行山落草。帝大驚，斬十常侍之首，命人攜往招安，並以備爲平原丞。後獻帝即位，董卓專權。曹操、袁紹等討之，爲呂布所敗。劉、關、張三人戰勝呂布，布始閉關不出。王允復以連環計使呂布殺董卓。布突圍往投劉備於徐州，後布爲操擒殺。操又引備入朝，封豫州牧。曹亦專權，詔劉備等討之，爲所覺，遂進兵，殺得劉備大敗，弟兄三人皆失敗。關爲操所收，於殺袁紹將顏良、文醜後，使棄操尋備。後與劉、張會古城，往投劉表。表以備爲辛冶太守。備此時三請諸葛亮出廬。操引大軍攻破辛冶，備投孫權。權以周瑜敵操，大破之赤壁。劉備乘機借荆州暫住，從諸葛計，進兵取四川，取成都，降劉璋，自立爲漢中王。命關羽守荆州。吳屢索荆州，不與，權遂殺羽。時曹丕篡漢，備與權鬥之，也各自爲帝。備因欲報羽仇攻吳，大敗，卒於白帝城。諸葛亮輔阿斗爲帝，先平南蠻，七擒孟獲以服其心，更六出祁山討曹魏，但無功。亮卒後，姜維繼之，亦無所施展。後司馬氏篡魏，使鄧艾、鍾會平蜀，王濬、王渾平吳，天下復歸一。但漢帝外孫劉淵逃北方，不肯服晉。其子聰。

編者説明：本文據油印稿録編，劉録稿附記云：“估計二十世紀五十年代撰。”

略説評話創作的"十六字訣"

評話表演，道具簡單，祇憑一把扇子、一塊堂木。"傢伙不到半斤重，七十二縣行得通。"這靠什麼呢？靠的是自己的特點、長處，賞心樂事，群眾喜見樂聞，願意聽。評話表演，首重脚本，所謂"脚本脚本，一劇之本"。杭州評話藝人流傳有"十六字訣"，就是："明暗倒插，伏驚代聞，簡澄對絕，平官私合。"這裏將這十六個字分別談談。

1. 明筆。評話對所講書目的情節、人物首重交代、亮相和鋪敘。一部書開始，一回書開始或今日書結束、次日書開始接上，首先要將書情時間、地點、人物、事件扼要交代清楚。某朝、某地、某人，把整個書理一理，讓聽眾清楚，造成懸念，引起注意，以後再環環入扣，敘述下去。藝人有句行話，叫做："交代不清，鈍刀殺人。"這說明交代要乾淨利落，不可拖泥帶水。人物出場，需要點燃環境，烘托氣氛，面貌、身材、性格、衣着，給以亮相。交代常用白口，散文；亮相每用掛口，韻文；有時則用賦、贊，如大將用盔甲賦，大官用冠帶賦。

2. 暗筆。藝術創作講究繁簡疏密，評話亦如此。情節重要者，文用繁用密；次要者用簡用疏。簡筆疏筆或稱暗筆，暗筆妙處在簡潔明瞭，免去囉嗦。如大將發令，常說"命爾照條行事"；軍師定計，有時說"如此這般"，皆不明說，以後逐條交代，聽眾自然明白。

3.倒筆。文章有時直敘，水到渠成；有時半空驚雷，反敘過去，事早經過，情節倒流。如：《王佐斷臂》說陸文龍倒敘陸登之事。倒筆看是閒筆，聽衆聽來卻是正書。

4.插筆。看來與書正文無涉，或使情節故生波瀾；或使情節節生發開來；或是書情大急，使聽衆情緒稍弛，留而不斷，每用插筆，增強聽衆情趣。如形容小姐美麗用"沉魚落雁之貌，閉月羞花之容"時，則對沉魚、落雁、閉月、羞花加以解釋。講《英烈傳》，對"明朝兩頭弘，清代兩頭統"，"高築牆，廣積糧，緩稱王，操精兵"加以解釋。有時加入笑料，稱爲外插花。

5.伏筆。社會生活情況起伏變化，情節錯綜繁雜。隔年下種，收在今朝。草蛇灰綫，漸漸發展，忽地飛躍，而原因兆之極早。往往此回之書，早伏於若干回前。文藝評論家稱爲"伏筆"，藝人有時稱爲"摔包袱"。如：《英烈傳》殿下射鐵匠，割舌頭，摔下包袱，爲後書辨清胡大海冒功伏綫。

6.驚筆。評話吸引人，吊人胃口，稱爲"賣關子"。在吃緊處，往往故作驚人之筆。拋出一個矛盾，留待解決，稱爲驚筆。扣人心弦，吸引聽衆。書場散了，關子沒有交代，聽衆明日還會再來。如鐵木兒追朱元璋，元璋馬慢落坑，無計可施，沒法可想，危急之際，如何解決？

7.代筆。擬聲之筆，評話家稱爲代筆。風聲雨聲，虎嘯龍吟，雞鳴犬吠，鳴鐘擂鼓，評話家一一以聲擬出，使人如覩如聞。此種代筆，評話家中常用之，文藝家亦可適當應用，使文筆生動活潑。

8.閒筆。又稱煞筆，即把關子煞住，牢牢不予解決。名藝人常善於掌握關子。如：武松殺西門慶，西門慶跳落獅子樓，武松脚跨在窗檻上要跳落來。會賣關子的，可說一兩回書。俗云："關子多如疤，送出沒藥醫。"關子一送，有時書就鬆了，讓聽衆鬆口氣。有時關子書一步步煞，如上仰爬山，十分驚險，一次勝過一次。岳母刺子,母問兒子"痛與不痛",不好回答。說明原因,最後回答:"刺在兒身,痛在娘心。"

9.簡筆。有時書前面說過,後再敘及;有時後面詳敘,前衹一提;有時概括一提,所謂說話人總表一句,一表而過。

10.澄筆。又稱分筆。用在頭緒紛繁熱鬧場合,如"五路開兵""八八六十四陣"。所謂"小書衹怕結婚,大書衹怕開兵",一哄而起,同時並進,要說得頭頭是道。所謂"花開百朵,各表一枝","放而不紊,收而不斷",使聽衆在熱鬧場合下,不會亂了頭緒。

11.對筆。又稱對課,實際上就是對聯,在書中經常插用。如:"冬裝夏扇,胸中欠讀春秋;北人南試,身上缺少東西。"廣義亦可指酒令之類,如甲、乙、丙、丁四人行令:"丘八是個兵,蕭何問韓信,張良何處去?吹散子弟兵。""木兆是個桃,鍾離問果老,洞賓何處去,九天赴蟠桃。""一大便爲天,文殊問菩賢,目蓮何處去?已經上西天。""禾日合爲香,鶯鶯問紅娘,張生何處去?後院去燒香。"

12.絕筆。意爲"空前絕後"之筆。如諸葛亮擺空城計,爲"空前";劉伯温擺空城計爲"絕後"。

13.平筆。用在大關子落、第二高潮未起之時,藝人稱爲"掃實脚"。不能用簡筆"一脚跨過",也不能拖泥帶水"咬嚼鎖口",須用平鋪直敘,從容交代。要平而不平,而又埋下書關子,如《英烈傳》交代比武後各人下落。

14.官筆。又稱官話。書中人自己出場,不是第三者交代。生、旦、净、丑、末,各人言語都須符合各人身份及其時代背景。

15.私筆。又稱私話。說話人插入的表書,即插入摹擬代言,夾敘夾議,突出評議。書中人物代言的第一人稱稱"白",用事擬人物的語言、語氣、語調來代言。用以敘述故事進展及對人物、事件、環境進行描繪、分析、評議的則稱"表",通過介紹,論古道今。

16. 合筆。把矛盾雙方人物放在一個場合來寫，如《英烈傳》中的漁樵問答，一爲丞相，一爲元帥，各自化裝，刺探軍情。説話人從中表達，使之合縫。兩人對話，内心活動由説話人表達。

　　編者説明：本文據手稿録編，原題《略談評話創作》，今題爲編者酌擬。

談談評話創作從口頭到書面

我看過一些評話録音稿，也曾做過一些評話再創作工作，覺得兩者有區別，有區別即有矛盾，但兩者又是可以統一起來的。常聽人説："評話聽聽很好，看看疙瘩囉嗦。"有些再創作稿，比較受人歡迎。這是爲什麽？我想結合自己的體會談談。

民間藝人説書，從蘇州書説：大書稱爲評話，小書稱爲彈詞。説書的表現手法，大小書是有區別的，但總的來説，對話多於動作，動作多於描寫。爲什麽呢？因爲對話，更便於生動地塑造人物形象、人物性格。藝人運用對話塑造人物角色是多種多樣的。移用戲劇中的生、旦、净、丑來塑造人物角色，是一種方法；運用鄉談、人物職業或生理上的特點來塑造人物角色，是又一種方法；運用人物性格上的特色來塑造人物角色，又是一種方法。説書藝術重點是訴之於聽，這樣如聞其聲，便能如見其人。藝人演出，稱爲説書，重點在説；聽衆聽書，稱爲聽書，重點在聽。書中常説"且聽下檔""且聽下回分解"。説書運用對話塑造人物角色，可以使聽衆達到重聽的作用。説書藝術重視對話，這樣就使説書藝術出現一個特殊現象，可使一些不是對話內説的東西，如細節描寫、環境烘托等，也轉化爲對話來表現。這樣就使對話在書中的比重較多了。

書面讀物不是訴之於聽，而是訴之於看的。書面讀物的讀者絕大多數是把作品拿來看的，靜靜地看，不是把它讀出來。人們的聽與看一般是有分工的，分工不同，習慣不同，要求也有不同。文學作品的對話、動作、描寫須有機地結合，過輕、過重都是不恰當的。說書藝術除對話外，動作描寫有時還通過眼神、手法來表現，有時通過音和形的模擬來表現。這些如果沒有錄像，祇憑錄音是不能如實記錄下來的。由於這些原因，把說書藝術記錄下來成為書面讀物或文學作品，就需形象補充，吸收說書的藝術，重新加以勾勒、描寫。這樣纔能情詞並茂，使這書說着好聽，看着好看，使矛盾獲得解決。

說書藝術常以當地的方言演出，這樣聽眾聽來纔覺津津有味。口頭語言與書面語言的結構，有些統一，有些不統一。藝術的口頭創作形成書面讀物，一方面要保持口頭創作的鄉土氣息，另一方面也要適當注意語言的規範化，使之文從字順，雅俗共賞。

說書藝術應注意娛樂性。書中有嚴肅的部分，如刻畫人物，如果說得較多，聽眾聚精會神，過於用力，藝人就會挑開來，聯繫一點，打敲邊鼓，使聽眾哄堂大笑。這也是必要的，所謂"書外書，外插花"。但文學作品的細節描寫，應為主題思想服務。如果是書面讀物，讀者正看得環環入扣、步步深入，是不宜打斷來許多"外插花"的，那會沖淡讀者的情緒。這些東西藝人即使說得很好，有時也得割愛；否則讀者會感到囉嗦，硬着頭皮來看你的書，效果是不佳的。

說書藝術，若乾淨利落，轉折變化，波瀾壯闊，一氣呵成，寫下來自然是好文章。但口頭語言，詞彙有時比書面語言豐富，有時也會出現書面語言辭藻多於口頭語言的情況。有些書面語言，講出來的人和事，一聽就懂；但看起來卻不一定能夠領悟。因此說書藝術錄成脚本，轉成書面讀物，還需要再創作，在詞藻上多下工夫。

說書演出，有時場子有變換，有時聽眾有調動，有時即使聽眾、場子不變，但書聽過，用的詞彙描寫早忘了，在這方面若有些重複，少些變化，聽眾一般是不會覺察的。但若寫下來成爲讀物，就會顯得板滯、重複。這些地方，需要藝術加工。我常遇到有些書聽聽已經說得很細，但錄下來看看，還是較粗，文字上變化不大，詞藻仍嫌貧乏。因此民間藝人應該與作家合作，滾幾個轉身，纔會引出好的文學作品來。

有些傳統書，反映古代人民生活，很真實，很有價值。社會在發展，時代在前進，現代人說傳統書，要反映新的時代精神。有革新纔能有繼承，祇談繼承，不談革新，是繼承不了的；祇談革新，不見繼承，也是無從革新的。談革新先要吃透傳統，遵循新的精神，逐步深下去，這樣纔能推陳出新，有所繼承，有所發展。

編者說明：本文據手稿錄編，原題《試論評話口頭創作成爲書面讀物的矛盾與統一》，今題爲編者酌擬。

从評話到小説
——《武松演義》創作體會

在中國文學史上，有些口頭創作經過作家收集、整理、再創作，成爲書面讀物，成爲文學名著，這一現象值得我們重視，進行探索，總結出它的一些規律，是有它的現實意義的。做這工作的，現在人還不多，我想從我再創作《武松演義》的實踐上談一些粗淺體會。

口頭創作和書面讀物有統一的一面，也有差別的一面，差別即是矛盾，《武松演義》可以説就是這種矛盾統一的實踐過程，主要體現在四個方面。

一、補。民間評話有其演出的藝術特色，就文學藝術的表現看，對話、行動和描寫三者，在口頭創作和書面讀物兩者中的表現各有不同。評話訴之聽，讀物訴之看，因而評話對話多於行動，行動多於描寫。對話用説，行動用演，描寫有時用賦贊，有時用唱。今天把它録音下來，翻成文字，便形成書面讀物。這樣的讀物，讀者容易覺得"説説好聽，看看疙瘩"，有時像看電影脚本，斷斷續續。電影脚本化成電影，是經過導演、演員，加上布景等襯托和再創作的。這樣記録的東西，作爲説書脚本，藝人用以幫助記憶，或者便於傳授學生，是很好的；但用作讀物，是不夠滿足要求的。文學作品需要對話、行動、描寫等有機結合、相互配搭，根據這樣的要求，需要在結構和藝術上加以補充。我在《武松演義》的再創作中，很重視"補"。在人物的行動和環境的描寫上，加以形象補充，使之更加完整。在歷史上，《水滸傳》有簡本和繁本，簡本源於書會才人，將評話內容初步記錄下來；繁本則是由於郭勛組織班子加以修改，其實是對簡本加以補充。我國歷史上的幾部小說名著，如《三國演義》《西遊記》等，也都有過這種情況。有些簡本沒有經過這一階段，作為讀物，品質往往不太高，更談不上成為文學名著了。

二、改。在民間評話中，有很多鄉談、方言、擬聲、擬形等口語表現，這可使聽衆津津有味，有濃厚鄉土氣息和人情味，感覺人物就生活在自己的周圍，如見其人，如聞其聲。鄉談是有地域的，地域之間往往差異很大，把這種口頭的東西錄音譯成文字，其他地域的讀者看起來就會覺得不夠文從字順，感到吃力，甚至看不下去。這種情況，就需要作者吃透原著，慎重考慮，根據規範化的要求，適當地加以改動和加工。我在《武松演義》的再創作中很重視"改"，就是在語言的詞彙、表現和結構等方面進行改進，提煉口頭語言，成為書面語言。

三、刪。民間評話，為了增加聽衆的趣味性和娛樂性，如果太集中於某一人物的塑造，聽衆就會感到疲勞，這時要稍稍扯開去，加以"外插花"和噱頭，一張一弛，使聽衆放鬆一下，有時甚至用喜劇方式來處理悲劇的場景，結合對象，隨機應變，節外生枝，枝外生節，這些枝節和書中情節有些聯繫，但又未必有着內在的邏輯關係。這些東西錄音下來，翻成書面文字，夾在文學作品裏，必然沖淡讀者的思想情緒，扯散作品的主題思想。這些東西在文學作品中有時會使人有"游辭餘韻"的感覺，雖然可以增加一些興味，但畢竟不是文學作品的本色，因而應該刪去，讓作品乾凈利落。《水滸》簡本系統中有些如"燈花婆婆""致語"之類，在繁本中就被删去了。我在再創作中,也很注意"删"。

四、飾。民間評話的演出,場次、聽客經常更換;即使不更換,今天説了,隔若干日再説,就會有重複,但聽衆在聽的時候不一定覺得重複,也不會産生厭倦感。而如果録成書面讀物,讀者就會感到重複板滯,藝術品質不高。口頭語言"俗",書面語言"雅",兩者結合,便是雅俗共賞。因此要把戲劇語言、詩詞語言結合起來,調動一切語言藝術,使文學語言更加豐富多彩,爲提高藝術效果服務。口頭語有時太樸素,書面語有時太板重,例如寫一美人:風風月月、娉娉婷婷、肌如凝脂、唇若塗朱、眼橫丹鳳……有些話聽起來不清晰,看起來卻很舒暢。因此要截長補短,相得益彰。所謂合之雙美,離之兩傷,這就是"飾"。我在《武松演義》的再創作中,對此很是注意。

此外,還要注意細節描寫。細節描寫主要是形象思維,是評話藝術以至所有文學創作的核心。我們可以把評話記録中的某些細節素材加以發展,或增或改,使其主題思想和藝術效果更加突出。例如寫武松殺西門慶,增加西門慶蹂躪、糟蹋婦女的惡行,突出武大最大願望就是過上起碼的平民生活,因而日日在獅子橋上等待武松回來。這樣可以增强武松鬥殺西門慶的正義感! 又如寫宋江仗義疏財、樂於助人的性格,增加宋江在清風寨出觀花燈,路上看到軍士單衣圍火取暖一節。武松打虎,評話説老虎有幾種説法,王少堂先生説的老虎是隻神虎,曠野裏坐着,抬頭呼聲,天上飛鳥撞着,跌了下來,卻正好跌在它的嘴裏,老虎就吃了。溪水裏游着的魚蝦,老虎前來飲水,便隨着虎嘴吸進老虎肚裏,水從另一邊流出。樹上跳着的猴子,老虎蹲在卜邊,一聲吼,猴子聽到骨都軟了,跌撲下來,老虎把它扒來吃了。因此景陽岡天上没有飛禽,樹上没有猴猿,水裏没有魚蝦,全給老虎吃了。王先生説這隻老虎神是神了,但有些誇張,使人不能相信。我覺得如果放在《西遊記》《封神榜》中,比較合適,但和《水滸》的筆調有些不協調,武松也打不了,老虎一吼,武松的骨頭軟了,怎麼辦法？上海評彈團楊振雄説的一隻老虎,有些像隻呆虎,它看到武松酣睡,不知武松是活的死的:活的爲何不動？死的爲何有酣聲？老虎在武松身旁繞了三圈,虎鬚觸到武松臉上,不敢吃他。爲什麼呢？因爲這隻老虎上過當,有次看到墳上翁仲,老虎以爲是人,撲上去張開血盆大口,一口咬下,濺去兩個虎牙,疼痛不已,這次就不敢造次了。這些描寫很驚險,也能顯示武松的膽氣,但這隻呆虎也有些不能使人相信,如此呆虎,似乎不須武松來打,一般壯士就能打死。像《武松演義》所寫的,是第三隻老虎,是隻人間猛虎,景陽岡上的吊睛白額大蟲。它是以現實爲基礎,適當加以誇張等手法描寫出來的。

編者説明:本文據手稿録編,原無標題,今題爲編者酌擬。

略説汪雄飛評彈"周倉出場"

　　浙江省評彈團汪雄飛同志擅說《三國演義》，有其獨特的藝術風格，這裏以《關雲長千里走單騎》書中"周倉出場"爲例，略談一些我的體會。

　　這節書從《三國演義》整個結構來說，是安排在關雲長過五關斬六將之後，古城會張翼德兄弟之前，用說書藝人的說法，可算是一節"弄堂書"——在兩個熱鬧場面間歇時出現的。說書（或古代長篇小說）安排情節，要照顧聽衆或讀者的情緒變化，有張有弛，"冷書"也是爲情節發展服務的，不是孤立的、可有可無的，而是與整個情節相對照、相呼應的，同樣可以很精彩。

　　周倉出場這一節，先寫關公過關斬將，曉行夜宿，趕趕行程，徑投河北道上而去。爲什麼關公要走茅草崗小路呢？祇因關公聽得過往客商談論，古城裏面近來出了一位公道大王，號稱海威都大王，專替百姓保鏢。這人生得身長八尺，形貌異常，豹頭環眼，燕頜虎鬚，聲若巨雷，勢如奔馬，想來活像自己的兄弟翼德，關公急於弟兄相會，故而走這小路。這爲下文兄弟古城相會作了布置，伏下一筆。其情節交代，結構照應，甚爲嚴密。未雪先霽，在小說中稱爲"來年下種法"。但這節書單獨抽出來，專寫周倉出場，也是完整的。讓周倉表演一番，使人留下不滅的印象，爲後文寫周倉替關公服役，烘托了氣氛，加强了認識。

這節書寫周倉出場,藝術表現是多樣變化的。開始用環境氣氛,烘托出一個草莽英雄來:荒山僻野,茅草遍地,這是强人出没之所。接着寫在關公面前出現了三次黑球,構成懸念,引人入勝,叫人非聽下去、看下去不可。來無影、去無蹤的,這究竟是什麽東西啊? 關公雖疑神疑鬼,卻從容自如。這既在寫關公的沉着膽識、應付裕如,也是寫周倉的機靈活潑、與衆不同。一個是"任你出手最快,那團東西早就影蹤全無了";一個是"大膽怪物,這般猖狂,看刀"。一個是青龍"哺"的一刀劈了下去,並未傷損半毫;一個是任你神魔鬼怪,俺不害怕。關公是誅顔良、斬文醜、英名蓋世的英雄,今天似乎遇到對手了。這對手來得不平凡,有他的能爲。這自然是由於關公處在不利的形勢下的緣故。關公因自想道:"這時俺無辦法,到了山路,你無躲藏之處,那就不怕你逃騰了。"周倉露面了,藝人給他先來一個亮相:

> 眼烏珠彈出,布滿紅絲。高梁大鼻,血盆大口。兩耳貼肉,耳毛很長……皂布包頭,皂布短襖。胸毛布滿胸膛。足蹬緊䩞薄底快靴。腰裏拔出一件傢伙,什麽東西? 一柄單錘。嘡嘡嘡的奔到關公面前,取了一個金鷄獨立之勢,站停身子,惡狠狠的對着關公。

交代他倆的矛盾:"哺拍! 一錘向關公馬身上敲來。"廝殺一番。周倉的竄跳翻騰,不僅是左右前後,而且能顛上倒下,對他的武藝作了盡情的描寫。弄得關公祇有招架之功,卻無還手之力。周倉一錘緊一錘,一錘接一錘,劈劈拍拍,一口氣竟連打了六十四錘。關公招攔隔擋,也打了六十四回合。出龍入化,好看煞人。

周倉的武藝自然是遠不及關公的,"打得汗流滿面"。通過戰鬥,周倉對關公是佩服的,矛盾轉化了。忽地關公聽得强盜一聲喊叫:"呔,住!"接着寫周倉求主若渴,進一步表現周倉的性格。周倉的性格魯直率真，但他認人卻細緻曲折。藝人逐步深入地來寫周倉投奔關公。周倉回山，取了和尚所贈送的那幅圖畫來——"丹鳳眼，臥蠶眉……頭戴青巾，身穿綠袍。隨帶青龍刀，跨下赤兔馬"，一一對上；但看關公缺少五"絡"長鬚，又生疑慮，一會兒認爲："着啊，對的。"一會兒認爲："啊唷，不對的！"都有交代，並非簡單化。不像有的小説描寫的那樣"納頭便拜"，缺少藝術感染力。

同時這裏也是寫關公收服周倉。關公的取才用人，是嚴格的、細心的，不是隨隨便便就把落草的人收下來的，他要對其才能先作些試探。通過戰鬥，關公對周倉的武藝是賞識的，因而動了收服的念頭："看來這人有點來歷，有這樣的一手好本事，今朝我能把他收服了，讓他棄邪歸正，將來不失爲國家的一員良將。"但關公賞識周倉的不僅是武藝，還要看看他的輕身功夫——飛毛腿。接着就出現周倉回山取畫的情節，爬山越嶺，讓他顯示這一才能，"勿曉得這時關公凝神在看這個强盗在上山下山呢。關公看這人走路再快也沒有了，看他上下山頭，簡直不是走路，像紙鳶在天空中飛蕩。關公暗暗稱贊：這人的輕身功夫好咯"。這是襯一筆的寫法，再度塑造周倉形象。

藝人百忙中，又偷出一筆，照顧書中其他人物，插寫兩位夫人對這事的看法，寫得十分真切，可謂是細針密縷，大筆中兼用小筆。

周倉後來在關公身邊做馬夫。作品接着又從工作性質來顯示周倉的能爲，寫關公對周倉又來一個有意的試探；周倉領悟，也來一個有意的表演。欲揚先抑，先寫關公對周倉的估價是不足的，認爲他的跑力比原有的馬夫華吉不過略高一籌而已。關公思想人的腿力，究竟是有限的，他的赤兔馬跑上十里，周倉能趕上七八里已很好了。出人意料，兩次賭賽，周倉都是全勝。

關公將馬拍着，這馬就四蹄騰空起來，向前狂奔。關公

心想,這遭你怎樣也追趕不上了。不知周倉卻有輕身功夫
的,待這馬蹄騰空時,周倉將身一躍,竄入了馬肚底下,兩脚
夾住馬肚,任馬奔馳。等到關公勒馬收韁,回頭觀看時,周
倉早已從馬肚皮下面一竄,竄在關公馬前。倒奔過來,嘴裏
還喊道:"噢唷,主人家,周倉又在你前面等候好久了!"

這種描寫,真有些神來之筆,藝術表現是較好的。

自然,這節書還是有不足之處的。周倉爲什麼要追隨關公
呢?是什麼思想主導着?目的性何在?顯示得不夠清楚。把這
一思想内容加强,這節書便更有骨子了。這裏把周倉的熱忱投
主,放在由於周倉得了長老的畫軸,看來是有些玄妙的。關公這
個人物在流傳過程中,受了些封建思想的侵蝕、影響,不是作爲
一位英雄看待,而是有些神化了。周倉因得了老僧畫軸而投奔
關公,看來就有這種思想傾向。

(原刊《東海》月刊,1962 年第 10 期)

編者説明:本文據原刊録編,原題《略談〈關雲長千里走單
騎〉中的周倉出場》,今題爲編者酌擬。

略談茅賽雲評話"段景住降馬"

杭州"《水滸》書"中有不少優秀節目,茅賽雲同志說的"段景住降馬",是值得我們注意的。

這一節書總的情節是這樣的:段景住在西嶽華山降伏了一匹龍駒寶馬,進潼關,取道向山東濟南而來,欲上梁山,送與晁寨主以爲進身之資。路過曾頭市,此馬被史文恭所霸占。段景住上梁山通報,晁寨主答應段景住請求,發兵攻打曾頭市。

這節書在《水滸傳》六十回中衹寥寥幾筆,但在杭州一代代藝人的口頭創作中茁壯長大了,尤其是經過茅賽雲藝人的改編,放進一些新的東西,使書的內容更爲豐富——這也可說是《水滸》故事在民間口頭創作中的發展,而且基本上是循着現實主義的方向來發展的。他所包含的現實意義較爲豐富,在故事性、邏輯性、形象性等藝術表現上,也有它的特點。這裏我想從它的思想傾向性方面,提出幾點,來供大家研究與參考。

一、這書扼要而側面地敘述了段景住家庭沒落的過程,並指出了所以沒落的緣由,從而奠定了段景住參加梁山農民起義的思想基礎。通過這一事例,不僅說明段景住家庭、個人的沒落,以及他的所以走向梁山,同時還說明當時階級矛盾、階級鬥爭的尖銳深刻。在《水滸傳》中,我們不特看見像林冲、秦明、柴進這樣一種人,原先是爲統治階級服務的,由於受統治階級的壓迫、排擠，因而從統治階級內部分化出來，走上梁山農民革命的道路；不特看見像阮氏弟兄這樣的漁民、解氏弟兄這樣的獵戶，因受官府的壓迫剝削，自發地起來戰鬥；不特看見像吳用這樣的知識分子不滿趙宋的黑暗統治，轉而投入農民起義的鬥爭；不特看見像公孫勝這樣一個宗教人物也把梁山事業看作替天行道，願意貢獻出自己的力量；這裏我們還看見，像段景住這樣世業獸醫與兼營販馬的世家，由於受到官府的壓詐、剝削，終於堅決地勇敢投身到農民革命的隊伍中來。通過這些事例，反映了當時社會階級矛盾和階級鬥爭的廣闊與尖銳。

二、段景住這一梁山好漢的形象，在《水滸傳》中着墨是不多的，在一百零八個英雄中，也是比較不爲人所注意的。但在這書中，無論對段景住其人，還是對他所降伏的馬，都寫得很出色，給人以比較鮮明的印象。段景住的投奔梁山，是非常堅決的。他有階級壓迫的感受，他清楚地認識到，是官府把他的馬奪去，纔使他窮困下來，他要生活下去，祇有投奔梁山纔有出路。因此史文恭這樣威脅利誘他：給他錢，給他官，給他名譽地位，他無動於衷；受到重刑責打，幾乎死去，他也不屈服——真是富貴不能淫，貧賤不能移，威武不能屈。這種反抗官府的英雄品質，雖然書中還寫得不夠充分，但已約略透露出來了。讀《水滸傳》的人，往往贊歎阮氏兄弟這樣的英雄人物，但這裏我們又看見段景住這樣一個類型——他投奔梁山的自覺性與對官府的仇恨性，是可以和阮氏兄弟媲美的。《水滸傳》在這裏沒有費更多的筆墨，在這書中卻給我們更多的啓發。

三、這裏我們又一次看到封建統治者的醜惡面目。我們讀白居易《賣炭翁》，憤怒於唐代那種"繫向牛頭充炭直"的無恥宮市。這裏我們又看到宋代京都官府無恥市馬的罪行。段景住的家庭沒落史，有力地證實了這一史事。段景住在曾頭市飲酒中的回憶，是一幅官府吮人膏血的圖畫。書中接着寫段景住的馬被史文恭奪去，史文恭誣説他私販戰馬，加以殘酷的鞭撻。這更有力地例示説明了這個問題。史文恭奪馬的醜態，也反映了當時官僚統治階級的醜態，這些行爲是有典型意義的。這種描寫，對梁山事業的正義鬥争，是加强説服力的。這書又曲折地反映了勞動人民是是非清楚、愛憎分明的。

四、史文恭是反面人物，在《水滸傳》中寫得還不夠陰險毒辣，但在杭州書中，這一點是發掘得很深的，且更多地把官僚統治階級的殘酷性概括到他身上去了。段景住降馬這一節，寫史文恭尚是初出場。在杭州書中，涉及寫史文恭的，自失馬起，接着便是：一打曾頭市、晁蓋中箭、一打大名府、關勝伐梁山、二打大名府、放花燈、三打大名府、二打曾頭市、一打東昌、二打東平、三打曾頭市，至百將擒文恭止，全節録下來有數十萬字。當然下面還有更多的描寫，而且寫他的性格是有發展的，愈來愈殘酷，像野獸一樣，但這裏已透露出一些消息了。這裏所寫的史文恭的性格，所反映的問題性質是相同的。從史文恭這一人物形象的塑造上，我們可以體會到一些從《水滸傳》到杭州《水滸》書的文學典型化發展過程。

五、曾頭市與梁山的矛盾鬥争，一般看來好像是爲了一匹馬；這種看法顯然是不正確的。他們之間的鬥争，是有它的歷史原因、政治原因與社會原因的，這一點在這書中已指出來了。在《水滸傳》中，史文恭的身份不過是一個教師；在《水滸》書中，評話藝人卻改爲史文恭要剿滅梁山，建議統治者立曾頭市爲據點。當時統治者鑒於梁山三打祝家莊、三打高唐州等，以及三山聚義打青州後革命勢力日益擴張，而呼延灼等討伐梁山都無功勞，反而助長敵人勢力，因而封史文恭爲一品紅袍平寇大都督。因而曾頭市與梁山的矛盾，正説明當時官僚統治階級與農民革命階級的矛盾。曾頭市與梁山的鬥爭,還說明這兩種階級力量的矛盾鬥爭。奪馬的鬥爭,祇是打曾頭市這一戰役的導火綫而已。在杭州書裏,打曾頭市這戰役,記錄下來足有數十萬字,這一節祇是這一戰役的序幕。全書疏密輕重,都安排得十分確當,這是一代代藝人在實際生活體驗中發展出來的。所以它反映的生活是真實的,它的社會現實意義是豐富的。這一節書本身是完整的,在全書中又是一個好的序幕,是不可分割的一部分。

六、段景住降馬,史文恭說他是盜馬。"降馬"與"盜馬"的差異,這裏包含着一個立場問題。封建統治階級總是歪曲事實的,這一節書從傳統的盜馬改爲降馬,不僅說明作者處理問題的觀點是較爲進步的,同時也說明在文學作品中,封建性與民主性的兩種不同性質的思想內容存在着矛盾鬥爭,而民主性的思想總是抬頭的。

總得來說,杭州書裏是有不少好的東西的,礦藏是豐富的。我們應虛心向民間藝人學習,發掘藝術遺產;同時幫助他們提高。從這些素材中,可以提煉出美好的文藝作品來。杭州說話在歷史上是有輝煌的成就的,今天在黨的"百花齊放"的方針下,杭州評話之花,必將開得更茂盛與更美麗。

(原刊《東海》月刊,1958 年第 4 期)

編者說明:本文據原刊錄編,原題《略談評話〈段景住降馬〉》,今題爲編者酌擬。

杭灘考説（附補遺）

杭灘，是杭州民間古老的曲藝之一，歷史源流相當悠久，過去曾燦爛輝煌，近一二十年來，頗有孤芳零落之感。

杭灘一名安康，據老藝人傳説：宋室康王南渡，建都臨安。康王患病，有人爲了慰藉康王，創造了這種坐唱灘簧的曲藝形式，故有"安康"之稱。這自然衹是一種傳説而已，也可能是對"安康"兩字的一種望文生訓。過去杭灘常用於紳宦人家喜慶時做堂會助興，"安康"二字或爲福禄安康之意。宋代藝人雖有待昭、供奉之事，而記載南宋京城繁華較詳之書，如《繁勝録》《夢粱録》《都城紀勝》《武林舊事》等書，俱無隻字提到，蓋難徵信。不過，安康與南宋以來流行在杭州的唱賺、諸宫調、陶真、詞話、南詞等説唱形式，有淵源關係。大概可以説，灘簧之興，起於昆曲的衰落或爲昆曲的一種補充。各地對昆曲劇目，改變其聲腔，移易其詞句，由繁趨簡，由雅趨俚，創造出一種更適應各地音調、方言的新曲藝。乾隆六十年（1795）集賢堂所刻《霓裳續譜》中，有"彈黄調小令"一曲，彈黄即灘簧，爲江浙俗曲之一種，此時杭灘想已成立。清乾隆時李斗《揚州畫舫録・虹橋録》中，曾舉灘簧之名，蓋指蘇州、無錫、常州等地之灘簧而言。嗣後各地曲藝互相交流，蘇灘流入杭州。爲便識别起見，遂於灘簧上加地方稱謂，杭州灘簧稱爲杭灘，與蘇灘並存。

范祖述《杭俗遺風》之"灘簧"條云：

> 灘簧，以五人分生、旦、净、丑等脚色；用弦子、琵琶、胡
> 琴、鼓板，所唱亦係戲文，如《謁師》《勸農》《梳妝》《跪池》《和
> 番》《鄉探》之類。不過另編七字句，每本五六齣，鬮錢一千六
> 百文。近又興鑼鼓兒灘簧，亦有串客，不秤鬮，須請其盛飾酒
> 飯，小孩彌月、百禄、周歲等多用之，喜事、生日、空日亦用之。

與後世情形悉相符合。《謁師》乃皇甫吟事，《勸農》見《牡丹亭》，
《梳妝》《跪池》出《獅吼記》，《和番》寫王昭君，《探親》《相罵》出後
灘。這幾回書，今日杭灘中還在演唱。鑼鼓兒灘簧，乾隆時已興，
並流入北方，故《都門竹枝詞》有："太平鑼鼓灘簧調，更有三堂十
不閒"之句。鑼鼓兒灘簧在抗日戰爭期間尚存，勝利後漸湮没。

　　杭灘在清咸豐、同治年間始大盛，當時職業藝人多至三百餘
人，結社稱恒源集。清末民初改爲安康正始社。社址初在行宫
前，繼遷貓（茅）廊巷、泗水芳橋及林木梳巷。抗戰前五人組班，
稱攏班，多至五十餘班。當時名演員輩出，鼓噪一時，如盛倪貴
稱花王，演官帶書、滑稽書，不須開口，祇憑眼神、手法，便能表現
出書中人物的性格。滑稽書雖可笑，但又具文情而不流於庸俗，
唱時字準腔圓。沈傳霖稱名旦，苦書能使人下淚，音調低沉，悲
憤而有餘哀。鄧壽朋稱名生，嗓音宏亮，複雜心理描寫細膩。朱
傳炳（俗稱駝子阿炳）以老生出名，呼腰曲背，貌不出衆，但刻畫
人物性格極爲深刻。票友有五十餘人，結社稱逸社，如裘英老先
生（號申伯，業律師，現寓北京，今年七十二三歲）曾編書多回，解
放後猶曾編《漁夫恨》《美國兵厭戰》二書。戰時藝人星散，林木
梳巷會所亦脱售，操此業者祇剩二三十人，遂趨衰落，解放後一
度停唱。正始社部分藝人曾參加評話溫古社，後以業務性質不
合，仍單獨成組。"百花齊放"方針提出以後，杭灘受到關懷。今
春翟詠春等十位藝人在湖濱公餘茶室坐唱，現在杭市各居民區
俱樂部作巡迴演出。其餘或爲票友，或已轉業。杭灘藝人年齡

都相當高：最輕者王幼庭五十一歲；最高者鍾少庭七十三歲，一般都在六十以上。

杭灘有前灘、後灘之分。前灘如《琵琶記》（湯藥、遺囑、描容、別墓、廊會、書館）、《白兔記》（產子、送子、出獵、回獵、麻地）、《西廂記》（遊殿、寄柬）、《孽海花》（思凡、下山）、《尋親記》（跌包、旅店）、《獅叱記》《爛柯山》等。其脚本都來自《綴白裘》，有《賣草囤》《探親》《相罵》《蕩湖船》《馬浪蕩》（棄行）、《磨房串戲》等，其内容都取材於現實生活，用以諷世。（此段誤，見後——編者）

杭灘曲調多襲用昆曲，如點絳唇、醉花陰、寄生草、風入松、滿江紅、山坡羊、耍孩兒、天下樂等。或取其上半，或抽其中心，或截其下部。但唱腔比昆曲要簡單得多了。昆曲每字多運腔，長而不斷，如青煙繚繞；杭灘則唱得連貫，柔曼婉轉，靜聽起來字字分明。杭灘音域寬、節奏穩，字句唱得分明。從這一角度看，它實是昆曲的一種繼承、革新與發展。杭灘的風格，引亢高歌如大鼓，抑揚婉轉如彈詞，拖腔如昆曲。一種曲調能從各種不同脚色出發，創造新腔，變化多端。其音樂性很豐富，吸收了多種曲調的長處。

杭灘一般以七字爲一句，間有三三句、四六句，也有水底翻（中間多一句成單），眼中可加襯字。唱句分四三與二五——平聲在第二字者爲二五；在第四字者爲四三，如"匹馬單刀威風凜"爲四三句，改爲"單刀匹馬威風凜"便爲二五句。杭灘用中州音韻，每本以四五回爲多。亦有少至二回者，如《西廂記》；多至九回者，如《珍珠塔》；乃至有十二回的，如《倭袍》。每回由若干曲調組成，有時唱本調，有時唱曲牌，末有尾聲，間插説白。五七人爲一堂，也有多到九至十一人的。分生、旦、淨、丑四種角色：生分小生、老生；旦分彩旦、小旦、老旦，自操樂器，邊拉邊唱。樂器有胡琴、琵琶、三弦、鼓板、箏、笙、簫、笛、洋琴。

杭灘唱詞，一般由藝人口譜口抄，刻本例外。清光緒時有上海鉛印本清韻閣校正灘簧,民國初時杭州武林印書館曾出灘簧集,皆爲裘英先生所刻,間有脱誤。敵僞統治時,《杭州晚報》曾刊載王幼庭先生所録杭灘二十餘回。清季李慰農先生酷愛杭灘,曾延請朱少庭先生到他家中記録脚本,費時三年方成。抄本有十册,計一百二十回左右。現在全部由他的哲嗣李家珍先生獻給政府。

杭灘今後發展方向,是劇還是曲,頗有争執。評戲、蘇灘、滬劇、杭劇都是從曲藝形式素衣行唱,發展爲戲劇的。但評話、評詞、彈詞仍保留曲藝的形式,有其獨特的風格,擁有較多的觀衆。因此,杭灘發展方向要看它的主客觀條件而定。杭灘素無舞臺經驗,看來目前還是以曲藝的形式坐唱爲優。一般人以爲杭灘曲詞太雅,没有評話、評詞、彈詞好懂,有曲高和寡之勢,因而業務展不開,這是事實。主張把曲調改得通俗一些,或加上化裝表演,適當改造也不妨。但杭灘一引二白三唱,結構很完整,如粗率一改,反會破壞原有的美。唱重於説,曲多於白,是杭灘的特點。如適當地多加表白與對話,或可幫助聽衆瞭解書情,啓發聽衆感情,擴大杭灘的影響。其表説範圍較廣,包括適當的寫景抒情,而後出之以唱,這樣會把聽衆的情感導入高峰,引人入勝。彈詞所以爲聽衆歡迎,這應該説也是原因之一。杭灘與南詞相近,而南詞與彈詞方式相似。南詞表説較多,這説明杭灘是有條件可向這方面努力的。

我期望杭灘這一朵鮮花盛開怒放起來。

(本文曾經黄秋屏、翟詠春、邵伯文、王幼庭諸先生校閲,謹此致謝!)

(原刊《杭州日報》,1957 年 6 月 5 日)

　　編者説明：本文據原刊並參手稿録編，原刊題作《杭州的花朵——杭灘考説》，今題爲編者酌擬。作者另有手稿《〈杭灘考説〉補遺》，兹附於後。《杭灘（浙江地方曲種介紹之三）》一文，刊載於《文化娱樂》1980年第4期，與本文大同小異，今略而不收。

附：

《〈杭灘考説〉補遺》

本月五日，《初陽》副刊第 119 期刊載拙稿《杭灘考説》一文。作者主觀意圖之一，是想提供一些關於杭灘的原始資料，可惜不少重要的話，刊載時都被删去了，這是有些遺憾的。這裏把主要的補充説明於次，其餘也就祇好算了。

第四段：删改最多，如説："裘英老先生曾編《刺目》《磨串》《審頭》《戲艷》《刺湯》《盤夫》《遊園驚夢》《夢梅跌雪》《拾畫叫畫》《書齋幽會》諸回書。"今改爲"曾編書多回"。杭灘脚本，是不注作者姓名的，加以鉤稽敘述，不是没有意義的。這樣一改，老輩著述成績，湮没不彰。全文類似這種情況很多，所以將本段補充敘述如次：

抗戰前當時名演員輩出，鼓噪一時，藝術成就極高。如盛倪貴稱花王，演官帶書、滑稽書，不須開口，祇憑眼神、手法，便能突出體現書中人物的性格，如《議劍》中飾曹操，寫曹操的奸雄，面部肌肉隨着感情變化而顫動。滑稽戲如演《黄道士拿妖》《黄公請醫》《馬浪蕩》等，表現其醜陋可笑，富有文情而不流於庸俗，唱得字準腔圓。沈傳霖稱名旦，苦書能使人下淚，音放低下來唱悲憤之調。《覆鉢》能顯出白娘娘的内心痛苦，聽者動容。唱僧尼下山，文情風騷，不莊不俚。鄧壽朋稱名生，嗓音宏亮，如唱《徐繼祖看狀》，急慢緩寬，能表現繼祖驚訝愛憎的複雜心理。唱《王十朋見娘》，雖是官帶書，易於板滯，十朋聽娘訴説他妻子已死，悲戚欲絶，溢於言表，感人心肺。朱傳炳（俗稱駝子阿炳）以老生出名，呼腰曲背，貌不出衆，但唱《掃松下書》，談吐氣氛，儼然如張廣才。他在《李娃傳》中唱《鄭旦打子》，憤怒之中包含惜子之情，刻畫人物深刻。票友有五十餘人，結社稱逸社。其中，如裘英老先生曾編《刺目》（餘見上——編者）等書；周蕙孫曾編《哭蔡》一回書（哭蔡松坡）；滿人王翰香曾編《審徐》一回書（審徐錫麟），卓有成績。

解放後，正始社藝人段小雲、翟詠春、朱慶生、鍾少庭四位曾參加評話溫古社，後以業務性質不合，提出單獨成組。黨中央"百花齊放"方針提出後，對杭灘加以關懷與培養，照顧藝人生活，給以添置服裝、道具和樂器，並爲他們安排演出場地。今春翟詠春（生）、朱慶生（旦）、朱少伯（旦）、何榮光（旦）、鍾少庭（淨）、邱石如（淨）、徐少鵬（淨）、段小雲（丑）、沈小松（丑）、王少庭（丑）等十位在湖濱公餘茶室坐唱，内何榮光管吹笙，邱石如管調箏。邱石如曾從王雲程學絲竹，彈大套箏，能彈"將軍令"等曲，洵可寶貴。這十位藝人現在湖濱喜雨臺作短期演出。其餘尚有王幼庭（生）、顧三影（旦）、宓華璋（旦）、鮑瀛洲（丑）、高子如（丑）等，都擅唱杭灘。這些先生年齡都相當高了，最輕者王幼庭五十一歲，最高者鍾少庭七十三歲，一般都在六十歲以上，他們都十分忠實於曲藝，數十年如一日。最近杭州市文化局組織翟詠春、朱慶生、鍾少庭、段小雲四位帶徒弟九人，使這曲藝得以綿延傳播下去，這一措施是十分英明而及時的。這四位藝人都是六十以上高齡的人，身體條件也不算十分好，但他們都主動地爭取與樂於接受這一任務，循循善誘，教育後生，這是十分使人敬佩的。

第五段："杭灘有前灘、後灘之分，前灘如《琵琶記》《白兔記》……等"，文稿下原有："其（指前灘—編者）脚本都來自《綴白裘》，有七十餘回。爲明清以來流行的傳奇中的一些優秀節目，是珍貴的文化遺産。後灘有如《賣草囤》《探親》《相罵》《蕩湖船》《馬浪蕩》（棄行）、《磨房串戲》等，其內容取材於現實生活，帶有

庸俗情調。"等諸語，皆被刪去，改爲"其脚本都來自《綴白裘》，有
《賣草囤》……"等。説"後灘的《賣草囤》《探親》《相罵》等劇目"
的脚本都是來自於《綴白裘》。那就近於笑話了。

　　第六段：字句排印時有錯誤，有些分析説明輕重繁簡，原來
有分寸，卻被改動。段尾有若干話敘説杭灘的表現藝術："發音、
吐字、運腔、換氣，以及人物的形象、性格、處境、身份"，都被刪
脱。擬另文重述。

　　第七段：有些話刪去了，但似乎還需要説的。今擇重要的補
敘下："曾刊載王幼庭先生所録杭灘二十餘回"句下，有"署名了
侯珍藏，題曰《杭灘考》，連續有半年多"諸語。關於李慰農先生
之事，更有重述的必要。清季李慰農先生，酷愛杭灘，曾延請朱
少庭先生（秀才）到他家中，記録脚本，費了三年方成。抗戰期
間，李全家避難至金華、蘭溪一帶。逃警報時，慰農先生什麼都
不帶，惟帶杭灘十册。他臨終囑咐子孫不用和尚道士誦經，祇須
靈前唱杭灘，且囑今後如有人來我家録脚本的，給以伙食車費。
李氏逝世，時適大雪。杭灘藝人翟詠春等曾爲酬答其雅意，備禮
祭祀，並唱杭灘一夜。李氏記録抄本有十册，共 134 回（第 1 册
14 回，第 2 册 14 回，第 3 册 18 回，第 4 册 15 回，第 5 册 12 回，
第 6 册 12 回，第 7 册 13 回，第 8 册 14 回，第 9 册 13 回，第 10 册
9 回），現在全部由他的哲嗣李家珍先生捐獻給政府。李氏父子
這樣愛護祖國文化遺産，是應當表揚的。

　　末段：第一層"舉出具體例證，説明杭灘家是能保持原有的
藝術特點，適應社會風尚與需要，從推陳出新中來求得發展的。
因而無疑的，這一曲種是有前途的。第二層説明杭灘今後發展
方向。是劇是曲？是要看它的主客觀條件而定的。就現在情況
看來，還是以坐唱曲藝形式爲優。第三層敘説在杭灘的演唱實
踐中，適當地多加表白與對話，可以幫助聽衆瞭解書情。舉彈

詞、南詞爲參考範例。這段也改動甚大，弄得面目全非，語言無味，問題説不清楚，説服力相應地減弱了。

重視杭灘，三年前浙江省開第一次文代會時，我已提及了，惜未受人注意。這次北京中國曲藝研究會副會長連闊如先生來杭州，認爲浙江是曲藝最豐富多彩的地方。就杭州市説，杭灘最爲優秀。因爲杭灘有優美的唱詞，這些脚本都具有它的歷史承繼，是藝人與文士合作的精心結撰之作，有它豐富多彩的表現手法。這是杭州曲藝的寶貴遺産。連老先生的話是十分正確的。今天我們應很好地愛護這一文化遺産。爲了向杭灘負責，我這篇補遺，就不得已於言了。

是百花齊放的時候了，杭灘這一花朵也要盛放起來了。

杭灘《斬竇》觀感

在浙江省首屆曲藝會演裏，看到杭灘《竇娥冤·斬竇》的演出，感覺整個舞臺被這悲劇氣氛所籠罩住了，使人深切體會到元代官場的黑暗和一個年輕少女竇娥的堅決反抗的精神。通過劇情的開展，使人具體地感到在野蠻統治的時代，善良的人民總是孤苦無援的，不是活着受罪，就是含冤死去。杭灘的演出基本上是成功的。

幕啓，糊塗的貪官一聲咳嗽，坐上堂。他唱着："天上風飆飆，地下滾繡球。犯法身無主，朝廷處決囚。"氣氛是十分蕭瑟的。官吏把人命當作兒戲，作威作福，令人憤怒。請看那時的現實吧：你說有王法嗎？王法斬不了殺人凶犯，把無辜的處死了；你說有牧民之官嗎？官吏把告狀的看做衣食父母，見了歡喜，甘心下跪；你說有正義嗎？刑杖把無罪的婦女打得鮮血淋漓，卻絲毫沒碰到潑皮無賴……老天真是閉着眼睛，眼見得作惡者富貴延年，善良的貧窮短命。竇娥就是這樣，被糊里糊塗地處斬了。竇娥唱道：

> 上天天無路，入地地無門。那些爲善的受盡千般苦，困乏貧窮命運顛。這地呵，不分好歹難爲地！天呵天，不辨賢愚枉做天！

聲音是那麼悲涼而高亢。這樣的抒發是符合那時的生活真實的。

接寫竇娥與婆婆的對話，顯示竇娥的性格，她是善良的。寫婆婆的苦，反襯竇娥的冤。竇娥為了不使婆婆受苦，為了救婆婆，寧願犧牲自己，含冤認罪。臨刑前，她並不責怪婆婆，反是十分關懷。竇娥被繩纏索綁，押赴法場，願在後街小巷穿走，怕婆婆見了傷心。她對婆婆說："你白髮蒼蒼反來送少年。"蔡婆的痛苦，使她不安。竇娥確是一個溫柔敦厚的好媳婦。但是在這冷酷無情的現實社會威逼下，她的性格起了變化，她溫柔的性格變得粗野、潑辣、剛強、大膽，這是完全可以理解的。所以竇娥的性格，有善良、柔順的一面，也有反抗、鬥爭的一面，這兩面是相結合的、統一的，應突出它鬥爭的一面。竇娥最後在官吏面前表示：

> 官吏定要把我斬，竇娥含冤死黃泉。天憐苦人降奇災，三伏要變下雪天。三尺瑞雪把我屍體掩，楚州亢旱定三年。

體現了竇娥堅強的意志和不屈不撓向黑暗勢力作鬥爭的精神。她化悲憤為力量，由痛苦轉為憤怒和反抗。這三個誓願看來似乎荒唐，實際是作者的浪漫主義手法，意在反映竇娥反抗黑暗的偉大精神。實質上是被統治、被壓迫的下層人民群眾反抗封建統治的一種強烈聲音，是當時人民內心深處迸發出來的"一腔怨氣噴如火"。改編後的杭灘，從總的思想傾向性說，表現得更好。

不過也有些不足之處。竇娥這一性格，在關漢卿筆下，寫得十分細緻。竇娥對蔡婆要招張老兒，與之勾勾搭搭，表示鄙夷；對"有等婦女每（們）"，"多淫奔，少志氣"表示嘲笑。這說明竇娥的堅貞。在張驢兒要把她拖到官司時，竇娥說："我又不曾藥殺你老子，情願和你見官去來。"顯示了她的純潔。張老兒藥死，蔡婆放聲大哭，竇娥主張"認個自家悔氣，割捨的一具棺材"。她更尖銳地戳穿張驢兒的陰謀，說："我有什麼藥在那裏？都是你要鹽醋時，自家傾吐在湯兒裏的。"這充分表現了她的機智和智慧。

她有堅持真理、明辨是非的反抗精神。竇娥不和一切罪惡的力量妥協，不迴避矛盾，敢於正面迎上去戰鬥。蔡婆的"勸化"，不能動搖她，她的正義感反使蔡婆折服："孩兒也，你說的豈不是"，"孩兒也，再不要說我了"。張驢兒威脅她，她給以有力的反擊。"這廝搬調咱老母收留你，自藥死親爺，待要嚇唬誰！"負冤以後，在官府"一杖下，一道血，一層皮"的毒打下，"不由我不魄散魂飛"，她仍然絕不混淆黑白，不僅高呼"腹中冤枉有誰知"，而且大膽地質問官府："則我這小婦人毒藥來從何處也？"屈認之後，她並不頹喪，更不甘心，卻是悲憤地責斥天地——實質是斥責不合理的社會："可怎生糊突了盜跖、顏淵？ 爲善的受貧窮，更命短；造惡的享富貴，又壽延？ 天地也做得個怕硬欺軟，卻原來這般順水推船！ 地也，你不分好歹何爲地！ 天也，你錯勘賢愚枉做天！"她痛罵："官吏每無心正法，使百姓有口難言！"提出"三樁兒誓願"自明，相信真理與正義，必然勝利，直到死；死了以後，還要鬥爭，顯魂給父親，要他"便萬剮了喬才"，要他"將那濫官污吏都殺壞"，要他"把我竇娥名下，（唱）屈死的招伏罪名兒改"。這是多麼頑強的意志，多麼英勇的反抗精神！ 世界上沒有什麼東西能夠阻礙她。在十三、十四世紀的野蠻統治年代裏，竇娥這種充滿反抗的精神，真是元代人民所需要的。不過這點，在杭灘裏，從劇本內容和演唱表情來看，表現是不夠充分的。情節還可更緊湊些，竇娥出場後，婆媳對詞，家庭瑣事應減少，須盡快地揭露矛盾，把重點放在反映歷史內容和時代精神一面，結尾的悲劇氣氛還應加強。其中關於群衆對竇娥的看法問題，有些錯誤觀點應刪去。如有的說："大嫂、奶奶，我看不像冤枉的。年紀輕輕，下此毒手，該殺該剮。"這就削弱了作品的思想性。

這次杭灘演員，馮招弟同志原是杭曲藝人，參加杭灘學習班學習後改唱的，是新生力量。段小雲同志是正始社的老社員，唱演俱佳。新老結合，團結合作，這點做得好，值得稱贊。

　　編者説明：本文據手稿録編，原題《略談杭灘〈竇娥冤〉》，今題爲編者酌改。劉録稿附記云：1958 年 6 月下旬，浙江省首届曲藝會演在杭州舉行。本文及下文當寫於此際。

略談杭灘《竇娥冤》的版本及其故事源流

杭灘老藝人翟詠春先生告訴我說：杭灘《斬竇》一回，竇娥原是不死的，這冤獄是被清官海瑞平反的。我過去看過杭灘的腳本，翟老先生的話是不錯的。現在杭州市劇目組本是根據關漢卿原著改寫的。這裏我想談談《竇娥冤》的版本及其故事源流。

《竇娥冤》，全名《感天動地竇娥冤》，是元關漢卿的名作。早在 1838 年就有巴贊（Bazin）的法文譯本，以後又有英文和德文譯本，抗日戰爭前後，又有宮原平民的日文譯本，說明這一偉大的悲劇名著不僅是屬於我們的，而且早已擁有歐洲和日本讀者了，是屬於世界的。

《竇娥冤》在祖國早被重視，它的版本，除一般容易見到的明萬曆刊的《元曲選》本及涵芬樓影印本、中華書局和世界兩書局的排印本以外，珍貴的版本還有：現藏北京圖書館的明崇禎六年（1633）刻的新鐫古今名劇《酹江集》、明萬曆趙元度所校勘的脈望館《古今名家雜劇》本。

《竇娥冤》的故事情節是這樣的：竇娥，原名端雲，父親竇天章欠下了蔡婆二十兩紋銀，一年本利合該四十兩，無力償還，便把七歲的端雲送給蔡婆做童養媳，改名竇娥。竇娥到了十七歲，便與蔡婆的兒子結婚。結婚祇兩年，丈夫不幸因癆病逝世，婆媳兩人相依爲命地生活着。一天，蔡婆到賽盧醫家索債。窮極的賽盧醫把蔡婆誘至郊野，動手行凶。恰遇惡棍張驢兒父子走來，驚走賽盧醫，救了蔡婆性命。張驢兒父子作爲藉口，威脅蔡婆，企圖分別霸占婆媳做妻室，進而霸占她家財產。竇娥堅決不從。張驢兒借蔡婆生病的機會，向賽盧醫逼討一服毒藥，意欲藥死蔡婆，以便威迫竇娥。不料蔡婆作嘔，吃不下羊肚湯，誤被張驢兒父親吃下，反使張驢兒把自己的父親藥死。張驢兒將錯就錯，誣告到官，說是竇娥搞的。竇娥爲了搭救婆婆，寧願犧牲自己，含冤認罪。州官糊里糊塗把竇娥判了死刑；但竇娥並不屈服，臨刑前她爲自己的冤枉發下三個誓願：一要滿腔熱血，全濺在一丈二尺白布上；二要在三伏炎天，老天降下三尺大雪；三要楚州大旱三年。這三椿誓願都應驗了。三年後竇娥托夢給她新任廉訪使的父親竇天章，冤情得到昭雪。

這一故事，通過特定人與事，顯示了官吏的昏庸、貪污、殘酷，整個社會道德敗壞，善良的人孤苦無援，含冤而死，同時揭露了產生現象的根源——高利貸剝削毀滅了人們的家庭幸福，逼使人鋌而走險，並歌頌了人民堅決的反抗精神和高貴品質。這一主題反映了元代社會的生活特徵，是作者從廣泛的社會生活中提煉出來的，也和作者吸取優良的歷史傳統不能分割。

《後漢書·劉瑜傳》引《淮南子》：

> 鄒衍事燕惠王盡忠，左右譖之，王繫之。（衍）仰天而哭，五月，天爲之下霜。

《漢書》卷七十一《于定國傳》：

> 東海有孝婦，少寡，亡子，養姑甚謹。姑欲嫁之，終不肯。姑謂鄰人曰："孝婦事我勤苦，哀其亡子守寡。我老，久累丁壯，奈何！"其後，姑自縊死。姑女告吏："婦殺我母。"吏捕孝婦。孝婦辭不殺姑。吏驗治，孝婦自誣服。具獄上府，

于公以爲此婦養姑十餘年，以孝聞，必不殺也。太守不聽。
于公爭之弗能得，乃抱其具獄哭於府上，因辭疾去，太守竟
論殺孝婦。郡中枯旱三年。後太守至卜筮其故。于公曰：
"孝婦不當死，前太守强斷之，咎儻在是乎？"於是太守殺牛
自祭孝婦塚，因表其墓，天立大雨。歲熟。

《搜神記》卷十一記東海孝婦臨刑誓願曰：

> 青若有罪，願殺，血當順下；青若枉死，血當逆流。

這些故事情節與《竇娥冤》有類似處，《竇娥冤》中也曾一再提到，
這不會完全是偶然的。

《竇娥冤》問世後，獲得廣大人民喜愛。明末傳奇代興，袁于
令將雜劇《竇娥冤》改爲傳奇《金鎖記》。《金鎖記》在《醉怡情》
《綴白裘》等書中存《送女》《私祭》《思飯》（見《六也曲譜》）、《羊
肚》《寬鞠》《探監》《法場》）七齣，和《曲海總目提要》卷十八的記
載比看，與關作大體相同。差異的是"竇娥不死"，歸結爲大團
圓。添竇娥丈夫蔡昌宗，項掛金鎖，乳名鎖記，所以劇名《金鎖
記》。蔡昌宗曾覆舟入龍宮，與海龍王第三女少娥成親。張老改
爲張母，是蔡婆的鄰居，蔡婆把昌宗的金鎖給竇娥。娥拜禱祠堂
時墜地，爲張驢兒拾去。張遂與賽盧醫買砒霜，並以金鎖爲證。
後張驢兒下獄，越獄脫逃，被天雷劈死。又添出竇娥悉未婚夫死
信，悄悄祭靈及蔡婆探監等情節，封建性比關作加添了許多。

其後京劇亦有《金鎖記》，又名《六月雪》或《羊肚湯》，係據傳
奇《金鎖記》改編，劇情有所改動，時間放在明代。清官海瑞巡按
經過，見天降大雪，知有冤獄，傳令刀下留人。復審以後，案情大
白，張驢兒淩遲處死。蔡昌宗落水被救，狀元及第榮歸，與竇娥
團圓。解放後，程硯秋在演出時，劇尾改爲竇娥被斬，由竇天章
平反，恢復悲劇面貌。

　　此外梆子戲、評戲、川戲等都有斬竇娥劇目；杭灘也受《金鎖記》影響，今本是新改編的。我們希望這回書還可繼續提高一步。

　　編者説明：本文據手稿録編，原題《略談〈竇娥冤〉的版本及其故事源流》，今題爲編者酌改。

杭灘《綉襦記》介紹

　　杭灘爲杭州優秀傳統曲藝之一,《杭俗遺風》中已有敘述,至少有兩百年餘年歷史。此曲藝基本曲調蓋自民間小曲發展而來,部分吸收昆腔,加以改易。《綉襦記》演繹《李娃傳》故事,有《賣興》《當巾》《打子》《教歌》《毛雪》《刺目》六回書。《賣興》《當巾》通過鄭生與净、丑對話,刻畫鄭生不諳世情,不識稼穡艱難,惟熱戀亞仙,一片真情。細緻深刻,富於人情味。《教歌》《毛雪》多諢語,演唱時表現動作特別多,生動活潑,流轉自如。寫乞兒生涯,反映一定歷史社會現象,惜有庸俗情調。杭灘世無刻本,余從藝人鮑瀛洲氏處借得李慰農家藏抄本迻録,兹選印思想内容較佳的《打子》《刺目》兩回,以廣流傳,並饗讀者。

丙申歲尾　劉操南識

打子

(净嗽引)終日思兒,未知何日轉家鄉。

(白)天路平如水,龍門日日開,家無讀書子,官從何處來!

(來歸丑)走啊,踹破鐵鞋無覓處,得來全不費工夫。老爺在上,老奴宗禄叩頭。

（凈白）宗禄你來了，行李可曾完備？

（丑白）早已收拾完備。

（凈白）諸位老爺呢？

（丑白）俱已下船。

（凈白）如此吩咐備轎，就此下船。

（丑白）且慢，老奴還有下情回稟。

（凈白）咦，此刻行色匆匆，又來稟我，何事？

（丑白）方纔老奴跟隨老爺，拜客回來呵。

（唱打從）天門街上走奔波，〈但見〉一衆花郎唱連歌。

（凈白）歌郎也來稟我則甚？

（丑唱）内中有個年輕子〈好似〉大……

（凈白）大什麼？

（丑白）老奴不敢講！

（凈白）容你講來！

（丑白）好似，（唱）大相公容顏差不多！

（凈白）可曾打聽？

（丑唱）老奴即便來打聽，

（凈白）他叫何名字？

（丑唱）人人都説鄭元和。

（凈白）呔，這歌郎又叫元和。

（丑白）是又叫元和。

（凈白）宗禄。

（丑白）老爺。

（凈唱）可思小主上京邦，〈有家報來，説道：〉瓜州閘上遇强徒。曾記當年有故事。

（丑白）有何故事？

（凈白）仲尼與陽貨貌相符。

（丑白）阿喲，老爺，昔日孔聖人與陽貨，無非面貌相同，那有名姓相同之理？依老奴看來，這歌郎一定是大相公。

（淨白）呔，爾看得真？

（丑白）老奴看得真。

（淨白）認得清？

（丑白）認得清。

（淨唱）〈好命你〉速往天門街上去，扯這歌郎來見吾。

（丑白）是，老奴就去。

（淨白）轉來。

（丑白）是，老奴在。

（淨白）倘然不是，不可在外生事。

（丑白）是，老奴理會。

（淨白）宗祿，轉來。

（丑白）是，老奴還在，老爺還有何言？

（淨白）是與不是一併扯來見我。

（丑白）是。

（淨白）速去。

（丑白）是。

（淨白）快來！

（丑白）是呵，是呵，唬死我也。

（淨白）可恨這老狗才，將我兒比作歌郎模樣，正是渾濁不分鱔共鯉。等宗祿轉來，水清方見兩般魚。

（嗽介、丑白）走阿，（唱）宗祿奉了主人命，邁開大步走如梭。〈行至〉天門街上身站定，〈轉急報〉歌郎淘內覓元和。

（生唱）走阿，元和正在街坊走，

（付雜唱）那傍來了眾浮徒。

（付唱）小鄭，你不該偷我錢二百。

（生白）没有阿！

（雜唱）小鄭，你不該打碎我大砂鍋。

（生白）那有此事？

（付唱）今朝若不賠還我，

（雜唱）打死你一命見閻羅。

（付雜唱）一衆歌郎齊動手。

（生）後嚇。

（丑唱）列位讓開來，來了。奉公差遣宗禄奴，〈列位〉你曉他是誰家子，將他這般打。

（付雜唱）他是，這個，那個，前番嫖院鄭元和。

（丑唱）嘎嘎，呸！〈他父親〉四品黃堂爲太守，〈打了他是〉可曉律法犯蕭何？

（付雜唱）做官的，散了罷。一衆歌郎齊散去。

（丑唱）宗禄上前一把拖。〈大相公〉認認年高宗禄奴。

（生唱）〈老人家〉休認差，莫認錯。

（白）我是貧家子，（唱）不是你小主鄭元和。

（丑唱）今朝管你是不是，〈來來來〉同到碼頭認清楚。一把拖到金庭館，開言便叫列位哥。（白）列位，大相公來了，好好看待，有請老爺。〈淨嗽曲頭〉那位官洋洋踱出金庭館。

（丑接唱）宗禄上前腰便呼。

（淨白）宗禄你回來了。

（丑白）是，老奴回來了。

（淨白）大相公呢？

（丑白）這個！

（淨）阿。

（丑白）是是是，又回來了。

（淨白）呔，又回來了。好，扯來見我。

（丑白）是。大相公，老爺，命你進見。

（生白）老人家可以見得麼？

（丑白）父子相逢，那有見不得之理。〈來來來〉，隨老奴這裏來。

（生唱）是來了，鄭元和屈膝忙跪下。

（白）爹爹，孩子拜見。

（丑白）老爺，大相公當面跪。

（淨唱）爲官雙睛擦擦看元和。

（白）元和。

（生）爹爹。

（淨）我兒。

（生）父親。

（丑白）在此地父子相逢，難得啊，難得！

（淨白）來來來，你跪上來！

（丑白）大相公跪上些。

（生）是。

（淨白）嘎嘎嘎，吓！

（生）後嚇。

（丑白）老爺請息怒。

（淨唱）爲官一掌來打下。

（生白）宗禄，不好了。

（丑白）老爺一時之怒，不妨，有老奴在此。

（淨唱）靴尖不住踢元和。〈畜生啊，想你〉出門時何等多榮耀，〈如今〉這般狼狽〈虧你〉來見我。快把真情從實講，〈若有支吾〉了爾殘生一命無。

（丑白）大相公快些講上去。

（生）爹爹容稟。（唱）孩兒奉命往京都，瓜州閘上遇强徒。

（丑白）老爺，大相公遇強盜了。

（淨白）一派胡言。（生唱）將我金銀都搶去，險些兒一命喪中途。

（淨白）陸道德呢？

（丑白）陸相公呢？

（生唱）陸道德，負義徒。

（淨白）怎樣負義？

（生唱）竊取我花銀上帝都。

（淨白）來興呢？

（丑白）來弟呢？

（生唱）來興不知逃往何方去？

（淨白）應該找尋。

（丑白）找尋纔是。

（生唱）〈孩兒〉四下找尋蹤跡無。

（淨白）一向耽擱那裏？

（生唱）孩兒耽擱在維揚地，招商又把病來磨。

（丑白）老爺，大相公害病了。

（淨白）一派胡言。

（生唱）可恨店家無道理，

（淨白）怎樣無理？

（生唱）將孩兒逐出在中途。真所謂路絕無君子。

（淨白）作何勾當？

（生唱）孩兒祇得權……

（淨白）權什麼？

（丑白）權什麼，大相公快講？

（生白）可以講得的？

（丑白）可以講得，快些講上去、

（生唱）〈爹爹啊〉（快板）〈孩兒衹得〉權作歌郎〈也叫〉没奈何！

（净唱）嘎嘎呸！爲官聽説權做歌郎幾個字，氣得我兩太陽中火直鋪！

（白）宗禄。

（丑）老爺。

（净唱）〈與我〉大號毛板取。

（丑白）老奴不敢取。

（净）哇，老狗才！（唱）欺我年高臂力無。

（白）待我自取自打畜生，啊畜生！（唱）打死你不肖子，下流徒，打死你不識羞，權把歌郎做。

（白）遭打。

（生）後嚇。

（净唱）爲官毛板來打下，打死你一命見閻羅。

（生唱）〈爹爹啊〉打死孩兒何作惜，〈待孩兒〉回到高堂見見母親，然後爹爹杖下死，孩兒瞑目赴酆都。

（净唱）哇，你還思想到高堂見爾的母？還思想到高堂去見母，〈遭打〉爲官毛板重又打。

（丑唱）唬壞旁邊宗禄奴。〈大相公〉老奴替你打幾下。

（净白）哇，老狗才！

（丑唱）〈阿喲〉一板打在宗禄奴。站起身來兩腿拗。

（生唱）瘦怯怯書生怎受這般打。

（丑白）阿喲，大相公聲音都聽不出來了。

（生唱）幽幽一命赴酆都。

（净唱）爲官毛板三次打。

（丑唱）宗禄上前板子拖。

（白）阿喲，老爺，大相公已被老爺打死，你還要這等亂打。

（淨白）呔，竟被我打死了。

（丑白）被老爺一操毛板打死了。

（淨白）唔，到也乾净。

（丑白）還講乾净。（淨慢板）怒沖沖毛板來丟下。

（丑唱）宗禄上前稟清楚。

（白）老爺，大相公被老爺一操毛板打死，須看太太分上，念父子之情，買棺盛殮纔是。

（淨白）呔，要買棺盛殮，容爾去買。

（丑白）是，老奴遵命。

（淨白）轉來。

（丑白）是，老奴還在。

（淨白）爾買棺坊，須買那大樣些的。

（丑白）要大樣些何用？

（淨白）連爾這老狗才一併裝下去。

（丑白）是，老奴不去買。

（淨白）誰要爾買？

（丑白）老奴不敢買。

（淨白）誰敢買？

（丑白）阿喲，大相公阿。

（淨白）哇，老狗才，誰要爾哭！

（丑白）是，老奴不哭！

（淨白）誰敢哭！

（丑白）老奴不敢哭！

（淨白）咳！鄭儋的祖先啊，鄭儋的祖先，想我鄭儋，有何虧負於祖先，出此不肖之子，前來玷辱我的門楣？想我鄭儋啊，（唱）數載爲官差錯無，並無屈棒打無辜。愛民如子無私曲，賞罰分明枉斷無。〈是了〉莫不是陰陽宅上風水敗，故而出此下流徒。

〈爲官〉踱來擺去心思想，指彈紗帽手拈鬚。

（丑白）老爺，老了。

（淨白）爾在怎講？

（丑白）老爺，老了。

（淨白）阿喲，是阿我老了。（唱轉急板）自看鬚鬢花半白，後代兒孫一脈無。自古養兒防身老，〈誰知〉燕子銜泥空作窩。墳前黃葉誰人掃，清明燒化紙錢無。看看屍骸心悲切，開言便叫宗祿奴。

（淨白）宗祿。

（丑白）老爺。

（淨白）大相公到底怎樣了？

（丑白）被老爺一操毛板打死了。

（淨白）當真打死了？

（丑白）當真打死了。

（淨白）你將他身軀調轉來。

（丑白）是，大相公請轉來。

（淨）元和！

（丑）大相公！

（淨）我兒！

（丑）小主人！

（淨）爲父命你上京應試。

（丑）老爺命令你上京應試。

（淨）不該將金銀費盡。

（丑）不該金銀費盡。

（丑、淨）不應該早早回來。

（丑）理應早早回來？

（淨）爲父也好帶你任上攻書。

（丑）老爺好帶你任上攻書。

（淨）想你別的事兒都可做得。

（丑）別的事兒都可權得。

（淨）這歌郎豈是我兒權做的麼？

（丑）這歌郎豈是大相公權做的？

（淨）後嚇，我的兒阿。

（丑）老爺，老奴是不哭。

（淨）哼，老狗才，這等放刁！

（丑）是是是，老奴不敢。

（淨）方纔你講些什麼？

（丑）老奴沒有講什麼。

（淨）明明聽你講人名字。

（丑）大相公被老爺打死，須看太太分上，念父子之情，要買棺盛殮，就是這個買字。

（淨白）呔，大相公被我打死，須看太太分上，念父子之情，要買棺盛殮。

（丑白）是阿，要買棺盛殮。

（淨白）好，容你去買。

（丑白）是，老奴就去。

（眾白）開船咧。

（丑白）阿喲，老爺，水手催促開船，來不及了。

（淨白）呔，水手催促開船，來不及了。

（丑白）是阿，來不及了。

（淨白）阿喲，元和。

（丑白）大相公。

（淨）我兒。

（丑）小主人。

（淨）嗄嗄嗄呸！

（唱）出此不肖子，買什麼棺坊來盛殮，〈宗禄與我拖〉拖出荒郊野路途，〈憑他〉鴉食心肝雀食肺，蛇鑽肚腹犬來拖，爲官下落舟船去，回頭對岸淚如梭。

（白）兒阿，嘎嘎呸。

（丑唱）〈宗禄〉心頭苦。〈叫聲〉列位哥，〈來來來與我扶一扶〉就將小主肩上馱，一馱馱出金庭館，悲切切，淚如梭。〈大相公實指望〉教訓一番〈帶你〉歸家轉，有誰知見了活閻羅，〈你〉口口聲聲〈要見〉太太面，〈來來來你的〉渺渺陰魂隨老奴。欲思買棺來盛殮，

（衆白）開船咧。

（丑唱）〈阿喲〉水手催促趕程途。〈也罷〉就將屍骸荒郊撇，不知誰作救星徒。

（付白）來咧，來咧。

跣足蓬頭身穿破衲裰，左提竹筲右提籃，寒天祇怕朔風起，祇爲饑寒没奈何。自家非别，皁田院内揚州二老的便是。連日作風作雨，未曾上得長街。今日天氣晴和，不免上街，討些渾酒渾漿，吃他媽一飽，睡他媽一覺，説得有理，就此開道。〈喂〉戴破帽，穿破襖，手拿一根青竹筲。呃呃，引得犬兒嘮嘮吓。見人家有喜事，把酒要；煙囱起，把飯討；自家不用升鍋灶。祇落得，快活樂逍遥，快活樂逍遥。阿哼喂，什麼東西，把二老的絆上一跤。咳，我想一個人。（唱）真真倒不得運，出門來遇到了死屍徒。〈喂喂，〉不免打道回衙轉。

（白）咳，有道出門人，走不得回頭路。你看這個人，足上有雙紅鞋子，待我脱下來也好。（唱）拿到前村換酒喝。

（白）咦，這個人，有點兒面善的、認識的，他是這個那個！咳，（唱）這叫貴人多忘事。〈不錯咧，他是〉前番嫖院鄭元和。

（白）鄭元和，爲甚死在這個落地？呔，明白咧，覺到咧，想必他家老子打從此地碼頭來經過，見他兒子不習上，不成材，一把扯到金庭館。這麼樣？劈劈拍拍拍劈，阿唷喂。（唱）二佰佰疥瘡來打破，〈打死了〉抛入荒郊野路途。〈常言道〉救人一命恩非淺，勝造七級浮屠。

（白）待我來摸摸瞧瞧。身上熱的有救，冷的没救！〈轉快〉咦，摸摸胸前還有微微熱，想必此人有救徒。

（白）呔，小鄭醒醒！

（生白）後嚇。爹爹，孩兒打不起了。

（付白）阿唷喂，這個聲氣，還在李亞仙床上，作姣的聲氣。不是你家親老子打你，是你家晚老子來救你。站起來，待我背好了，喂作來。鄭元和，想你今日嫖，明日嫖，嫖得身子輕飄飄。主意倒還好，没有嫖完了，還剩一個大銀包。待我來，摸摸瞧。呸，什麼大銀包，原來是個瘟跳包。呔，閒人站開，揚州城裏，天大地大大嫖客來咧。〈尾聲〉揚州二老笑呵呵，就將元和背上馱。〈馱到〉背田院内去見老大哥。

刺目

（旦引）賈盡金釵收古典，勸郎希聖又希賢。

（白）倒橐收回萬卷書，窗明几净費躊躇。三寸舌爲安邦劍，願郎早日上天衢。奴家李氏亞仙，自從答救鄭郎回來，見他容顏十分憔悴，故而我另設書院一所，使他安心静養。未及月餘，且喜他已還花復相。故而我勸鄭郎，總要俾夜作晝，勤志於學。目下業雖大就，然秋闈在邇，再令精熟，以俟百戰百勝，豈不是好。

（生嗽介，旦）話言未了，鄭郎出來也。

（生引）命運遭淹蹇，鴻鵠暫困林間。

（白）大姐，卑人拜揖。

（旦）鄭郎萬福。

（生）大姐請坐。

（旦）鄭郎請坐。

（生嗽，旦）鄭郎，想你貧賤患難，俱已歷盡。何不奮志於學，本屆秋闈可操必勝之權。

（生）讀書乃是卑人分内之事，有勞大姐費心，但是今宵呵。（唱）金風吹動夜深涼，叫卑人怎好坐芸窗？〈況我〉薄薄聲名京邦振，概觀海内大文章。祇須聊解書中義，定可朝中伴帝王。〈但是我〉看得功名如敝屣，來朝不必赴科場。

（旦唱）亞仙聽，告鄭郎，君家言語太誇張。〈可曉〉書囊無底休厭讀，〈那有〉荒功廢學狀元郎。〈想〉囊螢映雪偷光讀，蘇秦刺股與懸梁。想古人尚且將功用，君家怎好太疏荒。〈奴是〉每日靜心巴望你，〈願你〉榮歸同去見高堂。

（生唱）元和聽說躬身謝，感你良言恩不忘，觀書不覺心悲切，止不住腮邊淚兩行。

（旦白）鄭郎，你看書爲何掉下淚來？

（生）大姐有所不知，皆因此書是我爹爹親筆批點，故而我不覺垂下淚來。

（旦）到今日不怨父母，還是好人。

（生）有道天下無不是的父母。

（旦）這到原是。

（生呵欠介）大姐，卑人此刻身體疲倦，我和你早些去睡吧。

（旦）唉，看你這等懶學，焉能有成。也罷，待我做些針黹陪你讀書罷。

（生）是如此，待卑人再讀幾遍。

（旦）快讀。

（生）是，我在此讀。

（旦唱）忙將針綫來拈手，五彩均勻共綺裳。十指尖纖雲霞剪，背燈光瞟目看才郎。

（生）哈哈妙啊！

（旦）〈呀啐！〉你今不把書來讀，面對奴容顏爲那樁？

（生）愛你雙眸情盼如秋水，無限深情覷內藏。元和看到情濃處，〈嚇耳聽〉何處笙歌沸耳旁。

（白）大姐這個。

（旦）什麼？

（生）那個。

（旦）你講！

（生）你聽啊。

（旦）呀啐，又在被癡癡了。

（生唱）好似紅樓通宵宴。

（旦白）咳，這些事兒，到了今日，你還要想他祇甚？

（生）卑人聽此聲音，叫我坐在此間是。

（生唱）眼倦情懷撩亂腸。

（旦）咳，鄭郎嚇。（唱）〈想你〉顛沛流離還未退，不想成人名姓揚，〈反學〉遊秦適楚逍遥客，〈不學〉閉户安居蘇子章。

（生）大姐啊，花前月下人爭賞，常將情愛繫心腸。桃夭正值周公夢，六子榮歸不棄糠。《關雎》説與人間曉，庶士《摽梅》樂滿腔。

（旦）〈聽他〉滿口支吾〈竟無〉凌雲志，原來朽木不成梁。諒必奴心空勞碌，〈我也〉無須再勸他讀文章。就將書卷來收起。

（白）鄭郎，看來你不用讀了。

（生）是啊。收拾書卷，早些去睡吧！

（旦）呀啐！（唱）我一片琴心付海洋。

（白）咳，爲妾一身，誤君百行。叫我有何顏面，再居人世。

也罷,待我一死以全苦志。

　　(生)阿喲,大姐啊!(唱)〈莫不是〉今宵開了嚴書館,〈要我〉焚膏讀到日三竿。

　　(旦)亞仙聽説心頭怒,自恨爲人少主張。

　　(白)鄭郎,你方纔講,愛我的什麽?

　　(生)喏,大姐,這雙俊俏秋波,然而卑人是最愛的。

　　(旦)冤家,何不早講。也罷,(急板)雙睛竟誤你攻書志。

　　(生)何出此言?

　　(旦)一向羈留有志郎。

　　(生)言重了。

　　(旦)忙將金針拿在手,急刺雙睛血滿龐,痛得亞仙身暈去〈阿喲!〉

　　(生)啊喲,不好了!嚇得元和着了忙。跌倒身軀重扒起,〈將〉姣軀懷抱在胸膛。〈見他〉涓涓血淚如泉湧。

　　(白)大姐醒來,卑人在這裏讀書了。(唱)詩云子曰讀文章。

　　(白)大姐醒來,卑人在這裏讀書了。

　　(旦)後嚇。

　　(生)好了,醒來了。

　　(旦)咳,亞仙嚇亞仙,你好癡也!這種不習上的人,還要苦勸他衹甚?也罷。以後(慢唱)憑君另娶妖嬈女,鳳交鸞友受風光。〈奴是〉甘心削髮彌陀念,吩咐梅花自主張。

　　(生)元和聽説飛紅臉,滿臉含羞無面龐。越思越想心悲切,恨我爲人欠主張。

　　(白)啊喲,且住!想他纖纖女流,尚且如此立志;我乃烈烈男兒,還要執迷不悟。大姐不必如此,我與你揩乾血淚,扶你坐好了,聽卑人一言奉告。

編者說明：本文據油印稿錄編，原題《杭灘〈綉襦記〉》，劉錄稿將其與下文（原題《蘇灘〈綉襦記〉》）合爲一篇，題作《介紹杭灘、蘇灘〈綉襦記〉》，現仍分作兩篇。原文連寫，現酌予分行；括號內爲原文單行小字。"識語"落款之"丙申"，爲 1956 年。

蘇灘《綉襦記》介紹

余擊賞杭灘《綉襦記》寫鄭元和性格：一片癡情，熱愛亞仙；但紈綺子弟，不諳世情，不識稼穡艱難，祇是迷戀聲色耳，細緻深刻，栩栩如生。惟措辭吐屬，不免雜有市民庸俗情調；細節描寫，亦嫌有枝蔓處。蘇灘與杭灘爲姊妹曲種，《綉襦記》實出一源，情節文字，大同小異。但蘇灘結構精簡集中，獨能免於疵累，是可喜者。惟枝葉搖落，送氣餘韻，則稍差矣。茲從清韻閣校印《灘簧雜集》錄出，以備瀏覽。

丙申歲尾　劉操南識

當中

（生上引）咳，這是那裏説起？

（唱）〈慶麽令〉顛危志〈致〉死，在他行尚要扶持。説我爲婿感恩私，心急急，步遲遲。不辭辛苦忙歸去，不辭辛苦忙歸去。

（白）适纔在賈二媽家，等鴇兒帶馬來接我。不知因何不至？爲此，我急急趕來。嚇，門兒爲何封鎖在此？待我問一聲看。噲，大哥借問一聲。

（内介）問什麽？

（生）李大媽家，爲何門兒封鎖在此？

（内介）他家麼？

（生）噯！

（内介）搬了去了。

（生）呀！搬了去了！可曉得搬到那裏去了？

（内介）不知去向。

（生）呀！不、不知去向？啊呀！這便怎麼呢？喔，有了。待我原到賈二媽家去尋他便了。

（唱）〈前腔〉朱門深閉，咳，不知他何處蹤居？回頭悵望彩雲飛！啊唷，天已暮，日沉西，奈林深路黑難行矣，林深路黑難行矣！

（白）此間到賈媽家，還有五六里之程，天色已晚，路又難行，怎麼處？

（内介）投宿的，這裏來嚇。

（生）咦，這裏有個投宿店在此，且借宿一宵，明日再處。嚇，店家。

（淨白）來哉，來哉！高掛一盞燈，安宿四方人。啊嚇！

（生）啊嚇，咄、咄。

（淨白）是那個？

（生）喔唷。咄、咄。

（淨）好熟嚇，是奢人？

（生）投宿的。

（淨白）借宿的裏向去。

（生）店家可認得李大媽？

（淨）大賣無得個。

（生）鴒兒嚇。

（淨）包子賣完哉？

（生）啊，雅仙嚇！

（淨）海鮮勿賣個。

（生）啊，是個妓女嚇。

（淨）個歇辰光，還有奢個鯽魚個來？

（生）啊，是個人呀！

（淨）是個人末，阿吃得個介？

（生）呸！　人末怎説吃得的？

（淨）介没勿曉得，阿要用夜飯？

（生）飯到不消，祇要一壺酒，兩碟菜就是了。

（淨）是哉。

（生私介）雅仙多〈都〉不認得，自〈是〉個蠢才！

（淨）夥計，拿一壺酒、兩碟菜得來。嚇，相公，酒菜拉裏哉。

（生）放嚇。

（淨）噲，收子燈籠，落子鎖嚇。

（生）嚇，店家，來，來，來。

（淨）哪。

（生）你去吩咐一聲，門兒不要下鎖，我五鼓就要動身的。

（淨）是哉。　夥計，門勿要落鎖，有位相公，五更天就要動身個。

（内應介）

（淨）啊呀，倒要叫裏會子張〈賬〉，拉看相公，我裏問要個個子老個個。

（生）什麽？

（淨）哪個個子老個個個哉那？

（生）嘎，敢是會帳〈賬〉。

（淨）噲，算一算。

（生）好，是此没，算一算多少？

（淨）呋，一壺酒，兩碟菜，一支燈燭，纔拉化一錢二分。

（生）嘎，一錢。

（淨）咳，一錢。

（生）二分。

（淨）共總一錢二分。

（生）也不多嚇。

（淨）小店極公道，勿欺人個。

（生）好，似此否着。

（淨）奢叫否着。

（生）否者賒也。

（淨）小店裏呷勿賒介朵。

（生）似此上帳〈賬〉。

（淨）上拉奢人帳〈賬〉上。

（生）上在我鄭大爺帳〈賬〉上。

（淨）上拉唔帳〈賬〉浪，我勿認得滑。

（生）我多〈都〉不認得，是個蠢才。

（淨）直頭勿認得。

（生）我乃滎陽鄭公子、鄭大爺，四遠馳名，多〈都〉認得的。怎麼你到不認得，是個蠢才。

（淨）嘎，乃末滎陽鄭公子、鄭大爺，四遠馳名，纔認得個。

（生）是呵，多〈都〉認得的。

（淨）介沒單單流落子我一個勿認得唔？

（生）如此改日送來。

（淨）介沒改日來吃罷。

（生）明日送來。

（淨）明日來吃罷。

（生）哪哪就送來的，就送來的。

（淨）嚇，啐，奢人搭你移六食個。

（生）你真個不賒。

（净）真個勿賒。

（生）當真不賒。

（净）當真不賒那。

（生）如此站着。

（净）喔唷，看來有奢打局來化拉。夥計朵拿木柴出來，先下手爲强，照打！

（生）嚇，做什麼？

（净）相打滑。

（生）哈哈哈，我大爺豈是與人廝打的。

（净）介没那。

（生）店家。

（净）那哼。

（生）我相公今日出門得早，失帶了銀子。

（净）銅錢是一樣個滑。

（生）也没有。

（净）嘎，兩件俱無，安心來吃白食。

（生）嚇，呸，我有件東西，權當在此，改日來取，這個可使得麼？

（净）且拿出來，看奢物事？

（生）哪哪，噯嘿嘿！

（净）一頂網巾，插羅也無用個哉。

（生）店家。

（净）那。

（生）這網巾呢事小。

（净）我看也無得着個大事務拉化滑。

（生）哪這兩條繩子，是方纔説的個我那李雅仙親手打的，親手打的。哈哈哈。

（淨）嗄，骨頂網巾没事，小個兩條繩子，没是方纔説的那李雅仙親手打的，親手打的。

（生）是嚇，親手打的，親手打的。哈哈哈，識哉識哉！

（淨）到〈倒〉好白相個，讓我同俚縷縷白相看。相公。

（生）怎麼？

（淨）唔，方纔説個李雅仙，我到〈倒〉認得個。

（生）如此在那裏？

（淨）就拉轉灣頭浪。

（生）怎樣一個？

（淨）哪，什介長個，什介大個，連鬢阿鬍子。

（生）呀呸！雅仙怎説是個鬍子！

（淨）網巾一頂，押一錢二分嚇。

（生）咳，雅仙嚇，你今晚不知在何處？這酒叫我那裏吃得下嚇。（唱）我爲想玉人不安寧，獨坐無聊對殘燈。想昨霄〈宵〉飄泊歸何處，半句全無語叮嚀。欺烏鴉亂噪無棲止，悔不當初不離身。鐘聲半夜時常遞，止不住盈盈兩眼淋。見半滅殘燈來相哭，漏靜更深月自明。我早知如此相抛棄，何不步步追隨不先行。

（內鷄叫介）

（白）咦，聽天明了，起身去罷。嚇，店家，酒壺在桌上，門兒開在此，我自去了。

（內鷄叫介）

（生）呀！（唱）聽鷄聲啼鴉亂飛，野寺晨鐘渡水遲。日小山高星欲稀，穿東過西魂消迷。呀，爲何也把門兒閉？阿嚇，好蹊蹺，美人庭院翻作武陵溪。

（白）正門雖閉，角門開在此，待我挨身而進。

（外上）侯門深如海，不許外人來。嚇，你是什麼人？

（生）是尋人的。

（外）尋什麼人？

（生）賈二媽。

（外）賈二媽是何等樣人？

（生）是個鴇兒。

（外）這裏是崔尚書府中，又不是教坊司、麗春院。

（生）啊呀，昨日在此相會的，今日何故匿之？

（外）匿之，待我打這廝。

（生）喔唷！

（丑上）聽得喧嚷，摩拳擦掌。我來打，我來打。啊嚇，骨個是我裏相公滑，老伯！個是我裏個舊主人。

（外）嘎，你的舊主人，似此造化他。放他去罷。

（外下）

（生丑同）嚇、嚇，嚇，啊呀！

（生丑同）來興，相公，嚇。

（生）嚇。來興，我相公被煙花掇迷了謔。

（丑）似何你不聽店主人之言，果有今日。

（生）似此叫我往那裏去尋他。

（丑）骨樣人家到落裏去尋嚇。（唱）好似捕風捉月無憑據，庭院美人武陵溪。身勢伶仃時欲淚，被煙花計中悔也遲。〈你〉載月行來身露濕，〈男囡〉個件衣裳没。

（唱）白苧新裁〈去〉作寒衣。

（生）我怎好穿你的衣裳？

（丑）相公，叫做此一時來彼一時。

（生）是嚇，此一時來彼一時。

（丑唱）〈我〉願奉恩人來適體，〈還有〉一貫青蚨略主持。相逢可惜風波起，進退無門被人欺。今朝早早歸家去，〈免得〉在外間遊無所依。

（內介）七叔，老爺叫。

（丑）來哉，來哉。相公唔早點居去罷，恐老爺、夫人懸望。裏勢拉朵叫哉！唔，快點去罷。

（生）來興。

（丑）相公，我那間勿叫來興哉。

（生）叫什麼？

（丑）叫崔東橋，又叫七叔。

（內叫）來哉。

（丑下）

（生）嘎，東橋七叔嚇東橋。

（淨上）西橋。

（生）七叔。

（淨）八叔。

（生）呸，我道是那個，原來是個醉漢。

（淨）咦，唔，是奢人嚇。

（生）我是尋人的。

（淨）勿要是個白日撞。

（生）狗才胡説。

（淨）前日子老爺書房裏勿見介古董老壽星没，就是唔偷個。

（生）胡説，我相公豈是做賊的。

（淨）咦，骨件衣裳是七叔個滑。

（生）唔，是七叔與我穿的。

（淨）七叔不唔穿個。

（生）正是。

（淨）介没八叔叫唔脱下來。

（生）禿狗才胡説。

（淨）阿脱呢勿脱？

（生）嚇，不脱便怎樣嚇？

（淨）勿脱嚇，介没捉賊。

（生）狗才。

（淨）捉賊。

（生）阿唷。

（淨）嘔介。

（淨下）

（生）嚇嚇嚇，啊呀，皇天嚇，似今叫我往那裏去嗄。

（唱）〈我衹得〉望門來投主，始信今朝無路時。想桃源路隔天臺遠，〈使〉劉郎腸斷逗想思。無奈妒花風雨起，兩地分開〈阿嚇〉連理枝。

（白）此間已時〈是〉店主人門首，不免叫他一聲。嚇，店主人。

（末上）

（白）來了。忽聞人聲語，未審是何人。是那個？

（生）店主人，

（末）啊呀，我道是誰？原來是鄭大爺。鄭大爺爲何這般光景？

（生）店主人，我今果被煙花掇迷了。

（末）如何你不信我言，以致如此。

（生）如今叫我往那裏去尋他？

（末）這樣人家萍蹤浪跡，那裏去盡〈尋〉他。

（生）如此説，我進退無門，不如是死了罷。

（末）鄭大爺説那裏話來！你身輕若鴻毛，重如泰山。況且雙親已老，不必如此。在寒家暫住幾時，再作道理。

（生）如此多謝店主人。

（末）好説嚇，鄭大爺，可曾用過飯嚇？

　　（生）飯嚇，不瞞店主人説，還是昨日吃的。

　　（末）阿呀，餓壞了。嚇，媽媽，拿飯出來嚇。鄭大爺，飯在此，請用飯。

　　（生）是。（吐介）

　　（末）嚇，鄭大爺看仔細。

　　（生）店主人嚇。

　　（唱）〈尾聲〉我柱腹撑腸難消氣，一病少應要命歸西。（吐介）

　　（末）看仔細。

戲曲談録

一、綜談

◎中國的詩歌、説唱、戲劇，常是突出語言中的音樂性。《詩經》《楚辭》是從民歌、民謡中發展出來的；唐詩、宋詞是從曲藝説唱中發展出來的。初是訴之於聽，而後漸訴之於視；初是口頭流傳，而後漸爲書面讀物的。語言要成爲藝術，使它更有效果，必須突出其中的音樂性。短言之不足，則長言之；長言之不足，不如手之舞之，足之蹈之。這樣曲藝又演變成爲戲曲。

故中國的詩歌、説唱和戲曲，原是語言節奏與音樂節奏緊密結合的。中國詩歌在民謡、民歌、説唱的基礎上提高發展，這是優良傳統，也是中國詩歌的特色。它的規律，是語言注重抑揚頓挫，就是聲調的高低變化，注意雙聲疊韻，注意疊字，注意聲音的開口、閉口，注意選韻。這些都是爲了刻畫或者表現人物心理，使訴之於聽。從節奏來説，有時用拖音、拖腔，一字可以拖上十幾拍，用以顯示人物思想感情的蒼涼抑鬱。有時換韻，用以表示思想感情的變化。一般是雙音拍在前，單音拍在後，這樣使唱者便於換氣，聽者便於思味、體會——不因唱得急迫，使聽者難以體會而失去理解。由於單音拍在後，因此中國五、七言詩句，在詩

223

詞體裁中廣泛運用。在曲藝中、戲劇中，七字句也廣泛運用。五、七言詩句，在漢樂府中出現後，就沿用不替。曲種、劇種變了，曲牌不同了，但這種句式還是沿用不替，成爲基本形式，就是這個道理。

《詩經》是四言體，音節是雙雙，或是雙、單、單。音拍變化較少，顯得板滯。形式是爲內容服務的，形式板滯，就會影響或束縛內容的靈活、生動。

《楚辭》基本形式爲六言，音拍是單、雙。單、雙中間或句後，加個"兮"字。單音拍在前，雙音拍在後，形式較爲特殊。這種語言結構，當與楚聲有關。楚聲消亡，這一節奏也就不爲後世所採用了。

◎詞產生於民間，它的發展途徑分爲兩支：一支被文人採用了去，成爲一些文人學士的詞作；一支仍流行於民間，隨着曲調、曲種、劇種的不同，詞作不斷變化。詞在元爲曲，在明爲俚曲，在清爲小調、爲彈詞，或與他種文學樣式結合，成爲綜合性文學樣式中之一部分。從散詞發展成爲套詞，從單獨的一首詞發展爲兩首或更多的詞。許多同一詞牌的詞或不同詞牌的詞，或與詩相結合，或與散文，或與小說相結合，衍變爲曲。散曲發展爲套曲，形成鼓子詞、唱賺、轉踏、諸宮調、套數種種樣式。詞有其相對的獨立性，也可以在綜合性的文體中發生作用。論詞應該這樣看，始得完整，始得符合歷史發展的客觀實際。

◎一劇種的發展，總是吸收人家的許多東西作爲自己的營養而後茁壯長大的。看看蘇州彈詞和嵊縣越劇的發展，就是如此。求之於史，溫州雜劇的發展，可以作爲例示來說明這一問題。溫州雜劇是從說唱文學、唱賺、覆賺和諸宮調中學得聯套組合的歌唱形式，吸收情節的安排、發展、集中、剪裁等多種經驗，從歌舞戲中吸取舞步和音樂,從滑稽諧戲中繼承一部分角色,以及演出樣式、插科打諢之類。溫州雜劇就是在這樣錯綜複雜地熔鑄了説唱文學的長處、舞蹈藝術的優點、滑稽諧戲的基礎上成長出來的。它同時又是以溫州地方腔調作爲歌唱基礎的,在反映現實生活與溫州人民的思想感情的基礎上,吸收了歷史傳統或其他劇種的題材和表現方式。

◎曲藝有時稱爲説唱,這説明曲藝這個文藝形式是由説和唱兩個部分組成的,是曲藝的藝術表現的兩個主要組成部分。這兩個部分的配合有時以説爲主體,例如故事;有時以唱爲主體,例如唱快板書;有時説、唱並重,例如彈詞;有時也結合表演。

曲藝和音樂密切結合。曲藝是説給人聽、唱給人聽的,不是寫給人看的。不論説還是唱,都要突出其中的音樂性,要求口齒要清晰,抑揚頓挫,開合頓宕,能抒發人物的思想感情,富有旋律性和節奏感。詞句要力求通俗化、口語化。語彙須豐富,盡量運用群衆熟悉的形象語言,不可片面追求詞藻,弄得文縐縐的,滿口學生腔,同時也不宜用生僻的方言、俗語,弄得許多人聽不懂。唱詞更需要密切配合音樂。編寫唱句,需要注意音節、韻律和曲調。這裏舉快板爲例,來説明編寫唱句應該注意之點。

快板是介於説與唱之間的一種曲藝形式。編寫唱句,需要注意音節和押韻,有強烈的節奏感,富於音樂性。一般用七字句,比較整齊,但也可以加襯字,插入説白。兩字占一拍,末一字一拍,中間有個小停頓。句與句之間,有些小間歇,便於演員換氣。一般是隔句押韻,情節緊張時可以句句押韻。例如:

> 的的答,一二三。拿起竹爿唱快板。

這裏一是注意音節,雙音拍在前,單音拍在後:

> 的的——答，一二——三。拿起——竹爿——唱
> 快——板。

一是適當加襯字，如"學習那愚公移山英雄漢"；二是注意押韻；三是板、漢、山諸字，都是同韻的。一、二、三數詞用進去，是補足語，沒有什麼意思，原是爲了押韻。這一語句如改爲：

> 的的答答，一二三四；拿起竹爿唱快板。

就會感到很彆扭，唱起來很拗口，聽起來很散漫，和原句相比，藝術感染力量有所削弱。爲什麼呢？第一，把音拍搞亂了，把"的的答答"讀成"的的——答答"，或"的的——答——答"；"一二三四"讀成"一二——三——四"，都不便於演員唱時停頓和換氣，顯得氣很迫促，難於繼續歌唱。第二，不押韻。聽衆聽得一二三的"三"字和唱快板的"板"字，末字韻母相同，耳朵裏很容易發生共鳴，因而就有完整統一的感覺；現在改爲四字，變得散漫，就不會產生這種感覺了。

◎押韻，藝人稱爲合轍。近體詩和古風，原也是從民謠民歌基礎上發展出來的。民謠民歌依照口語來押韻，用韻較寬，初無韻書。隋陸法言寫了一本《切韻》；到了唐代，科舉考試把它抬舉出來，改稱《唐韻》，成爲官書，漸成寫作"近體詩"的押韻標準。《唐韻》共分 206 韻，有些可以同用，實際上 112 韻。到了宋代，改稱《廣韻》；到了元末，把同用的韻合併，成 106 韻，就是一般通稱的"詩韻"，一直沿用到今。舊的詩韻，自宋以後，實際上是大大地違反口語的。現在以北京實際語音爲標準的《中華新韻》，較爲合理。但《中華新韻》適合於北方語系，南方曲藝有許多地方是不適用的，例如《中華新韻》十四寒，包括"天仙""團轉"兩韻，即彈詞"天仙""盤歡"兩韻，在南方話中分爲兩轍，是不能通

押的。如：

> 前面有塊爛泥田，男女老少來奮戰。

京劇"天""戰"通用，在南方是不押韻的。京劇"靈清""銅鐘"通用（即一東、二冬），北方曲藝都是通用的，例如：

> 雞叫三遍太陽紅，背起鋤頭走出村。

"紅""村"在南方曲藝中顯然又是分爲兩轍的。

今將南方的彈詞和越劇的分韻列表如下：

彈詞韻目表	越劇韻目表
〔一東〕	
〔銅鐘〕〔二冬〕	〔銅鐘〕
〔三江〕	
〔江陽〕〔七陽〕	〔堂皇〕
〔雞棲〕〔五徽〕〔八齊〕	〔衣欺〕
〔四支〕	
〔知書〕〔四支〕〔六魚〕	〔思子〕
〔蘭山〕〔十灰〕	〔來彩〕〔拉紫〕〔翻闌〕
〔姑枯〕〔五歌〕〔七虞〕	〔嗚呼〕
〔新人〕〔十一真〕〔十二文〕	〔臨清〕
〔盤歡〕〔十三元〕〔十四寒〕	〔團圓〕〔十四寒〕〔十四〕〔一先〕
〔天仙〕〔一先〕	〔天仙〕
〔逍遥〕〔二蕭〕〔三肴〕	〔腰曉〕
〔頭由〕〔十一尤〕	〔流求〕
〔家杷〕〔六麻〕	〔拉柴〕
〔齷齪〕	〔六託〕
〔墨黑〕〔鐵屑〕〔邋遢〕	

◎戲劇性，爲表現人物和主題服務，大膽運用"無巧不成書"，但不能單純追求離奇，捏造虛構，失去真實性。寫人物要少而精，突出重點，情節充實，脈絡分明，呼應照顧。說、表、做夾用，口齒清楚，抑揚頓挫，娓娓動聽。

"表"分表白、對白、咕白、襯白之類。表白是借說者之口，把故事的情節、過程、時間、地點及人物的造型、年齡、籍貫、行動等介紹出來。"說""表"要力求簡潔明快，聽者易懂。有時可用一些帶有朗誦韻味的東西，增加節奏感和強烈感。

◎一，交代：表，唱起興，點出人物背景時地。二，開端：開場，起因，衝突，確定性質，發展過程，不能扯遠，於接近矛盾的地方開始。應短、緊，免得前鬆後緊，草草收場。須出門見彩，鳳尾豹頭。三，發展：深化過程，開端到高潮的過程。四，高潮：轉折，頂點，高峰。最緊張尖銳時候，解決人物事件、命運的關鍵。開端放下的伏綫，到此爆發，最精彩，最有戲。五，結局：收場，給觀衆留下印象越快越好，不能帶水拖泥。

◎唱詞特點是音調和諧，順口好唱，音韻悠揚，旋律性強。押韻可增強音樂性，順口易記。如："興修水利好處大，河水流到高山上。山青稻香水磨響，日子越過越舒服。"改爲："興修水利好處多，綠綠嘩嘩上山坡。青山綠水稻花香，日子越過越好過。"七字一句，分上下兩部分。上半四字，下半三字，成二二三。如："年年過年我唱歌，今年山歌實在多。農村新事千萬樁，唱了這個丟那個。"超過七字的，分析起來還是二二三拍子。如："共產黨一來刮春風，窮人翻身日子紅。年年生活得改善，世代難忘毛澤東。"逢雙句子，二四六末尾押，單不押，但開頭最好也押。上面的歌、多、個是"嗚呼"韻；風、紅、東是"銅鐘"韻。韻脚有：臨清、堂皇、銅鐘、腰曉、流求、衣欺、來彩、翻闌、拉柴、天仙、團圓、嗚呼、六託、思子十四類。臨、堂、銅、團、腰韻寬；思、翻韻窄。編唱多用寬韻,少用窄韻。

◎犯調亦爲轉調。南北音階不同,北方爲七色,南方爲五色。南昆、北昆之分在此。但七音者不一定爲北曲,南方曲藝亦有七色音階者。

高腔、昆腔之曲牌性音樂,衍變爲整句西皮。西皮者,猶言西方曲子。曲子稱"皮",一皮、二皮,猶言一曲、二曲。

北曲音域跳動大,如梆子。三度以上稱爲大跳。南曲較平,不大跳動,很少三度以上。

◎曲牌流傳,隨着時間遷移,不斷變化。牌名有時未換,內容已面目全非。曲調有中、慢、快板之板眼變化。

"板"是情感的符號,以快慢節奏,顯示人物情感變化。指揮者用板鼓,擊板者以多變化爲貴。社會上説人保守、少變化,稱"老古板",或"板板六十四"。兒歌："啥叫虎,虎裏斑。啥叫板,板板六十四。"演員臺步,要配合音樂節奏,起板、落板都要中節。如果不在板上,稱爲"落板"或"搶板"；"倒板"是在特殊情況下用的,如感情久被抑制,噴薄而出。在文章,叫起得兀岸,如《九歌》"君不行兮夷猶……",用倒板。又如《武家坡》"一馬離了西凉界……"的起板,情感激動。倒板有時也用於訓斥或罵人。

◎曲藝在我國有悠久的歷史,是廣大人民群衆喜聞樂見的一種文藝形式,被稱爲輕騎短劍。一人能唱一臺戲,是一種輕便鋭利的文藝武器。歌頌新人新事,説新唱新,能夠及時地、迅速地反映現實，便於上山下鄉演出，富於生活氣息，群衆容易接受，效果良好。

二、類説

◎越劇音樂底子薄，吸收性强，好的都要拿來，作爲自己的滋養。這是發展的因素之一。今日越劇連西皮原板、快板等唱腔都吸收進去，豐富了音樂性和表現力。情節結構、舞臺氣氛也有所發展。越劇在基本曲調上保持其音樂上原有的風格，吸收新東西，增加音樂上的多變化，使其更充實，這樣的創造性值得贊美。但須注意音樂風格上的統一，有時有不協調處，這也難免，是發展中必然會出現的階段——懂得這道理，就能妥善處理，正確對待。（1961年3月12日在杭大操場上看越劇電影《追魚》有此感受）

◎人物的感情變化發展，常是波浪形前進的。越劇《十八相送》寫祝英台暗示梁山伯，比來比去，説東話西，山伯總不領會。這裏顯示英台對於幸福家庭的熱情追求，和當時社會壓力之重；也説明山伯的誠實，同窗感情的篤厚純正，兩者對比顯示人物性格。《樓臺會》重點表現山伯的懇摯、堅强、勇敢的性格。英台初似猶豫，爲山伯熱情所感動，把抑制着的心情釋放出來。二人雙雙戰鬥，同呼吸、共命運，最後化蝶，達到願望。從《十八相送》到《樓臺會》，英台性格的塑造發展是波浪形前進的。山伯回家後，回味英台送別之語，還猜不透，後來知道英台就是九妹，於是興沖沖地去訪祝。晤時，英台感於父親壓力，責怪山伯遲來，提出父親已將她許馬家，唱道："梁兄呀！我有一件爲難事，要想明説……口難開。"幾句唱詞作一頓挫，直到山伯説了："你我之間，還有什麼話不可講的，盡説不妨。"英台纔説："梁兄，小妹自從別你回來，多多作主已將小妹終身許配與馬家了。"這一躊躇，真實顯示了那時閨閣女子追求幸福生活、思想解放的曲折過程，深刻反映和揭露了當時社會禮教的巨大壓力和女子反抗的艱巨性，帶有悲劇性。山伯一時不會理解英台的苦悶，當他知道英台許配之後，爭論起來，聲言："回家三張狀紙進衙門。"告三個人——祝員外、馬文才和祝英台。這是寫山伯的堅決、勇敢、真誠、熱情，也寫英台這樣女子的時代與階級局限。在當時的歷史條件下，她還不能一下子就起來鬥爭的。她的性格、思想活動，不是循着直綫進行的。這是從現實生活中概括出來的，合乎生活真實，又是藝術真實，是非常深刻的。

◎越劇《紅燈記》唱詞取自評詞《龍鳳鎖》。

◎昆曲一詞數音，便宜於舞蹈動作。

昆曲《十五貫‧訪鼠》乃從杭灘中摘補。

◎徽戲發展爲京戲，京戲又反過來影響徽戲。現存徽戲，早失舊貌。婺劇受徽戲、昆曲、戈陽腔、亂彈、灘簧等影響而成。往昔金華交通不便，婺劇因能保持原始舊貌。它傳統性強，爲浙江劇種傳世，較爲大老者。昆曲、徽戲之本源，有時可於婺劇得之。

婺劇原屬廟臺戲，故臺步跨度小；今日演奏，逐步擴大。《斬子》由衰（滾）調轉爲流水散板，演員可以自由發揮。

婺劇有傳統節目六百餘，曲調千餘。

◎黔劇又名文琴劇，爲貴州各族人民最爲喜愛之新劇種。此劇是在文琴唱奏的基礎上發展起來的。文琴亦稱彈詞，傳説百餘年前流行於民間。1953 年，黔西縣業餘文琴愛好者將文琴的"坐唱"搬上舞臺，受到當地群衆歡迎。1956 年，該縣成立全省第一個專業文琴劇團。1958 年大躍進時，由於領導重視，群衆喜愛和支持,纔蓬勃發展起來。

◎彈詞與變文同爲説唱文字,但無直接淵源關係。彈詞用琵琶撥彈,當溯源於諸宮調。從曲調看,今日彈詞吸取明清小曲的痕跡顯然。其脚本傳世者多爲乾隆後産物。胡士瑩先生以爲彈詞源於變文,彈詞多七字句爲唱句,此實變相之論。

彈詞《珍珠塔》中多時調。《大盜無心當劫珍》用北曲【越調·鬥鵪鶉】、南曲【中吕過曲·石榴花】、北曲【仙吕·混江龍】、南曲【黄鐘引子·絳都春】。

明蜀人楊慎有《二十一史彈詞》。明季《三風十愆記》記常熟丐户中草頭娘"熟二十一史,精彈詞"。

李家瑞《説彈詞》(《中央研究院歷史語言研究所集刊》第六本):"雍正、乾隆時作的《梅花夢》《陶朱富》也還是用作書人的口氣⋯⋯及至嘉慶時代《雲琴閣》《文明秋風》等出,始有純粹代言體的彈詞。本所藏有一百四十餘種彈詞。其體裁的時代變遷,不外如此。"

◎彈詞小説與説書人所用脚本不同,彈詞小説是仿傳奇曲本形式寫的,出脚色,有説白,有表白,有上場,有下場,分若干折,是一種書面讀物。唱篇摛文繪藻,較多加工,實際説書人拿了用,反覺不便,多半不能彈唱。脚本比較通俗,否則唱者、聽者都會感到莫名其妙。

◎彈詞,書有大小之分。大書稱評話,原稱平話。平話指衹説無唱或少唱,如元刊本《全相平話》。後稱評話,有評論之意。平話由説話、講史發展而來。小書稱爲彈詞,由宋時小説、銀字兒衍變而來。説書必高臺端坐,高臺使人易見,端坐便於久説。

説書藝人常説："書不坐不説，官不坐不問。"書案雜置茶壺、醒木、扇子、絹帕，備作道具。彈詞的樂器伴奏：單檔用三弦；雙檔分上下首，上用三弦，下用琵琶；三檔加秦琴或二胡。有時爲了變調，三弦、琵琶須多備一把。

◎彈詞曲調經幾百年藝人創作，極爲豐富，但在舊社會中不受重視，如春蚓秋蟲，自生自滅，許多作品由此失傳。工尺譜未記録，傳世衹百餘種。相互影響，有新發展。大體分兩類，即根據俞調和馬調所發展的兩型。

俞調爲清嘉慶、道光間俞秀山所創，特點是發音細而高，迴環曲折，婉轉幽美。韋莊詞："琵琶金翠羽，弦上黃鶯語。"足以盡之。它重視抑揚頓挫及四聲安排，因有"春鶯百囀"之譽。《子夜歌》："明轉出天然"，可形容俞調音色之美。俞調唱腔，發揮吳儂軟語特點，音域較廣，從高音 5↑，到低音 5↓，中間有兩組以上的距離。在短短一句中，可有十幾度懸殊。它真假聲並用，適於女性彈唱。這種音調性質和音樂氣氛，是在抒發閨怨中形成的。舊社會中宜於表現紅樓深院、兩情纏綿、手托香腮、獨對孤燈的言情場面，反映她們內心苦悶、細膩曲折的思想感情。

馬調爲清同治間馬如飛所創。馬半生在農村演唱，腔調樸素，深受農民喜愛。吐字剛勁，開合頓宕。悲涼時，一唱三歎，四座寡歡。結構緊湊，唱到下句時，常將句末前一字延長，甚至加一短的過門，然後徐徐吐出末字，有一種沉鬱的氣氛。字音簡潔，用真音唱，適於男腔。馬如飛有《夜吟樓草》《南詞必覽》。

蔣調爲蔣月泉根據周玉泉曲調發展而來，也即從馬調基礎上發展而來。

夏調是清末民初夏荷生所創。曲調高昂，清澈豪放。響彈響唱，時人譽爲"響徹雲霄"。夏調是混合俞、馬兩調而成，起調俞調，落調馬調，稱爲"俞頭馬尾"，俗稱"雨夾雪"。

彈詞曲調，博採昆曲、蘇灘、民歌及戲曲組成。如【黃伽調】、【來富山歌】、【亂雞啼】、【湘江浪】、【剪剪花】、【鎖南枝】、【綉鞋調】、【三環調】、【銀紐絲】、【離魂調】、【弦索調】、【海倫調】、【點絳唇】等，音樂性豐富。

◎詩、詞、贊、套數、篇子、開篇。詩、詞用於每日開場或結尾，人物出場時。篇子是書中彈唱的短篇，或稱唱篇，獨立成篇；用於書前，稱爲開篇。贊與套數，特殊部分，書中增益。《燕子箋彈詞》有【秣陵秋】套數，《雙玉杯傳》有小唱，《雙玉燕》有聖諭，《燕子箋》有檄文。

◎《白雪遺音》卷四《南詞》抄録《玉蜻蜓》彈詞，有《戲芳》《遊庵》《顯魂》《問卜》《追訴》《訪庵》《露像》《詰真》《認母》諸回。此爲《玉蜻蜓》今日所見較早的注録。陳遇乾《玉蜻蜓》六卷，四十回，當從此本演繹。坊本《玉蜻蜓》卷末有："遇乾原稿唱場中，離合悲歡有始終。"考《玉蜻蜓》者，輒溯於陳遇乾。《遺音》出，知非陳氏首創，溯其源流，可以推前一些。《遺音》行文較陳本爲美。《遺音》往往將彈詞稱爲南詞，可見彈詞明清時亦稱南詞也。

◎《白雪遺音》卷三有南詞開篇《姑嫂陶情》（光緒樹德堂刊本），《綉像十美圖》卷六《盤夫》回尾附綴開篇同。今録《十美圖》詞並附《遺音》校字於次：

> 年輕姑嫂倚紗窗，折趣陶情論短長。嫂嫂嚇，你看一天新燕呢喃語，滿園春色動人腸。陽春煙景如圖畫，翠色垂楊到處狂。含腮荔（芳）藥迎風箋（舞），粉面梨花帶露香。對對黃鸝鳴翠柳，雙雙粉蝶舞匆忙。鴛鴦交頸池塘戲（嬉），遊

蜂受（愛）色喙（采）含芳。卯（卵）生尚且貪風月，莫怪嫂嫂
憶惜（情）郎。嘛（啐），我與你，二人好比鮮花樣，兩朵開時
你道那一朵香？嫂嫂，你好比（那）衣（夜）來香，（小）奴是
（好比）秋海棠。怎見得，娘娘嘛（嫂嫂嘛），夜來香香得人人
愛，奴是秋海棠兒怕日光。姑娘呵，寒露採花嫩蕊好，佳人
二八配才郎。嫂嫂嘛，穿舊花鞋行步穩，他（池）内荷花開的
香。姑娘嘛，盤中果子新鮮好。嫂嫂嘛，老頭甘蔗蜜如糖。
姑娘嘛，人老珠黄錢不值，你是含蕊將開分外香。嫂嫂呵，
你是雪裏梅花成久練（能練久），並且佳人半老更情長。啐，
小姑（小油嘴）十會妝腔（會裝腔），奴家尚且愛姑娘，勾紛
（粉）頸，摸胸腔（膛），人喜（含羞）淑女拽（掩）紗窗。風流到
底讓（是）姑娘，雙雙同進房。

◎彈詞刻本中，時見開篇韻白列於回首回尾，以爲引首或補
白。如《綉像十美圖》卷六《盤夫》後有《姑嫂陶情》；卷二十三《闖
閨》後有新篇（編）《六美圖》，略敘關節，並附《後庭花》工尺譜；卷
二十七《爭簣》有唐詩唱句"旭日初升上小樓"；卷三十一《聞抄》
有琴及山東調："風流的女子情難遂"；卷三十三《彈劾》有揣子
綱："姣娘逍遥將鞋兒綉"；卷三十三《救主》有棋；卷四十《團圓》
有書畫，保存了若干資料。其卷二十三《闖閨》末載云：

新篇（編）《六美圖》關節，略敘開場，先敘楊文舉：覆舟
訂美可招商，投環事遇聆郎子，贈銀許妹送京邦，到後來寧
死嶽（獄）底楊公子，季伐機妻周劉郎。後書種種奇文妙，武
場奪印鬧琵□，箏元二美咳心喜，三番大鬧打二莊，四汾出
兵多威武，五路板招本領强，團圓六美生光好，大哉龍豆名
姓香。攝花蓋而機關巧，歌將情節請端詳。

是書關音，奇在於後出。

《後庭花》：

乙四工合四上尺工六工尺上乙四工四工上

乙四合工合四上尺工六工尺上乙四合四

四四合四四合四合合工四上上上工尺

上乙四四合四上合工工四合四合凡工

工四上四合上上合四上尺六六五六凡工尺工尺工工

卷二十七《爭簣》有唐詩：

旭日初升上小軒（樓），畫樓閨秀愛春眠。鳥啼隔院驚
殘夢，坐柳（擁）孤衾斃（避）曉寒，雲鬟蓬鬆釵欲墜，隔宵脂
粉退容顏……

卷三十一《聞抄》：琴

五音魁首冠絲桐，大舜曾將此樂工。妙不過悠揚清韻
韻宵漢，趙無雙指下能將鬱暢鬆。白雲樓，未央宮，多少高
人屬此中。此乃是昔時製造良人工，以至於近世相仿這悶
喪，奧妙卻無窮。

山東調

風流的女子情難遂，思想那哥哥怎地不來。那一番，被
底結成冤牽債那，害得奴廢寢忘食，刻刻時時的不自在。夢
兒不成，手兒懶抬，怎能個，一點靈犀放奴花心兒內？怎能
個，一點靈犀放在那花心內？

卷三十二《彈劾》：揣子網

姣娘逍遙將鞋兒繡，忽見情人那走上也樓。叫嫂嫂，我
有件衫兒肩頭上溜，要求你那膝衣放在那肩頭壓着那皺。
娘娘一見罵聲肉因，想幹風流。借着他，衣服的來由我便宜

你,正合奴心倒自俯就。阿約我的情郎,你有此心,奴也有此心自俯就。

卷三十三《救主》:棋

角勝爭奇演算法良,子分黑白半中央。内按看周天三百六十星纏度,祇布着四面八分門土九得。三仙洞,五老莊,午餘對變遣時光。當真是相逢敵手無高下,可不道一着差池俱受傷。不必動刀槍。

卷四十《團圓》:書

三墳五典幾居諸,經史傳留多少価。塆喜那玉版牙籤下訂美,最富的石渠天禄方年儲。漢劉向、董仲舒,臨邛司馬謨相如。伏多是胸羅萬卷騰奎鋒。愈增出天下文章堆積廚,遺子騰(勝)金珠。

卷四十《團圓》:畫

玉軸金章鑲絹綾,名家手筆好丹青。淡描的遠山近水多近趣,濃抹的人物相同花草精。還有那,刺繡成,描頭生活更聰明。出奇的五顏烘染藍田權,絕美的松雪傳神馬滾塵,宋苗亦專門。

◎作壽開篇:

壽燭高高點,壽霞爐内煙。壽鞋雙雙拜,壽衣斬斬鮮。壽桃當中供,壽花插兩邊。壽如山,壽如海,尊府,先生壽萬年。

◎喜事开篇:

得意興隆佳華堂,行燈高懸結彩霞。三勝日,無名香,一支紅雲出圍牆。聖人留下周公禮,紫薇花相對紫微郎。

◎曲藝常有堂會，如唐人所謂於新昌宅聽唱《一枝花》者。杭灘於清代常於豪門大家堂會中演出；又有在朱天會中演出者，往往通宵達旦。

杭灘唱前灘，用中州韻。曲牌，折子戲。寧波、上海、蘇州所唱屬於後灘。前、後灘源於戲曲，變爲坐唱。過門長，重伴奏，不用鑼鼓。清板，祇有節奏，沒有高低（科子）。崑曲稱之爲乾板，亦即滾板。

◎有人把杭劇、杭灘混爲一談；也有人看了和劇《斷橋》以爲是溫州雜劇，是不對的。杭劇僅數十年歷史，自宣卷發展而來。創始時，有所謂"三英六牡丹"者，今有人尚活着。其基本調爲武林調，爲二六、大六板、反工、反工二六。杭劇武林調是板眼音樂，表演板穩。

杭灘即灘簧，爲坐唱形式的曲藝，自崑曲蛻變而來。前灘所唱，是從崑曲改變而來的折子，清乾隆以後纔盛行。杭灘常在喜慶堂會中演出，聽衆比幾百人的廣場表演少得多。堂會演出不需高大的聲浪，音調低沉緩慢，吐音運腔，咬文嚼字，如一縷幽香，繚繞嬝娜。樂器以三弦爲主，戲曲音樂必須服從舞臺表演。

杭州地方劇若以杭劇爲主，可以吸收一些杭灘音樂與劇目，但必須改編，有個加工過程，纔能融合起來。

平陽和調是灘簧的一支，祇是有語言上的不同。《斷橋》自婺劇灘簧本移植過來，不能與溫州雜劇混爲一談。

杭劇、杭灘、和劇，沒有八百年歷史。有人這樣說，那是他的一種誤解。平陽和劇有四百多年歷史。

海鹽原有海鹽腔，若將近代傳入海鹽的越劇加進地方色彩演唱，說成海鹽腔，那是另一概念。

高崑亂彈聲調從徽戲中來。

昆曲一音拖得很長,有時用樂器過門,還加小調。在舊社會,適合於表現佳人才子的心情。現代人性情爽直,不習慣於忸怩作態。昆曲音樂,過門過長,有時難於表演,唱與表演易發生矛盾。這就促使昆曲音樂的不斷改革。

姚劇亦爲在灘簧基礎上發展出的地方戲。

杭劇民國時産生,自宣卷中衍變發展。其一唱一説,伴奏以絲弦。

清末織綢機坊工人裘逢春、同慶、彩葵、阿五等,是宣卷説唱愛好者。1911 年職業宣卷:金守忍、道士阿炳。

觀音生日:農曆 2 月 19 日、6 月 19 日、9 月 19 日,説唱宣卷《八仙慶壽》《琵琶記》《珍珠塔》等。下午七時至次日五時,堂會。

◎評話"宋八部書":《飛龍傳》《楊家將》(《金槍傳》,楊七郎手執金槍)、《龍圖傳》(《七俠五義》)、《平西》(狄青)、《呼家將》《金台傳》《水滸傳》《岳傳》。

書場大都在城市或鄉鎮上,其服務對象是市民。爲了適應需要,迎合情趣,常放噱頭。悲劇之事,用喜劇處理,以博一笑,鬆散疲勞。

噱頭有的出自書的本身,稱爲"肉裏噱";有的是外出穿插,稱爲"外插花"。《描金鳳》説到翠姑娘和徐蕙蘭分袂時,翠問徐幾時回來,"未登程先問歸期",説書人便加插頭:

> 分別時,一般是難捨難分,兩情依依,都還没走,就問幾時回來?"啞,你到上海去,幾時回來?""大約一星期吧!"祇有我們説書人兩樣,出門不作興先問回來的,到是這樣説的:"啞,你去了,死在外邊啊;你去了,走投無路啊!"算是好的。爲啥? 死在外邊,碼頭上生意定然好極,一直做勿完,唱書唱到死。阿是好個! 出門兩三天,就回來,那個唱書肯

定是吃不開。唱書唱到"走投無路"，就是書場裏客滿熱鬧，路都不好走，阿是好個。

這樣引導聽眾聚精會神去聽他說，聽得緊張吃力時，調節一下神筋，聽他再說本文：

分南北，別東西，兩人話別情依依。

聚了許多別離之情，說書人又叉開去，插進細節：

錢篤笤在門縫裏張望，聽他們講得有勁，篤笤看得、聽得有勁。不知門祇關着，未落閂，篤笤頭緊撞門上，一不小心，衝了進去。翠姑娘一見，霎時面紅過耳。得、得、得，逃了進去。錢篤笤不好意思，祇得搭三兩句，也就走了。許賣婆小搜好出來，站到門口送別女婿。翠姑娘不忍分手，又跑出來，看見母親叉着手立在門口，不好意思竄出來，站到門檻邊，靠在母親背後就站定了。許賣婆並沒覺得，還在瞎講張。徐惠蘭招呼賣婆，驀地看見一個人忽然長出兩個頭，阿要嚇個介，自然嚇了一跳。再看，原來翠姑娘又來了。徐惠蘭上來搭訕，招呼賣婆，妙語雙關，實在是向翠姑娘說話。賣婆到底有賣婆腔的，還在瞎纏，說得後來，不禁忘情，說出破綻來，說道："回來與你拜堂成親。"賣婆也知嘴太快了，啐了一口，跑了進去。翠姑娘不好意思，也便逃了進去。

這種細節描寫，含有喜劇性，本身就是噱頭。

◎說書人一不小心會說出漏洞來，漏洞就是不合情理的東西。乖巧的人花言巧語，隨機應變，很快便把漏洞補了，沒有道理偏給你說出個道理來。如說：

有個僮兒，眉花眼笑，碰見主人，總要奉承幾句。有次没有話説，偏找幾句話説，隨口説道："相公相公，奴奴走過天井。教啥，忽地看見屋簷頭上掉下來一隻板鴨，老大人你看，真好運氣啊！"這話阿是説出漏洞來哉，屋簷上怎會掉下板鴨來的？相公喝道："休得胡説！"這僮兒卻不慌不忙回道："老大人，隔壁人家那隻瘟貓，教啥，好偷人家東西。偷了人家一隻板鴨，咬着逃到您家屋上來了。人家用棒來打，貓一嚇，嘴裏啣着的板鴨就跌下來了。老大人，阿是今朝運氣好個，屋簷上板鴨都跌下來哉！"這僮兒真會説謊。

有次又説出漏洞來哉：

"啊，老大人，今朝出門，説也奇怪，看到門口，浮水過來一柄斧頭。"斧頭是鐵做的，重得很，怎會浮過來的？阿是這話又説出漏洞哉。"不要瞎説！""喏，老大人，阿是你聽勿明白哉！教啥，對河那個老伯伯，不是常常劈柴個，劈柴時光，用力過重，一記劈下去，斧刀劈進凳頭上，猛力提起，凳頭隨着帶起。再劈下去，斧頭柄脱落，斧頭鉗在凳頭上，飛到河裏，隨着浪頭，浮了過來。老大人啊，阿是一柄斧頭浮過來哉。一點也勿虛個。"

◎杭州評話近世吸收昆、京劇表現方法，亦有起脚色者，但有改變。京劇武松爲尖喉嚨老生，評話則爲武小生。石秀小生，施恩文小生，蔣門神大面，張都監與張團練爲花臉，西門慶爲武小生、惡霸小生，潘金蓮爲花旦，王婆爲老丑旦，武大郎爲花臉，陽穀知縣爲花臉。薛永爲二花臉，闊口，聲音宏亮。蔣門神徒弟爲闊口帶花臉。

◎杭州評話在《三打高唐州》書中插一情節，以揭柴進和高廉的矛盾：李逵到了柴進莊上，吹噓自己劫法場、跳水仙閣的厲害。柴進不信，李逵要求表現。柴進喚人於後園築一高臺，讓他從高臺跳下。高臺築起，早爲高廉所知，疑是築臺拜師，招賢納士，或爲方士召將，施放符禄。是操練武藝，還是故弄妖術，不得而知。高廉正想看個究竟，便派人前往。忽見一人，魯魯莽莽，衝上臺來，大喝一聲，喊道："俺老子家住山東沂水府沂水縣百丈村，認得的喚聲老子，不認得的喚聲爺爺。俺黑旋風李逵又要鬧江州劫法場了。"高廉來人得訊，便向高唐州去稟告。

◎杭州所説書目，依朝代爲次：《武王伐紂》《列國志》《七國志》《西漢》《東漢》《三國》。隋唐：《正唐》《羅通掃北》《征東》《征西》《反唐》《宏碧緣》（大小書都説）、《粉妝樓》（大小書）。五代殘唐：《飛龍》《金槍》《龍圖》《紫金鞭》《狄青平西》《金台》《水滸》《後水滸》《岳傳》《後岳傳》。《濟公》《七俠五義》。《英烈》《海公大紅袍》《九絲套》（大小書）、《七劍十三俠》。《明清八義》《慈雲太子走國》《李闖王進京》《彭公案》《施公案》《下江南》（大書）、《遊山東》（小書）、《太平天國》。

◎杭州書與蘇州書各具特色。杭州書重視情節，如《水滸》書説"時遷掛帥"發六十六條令、"百將擒文恭"都是大場面，氣勢磅礴，結構嚴密，起伏變化，蕩人心弦。蘇州書擅長關節，如《三國》書説諸葛亮拜帥、張飛誤印、三闖轅門、趙子龍長阪突圍，七進七出尋找阿斗，莊諧並作，緊張鬆弛，奇幻變化，引人入勝。各俱巧妙。蘇州書"拜帥""尋門"，皆已整理成書；杭州書"掛帥"、"擒史"，惜無記録。老藝人已逝，書遂湮没，惜哉！

◎杭州民國初，書場中掛謎，使早到聽客不致寂寞。

解放前,杭州盛行朱天會。會時通宵達旦,唱堂會,或説評話。

杭州(評話)書中的賦、贊,反映着一定的社會生活內容。今録《牙牌賦》《元戎賦》兩則,以存資料:

牙牌賦

胡琴琵琶鳳凰簫,還有牙牌象棋寶。牌兒豎起,睜眼一看:天地人娥、三長四短、夾五夾七夾八夾九主尊報。天牌兩張:一張天牌桑連果兒,一張天牌花筒殼兒。地牌兩張:一張地牌沙藥瓶兒,一張地牌象牙筷兒。人牌兩張:一張人牌桃紅貼兒,一張人牌燈籠殼兒。娥牌兩張:一張娥牌翎毛頂兒,一張娥牌剃頭刀兒。板凳兩張:一張板凳四眼狗兒,一張板凳殺豬凳兒。長三兩張:一張長三烏飯糕兒,一張長三鐵練條兒。梅花兩張:一張梅花膈梅花兒,一張梅花烏梗豆兒。四隻短牌——四六兩張:一張四六半結衫兒,一張四六橡寄門兒。牛頭兩張:一張牛頭箸殼鞋兒,一張牛頭知了殼兒。么六兩張:一張么六灶司牌兒,一張么六豆腐刀兒。鐺持兩張:一張鐺持鑼錘兒,一張鐺持搖鼓檠兒。雜牌二六:一張賽如馬蹄袖兒,又像扒頭陀兒。四五一張:花瓶架兒,又像癩痢頭兒。二六一張:起課筒兒,又像硯瓦盤兒。三五一張:打掃帚兒,又像葡萄芽兒。二五一張:黑鯉頭兒,又像牛屎堆兒。三四一張:猢猻箱兒,又像鮮鷄毛兒。么四一張:旗杆斗兒,又像膈燭頭兒。二三一張:帳子鉤兒,又像扒柴鉤兒。釘拐兒、大紅頂兒。二四像泔水桶兒,雙挽髻兒。牌兒總共二百廿七點:一百六十三點黑,十場賭來九場空;八八六十四點紅,十個賭客九個窮。牌兒韓信所造,分天地日月,五行六合。天牌十二點,按一年十二個月。六點紅,六點黑;六個月大,六個月小。天牌十二點:按十二個時

辰——子丑寅卯辰巳午未申酉戌亥。六點紅，六點黑：日裏
六個時辰，晚上六個時辰。兩張天牌拼攏廿四點，按一年二
十四節氣。地牌兩點：一張地牌爲日月兩儀。兩張地牌共
四點，爲四大部洲：南贍部洲、東勝神洲、西牛賀洲、北極蘆
洲。人牌兩張，内外八卦：乾坎艮震巽離坤兑，休生傷杜景
死驚開。娥牌上一點是主意，下一點是萬事要三思而行。
還有一張喚做禮儀（蠻法）三千，道理一個。娥牌八點：正心
修身克己復禮。三六一張，三山六水；四五一張，五湖四海；
二六一張，孝悌忠信禮義廉恥。三五一張，三綱五常：君爲
臣綱，父爲子綱，夫爲妻綱；五常者仁義禮智信。三四一張，
三從四德：在家從父、出嫁從夫、夫死從子；婦容、婦德、婦
言、婦工。么四一張：仁義禮智信。二五一張：天地君親師。
長三三五，爲二月春分起到五月；短六七十，短到十一月冬
至定。上面拼就一百零八點，三十六天罡，七十二地煞。鐵
拐兒爲天地人三才。二四爲兩儀四象。主尊報有詩爲證：
三歲孩童配成六歲妻，則算一對好夫妻。不怕天來不怕地，
祇怕年荒使你兩分離。

元戎賦

治國元戎府，開基忠義堂。轅門生結彩，水滸把名揚。
東轅門外掛一塊火眼狻猊牌，上寫着：捉拿閒人，禁止喧嘩。
西轅門進三十六條軍令、七十二條條款，都是鐵面孔目所
定，判斷無差。照壁上畫出玉麒麟，脚踏鎮三山；又畫出通
臂猿樹上跳躍，下邊站着聖手書生。照牆下，擺的是轟天
雷，現出毛頭星，點起獨火星，放出來的霹靂火。白石甬道
砌出九尾龜，石將軍一對，上插着兩株玉旗杆，高來摸着天。
上起摩雲金翅，揭頂葫蘆花和尚。下有杏黄旗，綉出大"帥"
字。黑旋風一陣，掀的大旗飄蕩。鼓旗下是個沒遮攔，旗杆

下小遮攔。三吹三打，鐵叫子吹出一派鐵笛仙。青面獸一對，懷抱繡球戲耍。東邊文官廳坐幾位，官長們一個個文質彬彬，手執神扇子，個個似白面郎君。武將廳坐定了急先鋒，是個小霸王。站的是打虎將、天目將、百勝將、聖水將、神火將、賽神貴、小温侯、八臂哪吒、立地太歲，一個個擺起鬼臉兒，上陣去都是拚命三郎。洗馬槽拴吊幾匹馬：千里馬、赤兔馬、流星馬、百子馬、日探馬、夜探馬、時探馬、刻探馬，外加一匹醜郡馬，吊的吊，拉的拉，牢緊上下。頭門上，畫的是白牡丹，四季時花。上有門檔，下有户對，正中央金鑲，直竪龍鳳額，上寫"都帥府"三字。一副對聯分上下：上一聯"入雲龍到此拯角"，下一聯"矮脚虎口内敲牙"。軍牢手頭戴胭脂帽，手拿責軍棍，一個個站立兩廂。捆擲手手執病關索，違犯者挺手擒拿。刀斧手是赤髮鬼。劊子手頭戴一枝花，身穿鐵臂膊，手執操刀鬼，斬的是短命二郎。二門上畫出的喪門神、顯道神，都是五彩描畫。賽高臺上架撲天鵬，千里鏡、火眼鏡，吊照雲裏金剛，五色旗旛透出一丈青。左廊下擺的威武架，一字錨金鐣、兩把宣花斧、三尖兩刃刀，四耳鑲鐵鐧，五股托天叉，六輪點銅鎗，七星蓮蓬鎗，八角紫金錘，九環大斫刀，十指筆硯抓，十一金頂蓮花槊，十二銀綫戟，十三齊眉棍，十四爪頭棒，十五紫金爪，十六鑌鐵抓，十七月牙魚尾鏈，十八節銅鞭。右廊下威武架：一耳鑲綫戟，兩耳方大戟，三耳三才戟，四耳平安戟，五耳梅花旛，六耳杏黃旛，七耳豹皮旛，八耳蓮花旛，九耳連環旛，十耳倒馬戟。甬道下站的是旗牌糧餉、執事、稟事、跪奏、中軍、傳宣、掌候官。隨營大夫都是神醫妙手，官封到紫髯伯，裲襠擺起了鐵面孔。病尉遲、小尉遲。小李廣一個個站在兩廂之下。有上門房、下號房，吏户禮兵刑工，三班六房。堂簾下站着大刀手、雙斧手、雙鞭手；棍子手是獨角蛇，擋叉手是個兩頭蛇，長槍手是白花蛇，雙槍手統帶的金鎗班手，擋牌手拿的牌上畫着雙尾蠍，透出一層浪裏白條。簾前下設面目，懸燈結彩，結出是菜園子。匾上寫的是羣英會武。一副對聯分左右，上一聯"帳率貔貅如狼虎"，下一聯"統屬文武鎮中華"。帥堂上擺起了井木犴大紅綉緞幛，綉的是替天行道卅六條大令。一陣小旋風，吹着上方劍，高供在盤龍架。黃緞色的印，杏黃色的敕，左右敕印高架。兩邊擺的是病大蟲、母大蟲、鼓上蚤。半副鑾駕，香煙繚繞，兩旁擺着：左旁是掛幾張美髯公、寶雕弓。右旁走獸壺插着沒羽箭，神箭手飛石子好比狼牙。中央擺的一張虎皮椅，端坐元帥活閻羅，手執鐵扇子，脚踏時遷錦毛犬。正中一塊藍泥金字匾，上寫着"常存忠義"。一副對聯分左右：上一聯"神械軍師行者出洞蛟飛天大聖"；下一聯"催命判官浪子翻江蜃混世魔王"。帥堂下跪的報馬人，豹子頭帶錦豹子、□報子、金錢豹子、神行太保。船火兒來來往往，猶如白日鼠相仿。正是用兵及時雨，調將智多星。帥爺升堂，排列龍虎大將：出林龍、獨角龍、九紋龍、混江龍、插翅龍、中箭虎、花項虎、跳澗虎、笑面虎、青眼虎、錦毛虎、磨地虎，十分威武。

◎揚州老藝人説評話的，很多是沒落的轉業讀書人，説《三國》《隋唐》《水滸》；聽的人都是官僚地主，沒處玩就來聽評話了。

乾隆時説書招牌上總是寫着八個字："談今論古，醒世良言"。説書時，常常宣讀"聖諭"，藝人地位較高，可以補助教育之不足。

揚州有評話會館。盛時會員有三百餘人，現祇七八十人。

揚州（評話）書目有：《列國》《西漢》《三國》《水滸》《八竅圖》《吳越》（明魏忠賢時）、《武則天》《四傑村》《嘉興府》《宏碧緣》《雙金錠》《玉蜻蜓》《珍珠塔》《白蛇傳》《落金扇》《倭袍記》《雙珠鳳》《西遊》《緑牡丹》《清風閘》《粉妝樓》《施公案》《彭公案》《濟公傳》《三俠劍》《羅家將》《明清八義》《雍正劍俠傳》《乾隆傳》《隋唐》《英烈》（血滴子）、《飛龍傳》《包公案》《七俠五義》等。

◎溫州民間藝人卓性如云：溫州説書，先説書頭一段，次説正書四段，時間約三小時。書頭内容如《今古奇觀》諸篇，短者一次説一篇，長者一篇分兩次説。今説書頭改爲説報，如説《浙江日報》中事。正書内容如説《三國演義》《水滸傳》《金槍傳》等書。所謂一段，即中間有一次休息，而書於此也近乎一環節，説書人於此可藉此吸煙（休息）。（卓性如説，他説《水滸傳》有脚本。）

◎快板則是從民謡民歌發展到曲藝、戲劇過程中的一種文藝形式。

快板在陝北稱爲"煉子嘴"，在東北稱爲"數來寶"，在江南稱爲"順口溜"。這個曲藝形式，不用弦樂伴奏，祇用兩塊竹爿，就可演出，卻能把故事、人物唱得生動、鮮明，富有節奏感。

快板可以抒情，也可以敘事，種類有單口、對口和群口等，是一種輕便的文藝武器，被稱爲"尖兵"。一般内容較爲單純，有故事性的，都可以用快板的形式來演唱。

敘事性的故事詩，一般要求敘述清楚。音樂伴奏，祇需運用"清板"，如《撲燈蛾》，祇需敲敲點子，運用清板或數板——一種較爲簡單的曲調。例如："説新聞，話新聞，新聞出在……"

快板有時從描寫真人真事開始，激起生活的浪花。感情有所激發，唱詞也就有了波瀾。快板是一種文藝形式，文藝作品不是現實的翻版，也不像照相攝影，反映出來的生活"比普通的實際生活更高、更强烈、更集中、更典型、更理想，因此就更帶普遍性。"這樣必然超越真人真事的局限。在真人真事的基礎上,加以藝術的構思和概括、加工提高,創造典型人物。作品中所顯示的人物性格、思想感情,不斷發展,音樂節奏也隨着發展。到快板這一文藝形式不能適應這個任務時,就會發展成為另一形式。

快板押韻,一般要求一韻到底。但是根據內容需要,人物角色、思想感情、故事情節變換時,可以換韻。有時可以運用幾個韻,有規律地交叉使用,稱為"花轍",祇是不宜多用。

快板用韻,要選得好、押得好。有些韻適宜於表現激昂的感情,如堂皇韻;有些韻適宜於反映低沉的情調,如依欺韻;有的韻來得乾脆利落,如拉打韻。韻有寬窄:臨清、堂皇、腰曉、團圓等韻,字數較多,是寬韻;思子、六託、翻闌等韻,字數較少,是窄韻。快板用韻,以選用寬韻為宜。寬韻容量大,便於表現,少受束縛。選韻要為內容服務。七陽是開口音,唱得響,聽得遠,宜於抒發激昂的感情,表現英雄人物的思想境界。四實是閉口音,不宜應用,這韻聲音短促,唱的唱不出,聽的聽不清。演員如把聲音拖長,聲音就變,如小氣、願意、問題、歡喜、道理、考慮、聯繫、做起、稀奇、會議、東西、兄弟、浪費、牢記、回憶、一些、方米、毫釐、襯衣等詞,後一字都屬四實韻,作為快板押韻,效果不好。十灰(即來采)韻也難用,最好避免。

◎曲藝有許多種類,講故事在曲藝中是占着較為重要地位的。講故事是以說為主體,有時也可插入詠誦或歌唱。語言訓練極為重要,其語言要求豐滿,須既是人民口頭語言,又是文學語言,是經過洗練和提高的口語。它的特色可以概括為六點:明確、樸素、簡潔、形象化、音樂性、生活氣息。例如《水泊梁山》書中說英雄人物出場,有時用這樣的話:

　　　槍挑一個洞,刀砍一條縫。割下一個頭,碗大一個疤。

再隔十八年，還是一個好娃娃。

又如故事《山裏紅》：

> 明知創業難，偏做創業人。胸有英雄譜，壯志化宏圖。

寫英雄人物樂觀，不怕犧牲，說得栩栩如生，突現在聽衆面前，語言十分豐滿。

講革命故事，有時是報導一件事情，刻畫一二英雄人物。刻畫人物，要少而精、目的性明確，突出重點，寫得深透、充分、由表及裏刻畫英雄人物的内心世界，隨着情節發展，造成懸念。情節要求充實、曲折，層次分明，隨着矛盾衝突，波浪形前進，起伏變化，引人入勝，爲表現人物和主題服務。可以大膽運用"無巧不成書"，出乎意料之外，合乎情理之中，然而不失其真實性。但不可片面地追求離奇，捏造虛構，亂置"包袱"，喧賓奪主。最後矛盾獲得解決，水到渠成，親切有味。

寫人物有時可以串起來寫，烘托一個人物，單綫或數綫交叉，也要脈絡分明，照顧呼應。故事寫得曲折、巧妙，纔能吸引人。無巧不成書，好處可以節省筆墨，内容飽滿；但不要弄巧成拙，使人難以置信。

刻畫人物，要求突出人物性格，注意人物的共性和個性的統一。階級出身或生活條件相同的，有其共性；但人物性格是多樣化的，又有其個性。祇是一個模子，會犯臉譜化的毛病。

◎編寫故事，最好能成竹在胸，前後呼應照顧。人物出場、下場，要有剪裁，選擇典型。中間穿插、場次、對話，都須預先安排好，畫成一表，然後下筆動手。我國小說傳統一般是有頭有尾，波瀾起伏。編寫革命故事，可以借鑒。故事結構一般一分爲五個部分：

一，交代。說明故事背景，烘托環境氣氛，引出人物。有時以唱詞起興，可以兼起定音、定場的作用。

二，開端。從衝突開始，蘊藏着矛盾性質及其發展過程，稱爲伏筆或伏綫。伏筆或伏綫不能扯得過遠，篇幅越少越好。在接近衝突處開始，所謂"出門見彩"，可以引人注意，一下給以深刻印象，避免前鬆後緊，草草收場。

三，發展。衝突逐步激化，這是從開端發展到高潮的必經過程。發展過程根據客觀實際情勢而定，富有彈性，盡量概括社會現實，抒寫矛盾雙方形勢，把懸念放得遠遠的，掛在那裏，使聽衆渴望知曉。

四，高潮。也稱轉折、頂點或高峰。矛盾衝突發展到此，是最緊張、最尖銳的時刻，是單綫或數綫矛盾的焦點，是解決人物命運和事件結局的關鍵。開端安下的伏綫，往往到此一齊爆發。安排必須合情合理，使之成爲最精彩的部分。

五，結局。或稱收場。或悠然不盡，使聽衆留下深刻印象；或收得乾淨利落，不可拖泥帶水。快刀斷麻，收得越快越好。

三、作品

◎王國維考訂《董西廂》爲宋時諸宫調體，論極精確，足解明胡元瑞、清焦理堂、施北研諸子之惑。然明徐渭於《題評閱〈北西廂〉》中言："然董又有別本《西廂》，乃彈唱詞也。"（《徐文長佚草》卷七，沈德壽《抱經樓叢刊》之五）已發其端矣。其文曰：

> 余於是帙諸解，並從碧筠齋本，非杜撰也。齋本所未備，余則補釋之，不過十之一二耳。齋本乃從董解元之原稿，無一字差訛。余購得兩冊，都被好事者竊去。今此本絶少，惜哉！世謂董張劇是王實甫撰，而《輟耕錄》乃曰董解

元。陶宗儀，元人也，宜信之。然董又有別本《西廂》，乃彈唱詞也。非打本，豈陶亦誤以彈唱爲打本也耶？不然，董何有二本也？附記以俟知者。

◎《西廂記》説白常用以交代故事情節，有時用清板、數板，加強語言的音樂性、節奏性。唱詞用曲牌，常用於抒情、寫景，與豐富多彩的音樂旋律結合。這樣使刻畫人物、顯示心理活動和思想感情，更爲濃烈、細膩、多樣、變化。現在有的戲劇創作，唱詞用來交代情節、思想内容和人物的心理活動，祇是唱詞的字面上所寫的那點點，就不夠耐人尋味了，藝術作品不應如此。

◎暖紅室《董解元〈西廂記〉》所據乃閔齊伋朱墨本，有"顧渚山樵點定"字樣。分四卷：卷一起〔仙呂調〕【醉落魄纏令】"吾皇德化"；卷二起〔商調〕【定風波】"燒罷功德疏"；卷三起〔雙調〕【文如錦】"説恁心聰"；卷四起〔大石調〕【玉翼蟬】"蟾宮客"；末附引施國祁（北研）《禮耕堂叢説》一則，焦循（理堂）《易餘籥録》一則（《小説枝譚》有），無其他序跋。卷一有"比前賢樂府不中聽，在諸宮調裏卻著數。"知此體名"諸宮調"也。

宋末《西廂記》譜成詞曲，尚無説白。金章宗時，董解元《西廂記搊彈詞》出，始有白有曲。《西河詞話》已早言之。

◎《張協狀元》是自唐宋平話發展來的。所用調名有【望江南】、【水調歌頭】、【繞池遊】等。韻白，滾唱滾白。乾板、垛板，有節奏，無音高低，簡單化。無八句以上唱詞：【金洛索】、【駐雲飛】、【山坡羊】、【鮑老催】、【綿搭絮】。

◎《三擊掌》的唱腔安排——王允：【西皮原板】、【快板】、【散板】；寶釧：【西皮慢板】、【原板】、【快板】、【散板】、【二六】、【哭頭】、【搖板】。這戲唱詞不到八十句，唱腔變化極多，和劇情發展緊密結合。開頭王允命令寶釧退婚，遭到寶釧拒絕。王允唱："我的兒本是丞相女，就該配濟世安邦定國臣。"對寶釧拒婚，十分忿怒，但尚未大發雷霆。劇情在發展，這時寶釧激情，恰在反應，戲的緊張程度比起後來緩和得多，因此老生唱腔採用西皮原板甚爲恰當。開始就唱快板，就會顯得頭重脚輕，無法唱下去；但讓老生開頭就唱慢板，又顯得鬆懈，不能表現王允忿怒情緒。寶釧開始唱慢板，這和她的堅貞、穩重、沉着性格分不開的；如用快板或原板，便覺不夠穩重，分量不足。

戲是向前發展的，人物情感的激動幅度也是逐漸擴大的。停在原來形式，會把戲情拖住。寶釧唱腔從"昔日裏有個孟姜女，曾與那范郎送寒衣"起，轉入西皮原板；四句原板後，直到擊掌唱"一霎時失卻了父女情"止，達到戲的高潮。劇情發展節奏顯著加快，父女衝突急劇地尖銳起來，鬥爭到達高峰。人物間的感情呼應也最緊密，容不得半點遲疑。因此寶釧採用快板形式，接唱："休怪兒與父三擊掌，老爹爹做事太無情。"這是戲的尾聲部分。一場激烈鬥爭後，寶釧完全知道，嫁與平貴的願望不會被爹同意，她非常傷感，開始更加冷靜，知道頂撞無用，祇有以出走寒窰作爲强烈反抗。因而唱腔從快板，經過四句如泣如訴的二六後，轉爲節奏自由的唱腔形式：散板、搖板、哭板，這樣更便於表現寶釧的苦痛。"從今後不回相府門"，表現她的剛毅果斷。

這戲唱腔運用邏輯性强。寶釧唱腔從西皮慢板，經過原板、快板，最後到自由板，節奏一步緊似一步。變換一次唱腔形式，節奏加快一步。王允唱腔的變換也是同一規律，從原板始，依次加快，經過快板，最後到達散板。全戲唱腔變換雖多，都用西皮，所以音樂風格仍然統一。如此，既照顧了多樣變化，又考慮到統一。

◎《三擊掌》京劇寫王寶釧和王丞相三擊掌決裂後，緊接快板出現了一段二六和哭板，爲什麽？父女決裂鬥爭，但在王寶釧身上究竟還是有苦痛的。王寶釧性格無疑是十分堅強的，苦度十八年，直到平貴回來，與父算糧登殿，重新相見。出現一段哭板，説明王寶釧還是有着感傷的。作者塑造人物深刻化了。人物性格的發展或高或低是循着波浪形前進的。

◎《劈山救母》，寫華山聖母因思凡與劉彦昌結爲夫妻，被她的哥哥楊二郎視爲觸犯天條，説是敗壞楊家門風，以武力壓在華山底下。待聖母的兒子沉香長大後，在靈芝仙姑和鐵精們的幫助下，煉成神斧，攻打三關，戰敗了楊二郎，劈開華山，勝利地救出了被壓在華山底下的聖母娘娘。這是古代人民對當時客觀現實不滿的一種寓言性的反映。

◎《望江亭中秋切鱠》，寫古代女子堅強不屈的性格，暴露封建官僚荒淫無恥的醜態。書中主角譚記兒，是一個年輕美麗的寡婦，被花花太歲楊衙內看中了，楊三番四次威逼利誘，都被譚記兒堅決拒絕。後來，譚記兒自願和一個書生白士中結了婚。然而楊衙內死不甘休，利用權勢，取得寶劍、金牌，想去殺害白士中，强占譚記兒。結果由於譚記兒的大膽機智，她從楊衙內手中騙得了寶劍、金牌，反而懲治了楊衙內。她不但救了丈夫，還爲老百姓除了一害。譚記兒這一人物形象，使我們看到了古代婦女堅强不屈的鬥爭精神和爭取婚姻自由的强烈意志。

◎《翠娘盜令》，寫明朝時候，麻長史爲了起造亭園，供寧王享樂,逼迫舒家讓出房地,遭到舒德溥兄弟倆的拒絕。麻長史心有不甘,就設了一條毒計,誣告舒家母子盜掘王陵,問成死罪。後來虧得一個賣珠花的姑娘翠娘,用計盜了寧王的令牌,將舒德溥從監獄中救出,一起投奔到青龍寨去。這故事刻畫了當時封建統治的醜惡現象:做官的可以任意奪取百姓的房地,甚至可以用莫須有的罪名殺害人命。它同時又頌揚了善良的王成和機智的翠娘。他們那種激切、正義的行為,代表着所有正直人民的願望。其中對於舒德溥性格的軟弱一面,也作了批判。說明他這種夢想與統治階級妥協的道路是走不通的,祇有跟他弟弟一同起義纔是條正路。

◎《東郭記》(書半頁,九行,行二十字,小本),壬申古邵州經綸堂刊題"夢漚居士填詞,覺海釣徒正譜"。有道光二十六年(1846)三十六灣釣徒序及同年桃花源外史序二篇,序文無涉,大致與汲古閣本略同,惟齣目、排場偶有小異耳,當係據汲古閣本而稍加改訂者。恐即夢漚居士之名,亦絕所據也。

◎《文武香球》,作者失考。同治二年(1863)木刻本,十二卷六回。光緒庚子(1900)上海書局石印本,凡六卷,卷十二回。兩本插圖不同,內容同。木刻本題作:《繡像文武香球》。卷首有《拾箭》《贈球》《鬧觀》《打擂》《遊園》《法場》《私訂》《收鎗》《三剿》《誤擒》《誅妖》《團圓》十二插圖。石印本改為元順帝、侯公達、龍山位、龍官保、張英、蔣文傑、侯夫人、侯月英八幅人物插圖。木刻本卷首序云:

> 此書向有古本,詞中關節不符。予自束髮以來,即好南詞。凡見聞有心得者,無不筆之於書。今將此本《文武香球》,斟酌再四,編成雅句,另換關節,再加修飾,庶為排悶蠲

　　愁之一助云爾。

石印本同,惟"躅愁"誤作"觸愁"。作者題識原爲:"同治二年荷月,申江逸史書於杏雨山莊之醉月樓畔。二酉室主人識。"改作:"光緒二十六年,歲次庚子仲春,上瀚姚江三樂軒主人識。"不知此源者,將誤光緒印本爲姚江所編矣!

　　《文武香球》《黃金印》,書中皆有劫法場開打,屬於卷棒、朴刀。

　　彈詞《文武香球》,立場觀點與小説《兒女英雄傳》同一類型。

　　◎《水滸傳》中唯打高唐州一節書爲煙火書,前爲短袴,後爲長槍,此節書在藝術性上亦自突出。

　　武松,身高九尺,背厚,頭似斗圓,面似銀盆,眉如刷漆,目似朗星,鼻如懸膽,牙似排玉,大耳厚重。灌口二郎神,體面似楊戩。

　　景陽岡大蟲,大如黃牛,口似血盆,牙似利劍,尾若鋼鞭。毛衣搭搭黃金色,爪如鋼鉤十八隻。睛如紫電尾如鞭,口似血盆牙如劍。山中狐兔盡躲藏,江下獐鷄都能滅。一聲呼嘯天地驚,擺尾搖頭聲霹靂。遠看它獨角魁牛,近覷它斑斕猛獸。左耳一點紅掩太陽,右耳一點紅映太陰。眉橫一"王"字,好像晴山都太保。二十四梗鬍鬚,映一年二十四氣。四大牙、八小齒,映一年四時八節。周身三百六十一點金斑花,按周天三百六十一度。尾分十二節,按一年十二月;還有一小節,按閏月。前爲爪,爪爲足。前爪低,爬山越嶺;後脚高,跳澗穿溪。抬頭呼風,天上飛禽皆喪膽;低頭飲水,水內魚蝦盡亡魂。走獸之中獨算它,深山野窟是它家。三天不食人腥肉,搖頭擺尾自錯牙。

　　◎高廉是喬道清弟子,辭師時曾發一誓:一不與梁山爲敵,二不做宋室官員,三不娶妻。道清因授予三寶神火葫蘆、巨獸銅

牌與七星召吊旗。高廉自仙山來東京，時年十九，訪其堂叔高
俅。時衙内爲奪林冲妻子而憤死，高俅即改廉爲嗣子，與之娶
妻，封爲總兵。想其仙山學道六載，有如此能爲，因藉以變節，今
爲朝廷與梁山爲敵。

四、資料

◎《羯鼓録》一卷，唐南卓撰。"(元宗)尤愛羯鼓、玉笛,(《太
平御覽》《唐語林》"玉"並作"横"),常云'八音之領袖，諸樂不可
爲比。'"其中諸宫曲太簇宫内："蘇莫賴耶""蘇合香"。日本《信
西古樂圖》有"蘇莫者""蘇合香"；太簇商有"破陣樂""放鷹樂"
"打毬樂"。《古樂圖》有"皇帝破陣樂""秦王破陣樂""打毬樂"
"放鷹樂"。

◎《樂府雜録》，唐段安節撰。琵琶："開元中有賀懷智。其
樂器以石爲槽，鵾鷄筋作弦，用鐵撥彈之。""貞元中有王芬、曹保
保。其子善才，其孫曹綱，皆襲所藝。次有裴興奴，與綱同時。
曹綱善運撥，若風雨而不事扣弦。興奴長於攏撚，不撥，稍軟。
時人謂'曹綱有右手，興奴有左手'。"
　　隋唐時對琵琶的運用：1.樂隊中的主要樂器。《通典》：坐部
伎即燕樂，以琵琶爲主，稱琵琶曲。歌舞大曲開頭的散序，用琵
琶開始。2.演奏故事，詩文中常有反映。3.唐代獨立演奏。
　　唐薛用弱《集異記》：王維善音樂，喜彈琵琶。貞元中(785—
805)，康昆侖和段善本在長安街頭比賽琵琶演奏故事。

◎《信西古樂圖》(中國音樂研究所叢刊，音樂出版社出
1959年8月第1版)。此爲日本所存關於唐樂舞散樂與雜戲的

一種古圖。據日人考證，可能爲十二世紀前物。日人常引以爲研究唐代樂舞資料。此書收入《日本古典全集》中，我國往昔知者極少。此圖與我國敦煌壁畫中《張議潮出行圖》《宋國夫人出行圖》以及其他變相圖中樂舞部分有相近之點，並和漢、晉畫像有淵源關係。圖內有腰鼓、揩鼓、揭鼓、篳篥、鷄婁、簫、箏、橫笛、五弦、尺八、琵琶、籥笙、箜篌、方磬諸樂器。又有"按摩""皇帝破陣樂""蘇合香""秦王破陣樂""打毬樂""柳花苑""採桑老""返鼻胡童""弄槍""胡飲酒""放鷹樂""案弓字""撥頭""還城樂""蘇莫者""蘇芳菲""新羅狛""羅陵王""林邑樂""新羅樂""入堂舞""猿樂通全輪""飲刀子舞""四人重立""柳格倒立""弄玉""臥劍上舞""入馬腹舞""倍臚"等諸樂舞、散樂及雜戲。其中涉及琵琶者兩圖，皆橫持撥彈。琵琶腹置護皮。彈者或站或坐，右手持撥，左手按着相位。五弦圖一，式亦如是。右手持撥，左手按相，則爲撂彈。簫爲排簫，單管直吹者稱尺八，橫管稱爲橫笛。腰鼓兩端弛張，腰部窄之。

卷首有："唐舞繪一卷，寶曆五年歲次乙亥春日，模寫元本滋野井殿藏。"卷末有："三條宮書，御室繪，舞銘當今宸筆，寶德元年九月。"

◎大曲用琵琶。張祜《王家琵琶》："只愁拍盡涼州破，畫出風雷是撥聲。"羊士諤《夜聽琵琶》："破撥聲繁恨已長，低鬟斂黛更摧藏。"元稹《琵琶歌》："逡巡彈得六幺徹，霜刀破竹無殘節。"

比較古老的牌子小曲，採取用琵琶自彈自唱形式講故事。二三十年前南方還有一二位老先生會唱十個曲子、好像是《山門六喜》《四喜滿江紅》等，都屬於牌子小曲，今已很少人會唱了。

江南流行的說唱彈詞，伴奏樂器爲三弦和琵琶。河南流行的說唱河南曲子，是用琵琶和其他樂器一同伴奏的。

唐朝歌舞、音樂大曲,(演出者)幾百人,但未成爲戲曲,没有情節。

◎宋有集社猜謎,"猜謎的杜家","杜家"當爲"社家"之誤。

◎白牡丹爲宋時名妓。《古劇説彙》中有史料,道蘇東坡曾使白牡丹誘佛印(和尚)返俗。元劇有吕洞賓度白牡丹成仙事。

◎覆賺者,變花前月下之情,爲金戈鐵騎之聲,爲南宋紹興間張五牛所撰,見吳自牧《夢粱録》。

◎《錫山攬袂集》,明邑人編輯,不著姓氏,爲縣令王其勤去思之作。道光丁亥(1827)憩園重刻本,同治戊辰(1868)刻,同治癸酉(1873)刻。

◎(杭州)永寧巷唐侯廟温古社有下列諸匾額,在1966年"文化大革命"中除去:

光緒癸巳十九年(1893):"木鐸遺風,衆道重修。"

光緒二十年(1894)桃月,國學生王春喬書:"德博廣化。"(周錦堂、嚴永康、汪有榮)。

光緒二十二年(1896),王春喬(書):"禮義在德,評話書業。"

民國庚申(1920),"費唐餘興評話茶會司事公立。"

萬壽亭街,王春喬同窗夏同善爲養老院書:"善濟堂。"

評詞社址在蕭王廟雲顯閣茶店,温古社址在永寧巷口同春樓茶店。王椿榮任會長。抗戰後,評詞社併入温古社。

温古社初在先令寺先令橋,春秋兩季,九月十二,三月十二,集會,外碼頭來下貼請。民國十二年(1923)解元寺改學堂,遷移至唐侯廟（光緒、宣統社址在豐樂橋解元寺）。

陳劍春、王椿榮、葉如英、蘇瀛洲各出三元押租，蘇爲理事長。

評詞八十餘目，大書九十餘目。

1923年，大世界演出。大京班、紹興大班、寧波灘簧、揚州戲，唱腔通俗簡單。裘逢春上舞臺，手工業工人十人。"賣油郎"鼓板，小鑼，胡琴。民樂社，化裝宣卷。拱宸橋榮華戲院。

1925年，到上海大世界（演出）《大紅袍》《華麗緣》《狸貓換太子》《九更天》。唱腔：西皮、二黃、高撥子。

民間小調、滿江紅，成爲杭劇大陸板。

楊文英、徐美英、吳菊英、綠牡丹，四名角稱爲"三英一丹"。

杭曲自宣卷中來，楊文英即自宣卷出身。楊善絲竹，將宣卷和聲，用胡琴作幫腔演奏之，之後再發展爲上高臺演出，杭曲再變而爲杭劇矣。

春秋劇社，1933年發展，十三班子，三四百人。

解放後，羣誼劇團，七十多人，家屬多。楊文英、楊文才，順配舞臺。德清、杭、紹劇，春秋社。

一、《太平》《琵琶》《百花臺》《失羅帕》。

二、"滿江紅""哭七七"，杭州韻，餘多揚州韻，平板，七字句。揚州調衍變來，平穩感覺。

念，引子，坐場詩。表示身份。旦、生，乙字工調；老生、花臉唱正工調；老旦唱小工調。正工高亢，小工哀怨。

大陸板，字少音長，抒情；快板、流水，氣氛緊張。

開場，八句，一月翻頭，詩、詞、歌、曲俱全。解放（後）取消，今已沉没。

◎負鼓盲翁，今浙江山區鄉間猶流行。此爲音樂組長李益中所親見而告余者。盲翁持一鼓,鼓上用一竹片,拍拍拍敲,或持狹長之鼓,兩端咚咚敲,此爲講唱文學的一種,音樂性較山歌爲高。山歌祇是稍提高語言,使之更含有音樂性;此則已有伴奏,但較彈詞其他弦唱爲低。因此音階高低不固定,祇是聲有高低耳。盲翁語言生動,常請人說故事給他聽,他就能很生動形象地唱出來。

五、藝人

◎柳(敬亭)是(評話)祖師,每年"三皇會"(農曆三月初三),都要祭拜;北方評話也拜柳做祖師。

◎清乾隆時,蘇州藝人陳遇乾唱彈詞,蒼涼遒勁,發聲吐字,深受昆曲影響。今老藝人劉天韻唱《林冲踏雪》,能得其三昧。劉嗓音厚,中氣足,感情充沛,氣度豪邁,不僅烘托了氣氛環境,而且抒寫了英雄的激烈壯懷。

◎杭州前輩說書藝人——王椿榮:《岳傳》;陳劍春:《三國》;童子祥:《七俠五義》;胡國良:《金台傳》;胡文容:《隋唐》;張錦鵬:《水滸》;潘錫麟:《濟公》;葉鴻聲:《英烈》。一般說三月至一年。

◎王永卿與華永奎同爲胡國良弟子。華學《平陽傳》,王學《水滸傳》。胡的《水滸》不足,祇有前半部;王又從王椿鏞學,椿鏞是王的過堂先生。王椿鏞說《水滸》《岳傳》兩書,串連得牢,連說十月。王椿鏞勝利前二月逝世,年五十三,離今已多年。王椿鏞師爲周錦坤。周錦坤善說《岳傳》。蘇瀛洲善說《狸貓換太子》和《彭公案》。蘇具才氣,知詩,寫過《宋江登潯陽樓賦》數十句,曾題金魚云:"火眼金睛雄與雌,雙雙戲水碧荷池。有時吞吐天邊口,泮水芹香第一枝。"

◎王少章説《隋唐》,其子説《五代殘唐》。王春喬説《岳傳》《太上感應篇》《金槍》《水滸》《龍圖》《東漢》,其《水滸》書與周敬坤傳王椿榮。又弟子胡海山學《水滸》《東漢》《金槍》。海山子胡文容,年七十餘説《唐書》。馮才華説《英烈》《封神》,錢子卿説《封神》。

◎九月十九日晚八時,詣杭州環湖旅館,訪王少堂先生。王先生參加全國曲藝巡迴演出來杭,其媳婦陪同侍奉。王云:説《水滸》,自打虎始至曾頭市活捉史文恭,計四十回。石秀有挑撥是非、離間家庭之嫌。天慧星做事卻細心,疑巧雲不端,因於門前撒沙,封環架筆。夜間如有人進,沙上必現脚印,環上筆將脱落。石秀睹狀,察知其事,氣憤憤又悄悄走上樓去,但思不能和楊太爺賭氣,因爲是結拜弟兄,不能落旁人口舌。他意欲殺姦,但口不能喊捉姦,改口卻喊捉賊,奔上樓去,把姦夫拖下樓來,鄰居見了,不疑其他,將他打個半死,以後就不敢來了。既爲哥哥出氣,自己也脱了干係,做得乾浄利落。潘老丈來,心裏明白,(石秀)顧住面子,又解了圍,(潘老丈)自然感激,(石秀)又想:人家樓上怎會拖下和尚來? 驚動鄰居掩蓋不了。再説堂堂馬快家中,誰敢去做賊? 把賊捉住,哥哥、老丈、三郎、嫂嫂臉上都過不去。石秀這麽一想:捉賊不如放賊,顧全大家體面。老頭子是捨不得女兒的,算了吧,把面子給了他。放他一回,下回也不敢來了。石秀罵了幾句,門一關,把和尚放了走。石秀心想不願再登此家。隔了三天,楊雄回縣,石秀一把拖住,搖手唤他不要聲張,便去縣前酒館爲楊雄接風。石秀顛來想去,非講不可,因教楊雄假裝出差,如此,姦夫必來。

王云：蕭亦五替他記録六百萬言，蕭劃"右派"，稿子就擱下來了。

王云：柳敬亭，祖籍泰州，南門外打魚灣人。（柳）文化水平高，有愛國思想，滅清扶明；説書本領大，不專説哪部書，能見什麽人説什麽書。（他也）不怕四書五經，拿過來就能説。其政治心、愛國心，影響到乾隆時。

王云：抗戰時，船過興化縣白駒鎮，説書數日，遇施家子孫，參觀過施家祠堂。據説施祇做五十回（《水滸傳》），後二十回是羅續的。征四寇也是羅續的。施原爲幕客。過去説書常提金批。

王（少堂）兒子叫筱堂，四十一歲；孫女麗堂，十九歲；父親玉堂。向父學前兩段。伯伯金章，從師張惠堂，後書好，（可）從祝家莊説到曾頭市。宋承章，説《武松》與《宋江》。

◎言鈞如、言慧珠説唱《紅鬃烈馬》，小書大説——上手表演警策，唱近張調；下手唱俞調，惜音卻提不高。（余）自（一九）五六年六月七日起連聽兩日，内容爲《投軍別親》及《起三關》，其細節爲：老狼主坐銀鑾殿，代戰公主回獵，父母對話，代戰出征會戰穆老將軍，魏虎私下箭書，薛平貴催糧回營，平貴除免戰牌，平貴月夜巡營，平貴中魏虎奸計。

◎（杭州）評話藝人，二十八人，分江干、湖墅、上城、下城四區四隊。

《西游記》書路：

孫悟空出世——唐僧出京，遇打虎太保劉伯欽——送到五行山（兩界山）——收孫悟空——收馬——套金箍——到觀音庵失寶衣——降黑猿——收豬八戒——收沙和尚——遇狂風嶺——西天遇接引佛——唐僧脱凡俗—凌雲洞脱胎—雷因寺見佛祖—取三藏真經—遇癩頭黿擺渡,經卷打濕(八十一難)。

茅賽雲説《金台傳》書路:

從打白猴臺始—安徽打少林寺—回貝州—獨闖紅泥山—打梅花映水臺—攻破綿竹山—打龍鳳臺—打白象山—打金光閃電臺—三闖少林寺(一打、二打、三打,托出王則,可説兩月)—拿進皇城—審問—打青獅臺—贖罪—出監—安南進貢—平王則起義(説一月:打蒙山,蒙龍寨主,聖姑姑,胡永兒。張一鳴説過)—打安南—封貝州王(説二十天)

◎徐麗仙彈唱,曲情淒迷悵惘。然麗仙從解放十多年來,唱腔也多有發展。從唱《情探》《杜十娘》到《新木蘭辭》《六十年代第一春》,已變纏綿悱惻之情爲明快爽朗之曲。

徐君唱《王魁負桂英》開篇:

> 梨花落,杏花開;桃花謝,春已歸。花謝君歸你郎不歸,奴是夢繞長安千百遍,一回歡笑一回愁,終宵哭醒在羅帷……

最能顯其淒婉特色。

徐君唱《新木蘭辭》,亦有並腔之功。

◎杭州民間評話老藝人陳國昌,年六十八歲,陳晉芳之父。晉芳説《三國演義》,在杭州負盛名,有"活周瑜"之稱。國昌云:説《水滸》,過去不説征遼、征田虎、征王慶。征遼與《岳傳》關子重;征田虎、征王慶與前半部書關子重,如打店,前後筆法(創作方法)有相同處。祇説征方臘,但他把許多戰爭集中在杭州,收集民間傳説及志書記載,交代一百零八將中部分人物在杭州的收場,不說清溪幫源洞方面的一些爭戰。學書都是口傳,國昌不甚識字,因自謙爲"白木"。他都是硬吃住賦兒、詞兒,脫口而出,邊表邊説。在聽書人看來,卻認爲是他胸有溪壑。國昌曾爲我背誦武松在陽穀縣所呈狀紙,也頗有文理。杭州現有説《水滸傳》藝人十三人,擬組織"《水滸》研究小組",加以改進。

◎杭州評話藝人王文龍告云:杭州評話業歷史情況,師徒口耳相傳,可溯至太平天國時。光緒時,有王春喬者,始倡議建社。社設在豐樂橋覺苑寺中,時有社員五十餘人。祖師祀楚莊王,以杭州藝人相傳楚莊王之母有病,延人說故事,乃説書之先聲也。每年農曆春之三月十二日,與農曆秋之九月十二日舉行集會,祀祖師,唱徽調,放焰口,飲酒作樂。王春喬逝世後,祖師殿遷入永寧巷唐侯廟中。時杭州曲藝業衹有温古與普育兩社。民國十三年(1924),蘇瀛洲當社長,改稱評話温古社,有社員一百零九人。每逢月之三、六、九日,社中有茶會,討論業務及接洽生意。今唐侯廟中猶有祖師牌兩塊,記近數十年來從祀先輩藝人姓名。

王文龍又云:光緒時,秦少堂説《三國》名噪一時。他平日生活不檢點,衣甚破爛,蓬頭散髮,穿箬葉履(步雪履穿)。他曾受江干洋泮橋雙溪茶店邀,店家紅紙貼出,書客滿坐。但秦至,茶店主不識,他乃詭稱是秦之學生,試代之。書説不及一會,聽者叫絶。化仙橋王萃源木材店主人王鼎臣,暗知秦,袖金十元,命秦改日易服。秦拒不受。秦妹夫紅門局顏斌,係錢塘縣,乃請代借錢塘縣冠帶。翌日,秦穿錢塘縣冠帶,坐轎子直趨茶店。抵時,秦高坐,不説書。人怪之,對曰:"爾等是看服飾的。"王鼎臣及茶店主慚而退。

王椿鏞、潘文廣是陳俊芳太老師。

秦少堂猶善説《下江南》與《彭公案》。

◎徐再麟云：説小書，操胡琴，聽者多婦女。民國十二三年（1923、1924），政府以淫詞艷句罪名，禁止演唱。當時書場中（茶店内）常發生事故，説書人每看警察顏色，請煙請酒，備受欺凌。光緒帝喪時，禁娛樂，禁止小書，但大書不禁。

趙再麟云：趙雲麟是自己老師，善絲竹，能説故事，父貢院謄録生。當時賤視之者云："文不像謄録生，武不像救火兵。"

◎小書社名普育社。

杭州小書乃自紹興灘簧（俗稱秧歌班、鸚哥班）發展而來。太平天國時，有錢渭卿（秀才）、戚玉堂兩人，皆紹興人，善絲竹，到杭州來説書，發展爲小書。小書有三派——羅永祥派：説《雙珠球》《雙金錠》《文武香球》《白蛇傳》《玉連環》《雙珠鳳》《十美圖》《八美圖》諸書；楊炳坤派：説《黃金印》《遊山東》（乾隆）；戚玉堂派：説《玉變龍》，各有特長。

◎一九五七年十月廿六日，在松木場茶館内聽嚴振芳講《水滸》"高唐州"一節：李逵打死殷天錫，急歸梁山撞鐘擊鼓。聚義堂英雄會集，各有性格，如觀陳老蓮酒牌，有草莽之氣。塑造白勝、時遷、晁蓋、李逵諸人物形象尤突出。嚴與余慶芳俱爲陳國昌學生，但嚴實青出於藍。嚴書氣勢洶湧，真有千軍萬馬出於人耳目間。

一打高唐州：高廉三燒李逵；劉唐、晁蓋請玄女滅火；神咒迸碎高廉神火葫蘆。二打高唐州：高廉巨獸銅牌放出豺狼虎豹；秦明、宋江等人本命星出現；白勝、時遷盜銅牌；高廉搖撼七星召吊旗；梁山弟兄本命星二次出現；時遷三破神兵房。

十月廿五日在喜雨臺，聽郭君明講《飛龍傳》趙匡胤登基。

◎寧波張少策，現年二十九歲，九歲已能説《武十回》，其家祖孫三代説《水滸》等書。説《水滸》自"林冲夜奔""生辰綱"或"武松打虎"説起，到"李逵鬧東京""鬧忠義堂"落。説《武十回》，每日説兩小時，不甚加科諢，約説三十日。如"戲叔"，金蓮勸武松吃三杯酒，説二小時。武松殺西門慶，先説武松到西門慶店肆，探知西門慶在獅子樓，武松一逕走至獅子樓，已爲西門慶所見。西門慶忙即投下三鏢，皆不中。武松踏步上樓。獅子樓有三層，西門慶在最高一層。到樓開打，西門慶自樓跳下，武松緊即越欄追下，再開打。一説兩日。少策小時學書時，書是口傳，無脚本，其祖上皆如是。策熟讀唐詩，背誦如流，説書時視具體情況而定，念唐詩一首，如"春日凝妝上翠樓"或"不教胡馬度陰山"，邊表邊説，説完後轉入正書。書中視題材而定，有時也插入唐詩一首。書前插爲開篇，今此開篇多改爲結合政治運動爲內容的俗唱韻語。寧波民間藝人編韻語，分韻爲十八⋯⋯

◎杭州評詞藝人，今已廖若晨星。演出者祇金榮堂、郭月英、來景賢三人。來於1961年去上海演出，受上海彈詞啓發，説《白蛇傳》，試起角色，用韻白，對評詞藝術有所提高。

周傳瑛云：《長生殿》"罵賊"一齣，爲清政府所忌，百年來已不唱矣。過去祇學"驚變""埋玉"，不唱者也已十餘年。

徐緑霞《白蛇傳》唱馬調，甚工。今日唱單檔書者，惟王異庵、嚴雪亭數人而已。

蔣月仙過去説《啼笑姻緣》，極有名。今日説《情探》《李師師》等書，能操十數種鄉談，繪神描色，揩磨甚細。余聆其《情探》與王月仙合檔。蔣説《十錦書》，其調多用徐調。

杭州能編劇者稱"包裹兒先生"。

◎新編書的缺點是多概念化,因爲它是先有一故事輪廓及思想内容在胸,而後運用平日説書技巧敷演之的,不若舊書自生活中概括出來,塑造形象起角色。嚴雪亭説《四進士》,不能免此症,可感其内容空虛。

◎劉天韻在勝利戲院唱"山歌調",顯示離情別緒,哀婉纏綿。吳儂軟語,別具風格。彈詞苗裔,實可溯源於金元間之搊彈詞,而《西廂記搊彈詞》,遣詞造句,又仿自《樂章集》也。劉天韻的山歌,則又有明山歌之遺音,與《白雪遺音》一脈相承,不意今日偶亦遇之。

溫州鼓詞藝人阮世池多次來杭會演,聽了不少京戲,唱腔從而也起了不少變化。

編者説明:劉操南先生遺著"散稿"甚多,多爲墨筆手書,間有尤抄稿、代抄稿。或多條連寫,或單頁數行,或隻言片語。寫作時間、背景、用途等,已不能詳。内容涉及廣泛,多不連貫,無標題,頗似"雜記"。兹將其中有關戲曲部分編爲一束,斟酌處理,標題及分目,亦爲編者酌擬。

圖書在版編目(CIP)數據

戲曲論叢/劉操南著. —杭州:浙江大學出版社，
2021.8
(劉操南全集)
ISBN 978-7-308-19720-5

Ⅰ.①戲… Ⅱ.①劉… Ⅲ.①中國戲劇－文集 Ⅳ.
①I207.3-53

中國版本圖書館 CIP 數據核字(2019)第 253767 號

戲曲論叢
劉操南 著

出 版 人	褚超孚	
總 編 輯	袁亞春	
策 劃	黃寶忠　陳麗霞	
項目統籌	宋旭華　王榮鑫	
責任編輯	宋旭華　吳　慶	
責任校對	王榮鑫	
封面設計	項夢怡	
出版發行	浙江大學出版社	
	(杭州市天目山路 148 號　郵政編碼 310007)	
	(網址:http://www.zjupress.com)	
排 版	浙江時代出版服務有限公司	
印 刷	紹興市越生彩印有限公司	
開 本	880mm×1230mm　1/32	
印 張	8.5	
插 頁	2	
字 數	206 千	
版 印 次	2021 年 8 月第 1 版　2021 年 8 月第 1 次印刷	
書 號	ISBN 978-7-308-19720-5	
定 價	88.00 元